支仓事件

[日] 甲贺三郎 ◎ 著
林敏生 ◎ 译

重庆出版集团 重庆出版社

本书译文由厦门墨客知识产权代理有限公司代理，经立村文化有限公司授权使用

图书在版编目（CIP）数据

支仓事件／（日）甲贺三郎著；林敏生译．—重庆：重庆出版社，2014.10

ISBN 978-7-229-08191-1

Ⅰ．①支… Ⅱ．①甲… ②林… Ⅲ．①推理小说-日本-现代 Ⅳ．①I313.45

中国版本图书馆 CIP 数据核字（2014）第 129644 号

支仓事件
ZHICANG SHIJIAN

[日] 甲贺三郎 著　　林敏生 译

出 版 人：罗小卫
责任编辑：陶志宏　何　晶
责任校对：杨　婧
装帧设计：回归线视觉传达

重庆出版集团　出版
重庆出版社

重庆长江二路 205 号　邮政编码：400016　http：//www.cqph.com
北京海纳百川旭彩印务有限公司制版
北京海纳百川旭彩印务有限公司印刷
重庆出版集团图书发行有限公司发行
E-MAIL:fxchu@cqph.com　邮购电话:023-68809452
全国新华书店经销

开本：880mm×1230mm　1/32　印张：10.75　字数：210 千
2014 年 10 月第 1 版　2014 年 10 月第 1 版第 1 次印刷
ISBN 978-7-229-08191-1

定价：32.00 元

如有印装质量问题，请向本集团图书发行有限公司调换：023-68706683

版权所有　侵权必究

目录

诅咒信 / 1

逃亡 / 3

嘲笑 / 12

旧恶 / 29

追踪 / 43

外行侦探 / 59

纵火事件 / 75

徒劳 / 84

魔掌 / 93

挖坟 / 104

曙光 / 121

网中之鱼 / 140

受缚 / 147

侦讯 / 150

自白 / 188

判断罪行 / 208

宿孽 / 256

公开审判 / 269

三封信 / 284

诅咒 / 295

保释请愿书 / 307

大正的佐仓宗五郎 / 314

最后的公开审判 / 320

绝望 / 330

大结局 / 334

诅咒信

在暖和阳光穿透玻璃门射入的回廊上，似泼洒般散落着无数文件，庄司利喜太郎在其中边咕哝边像在翻找什么。他做事一向不拘泥于形式，在经历过十数年的警察生活、至现在当上报社社长期间，从未将任何事情记在记事本上，或是整理过任何文件资料。今天是因为突然有必要，才想要找寻某份文件，可是经过二十分钟仍未找到，急性子的他开始焦躁了。

他已经想放弃寻找了。脑海里浮现出那位希望看文件的朋友脸孔，口中喃喃自语着："昨天我找了一整天却找不到。反正又不是什么大不了的东西，你也不一定要看，对吧！"

但是他也知道，苦着一张脸的朋友绝对不会同意他的说辞，所以报社社长只好再度在文件堆中翻找。

忽然，他被文件堆中一个已变成鼠灰色的大型信封吸引住视线。他急忙拿起信封，翻面一看，反面是浓墨写的几个粗大的字：支仓喜平。

他蹙紧眉头，"奇怪，怎么会留着这种东西呢？"

没必要打开来看，也知道里面是执拗的支仓写满的诅咒言词。支仓在被庄司逮捕至终于断罪入狱的十年间，持续不断写诅咒信给庄司。庄司记得自己曾经一一编号的诅咒信，最后一封是七十五号。现在也不知何故，竟会偶然发现其中一封。庄司忽然追忆起过去了。

胆识豪壮、同时对于支仓所犯的罪行毫无疑念的他，当然不会在乎这种诅咒信，而且，他的坚毅个性与充沛精力也不容许他沉湎于过去的错失或甜美的回忆里。但是，支仓事件是他在漫长警察生涯遇到的重要事件之一，调查上所花费的苦心、搜集证据难以齐全的焦虑、当时舆论喧腾的毁誉褒贬之声，以及诅咒信等等，在在都令他饱受煎熬。

这时，在他眼前隐然浮现传教士支仓凶狠的脸孔、在法庭上狂叫的疯狂身影、他的妻子倾诉般的神情，以及为了搜证而挖掘出已遇害三年的尸体当时的恐怖景象。

两三天后的某个晚上，在庄司家的客厅里，主客三位男人围着茶几而坐。秃头的肥胖男人是侦探小说作家；肤色白皙、方颚的矮小男人是警视厅的石子巡官。

"石子当时还是刑警，是最先接手支仓事件之人。"庄司脸上因为能有畅谈支仓事件的机会而绽露喜色。

"刚开始只是很微不足道的小事。"石子开始说明，"如果这是小说，应该从恐怖杀人的场景或凄迷的神秘场景，甚至是华丽的舞会场景开始，但，真实事件却不可能如此。"

逃亡

大正六年（1917年）一月底，午后二时的阳光静静洒在大东京地区的每个角落。松饰之类的装饰品早已被撤下，人们以玩累后沉滞下来的闷重心情慵懒地迎接二月来临。但是，都大路上仍旧还有尚未摆脱正月气息的人们在早春暖和气候的诱惑下，流连忘归。

石子刑警和渡边刑警并肩坐在开往目黑的电车上，低头望着这些路人。电车发出轰隆声响快速向前飞驰。

"喂，渡边。"石子刑警低声叫着，"若是重大一点的案子还起劲些，可是窃案未免就无聊了。"

"嗯。"闭着眼睛打盹的渡边刑警突然被叫，只好漫应一声。

石子刑警有点不高兴了。虽然嘴里说是无聊窃案，其实他内心却非常得意。从穿制服的巡佐调升便服刑警的一整年间，年轻的他野心勃勃，却很不巧连可称得上是事件的案子都未碰上，仿佛怎么也跟不上其他刑警，这让他开始感到焦躁不安，还好这回是他自己追查出的可能事件,当然得意非凡。渡边却是一副不当回事的模样!

渡边瞥了一眼抿着嘴、绷紧下颚、沉默不语的同事侧脸,轻轻地啧了一声,不过仍试着取悦对方,说:"也不能这么说的,这与一般的盗窃案件不同,因为身为牧师却偷窃圣经。而且依你所说,是在大白天堂而皇之地偷出来。"

"说得也是。"石子的心情稍微恢复开朗。

一位从事推销圣经、自称是岸本清一郎的青年,在三四天前的晚上拜访石子刑警。岸本是石子刑警还穿着制服在神乐坂警局辖区内的派出所站岗值勤时,住在派出所附近的不良中学生,是个眉毛黑、五官轮廓分明的少年。石子不忍这样的孩子沦为不良少年,总是谆谆善诱地开导。想不到有了回报,对方非常感激,终于像是变了个人般成为基督徒,开始用功读书。不过后来由于家庭因素无法继续上学,虽然石子刑警也尽力帮忙,仍旧力有未逮,终于辍学,从事圣经推销工作。

他至今仍未忘记石子刑警的恩情,时常会到石子家拜访。石子升任便服刑警时,最高兴的除了自己外,应该就是岸本了。

那天晚上,岸本先是有点坐立不安后,开口说:"石子先生,坦白说,我不希望伤害相同信仰的伙伴,可是,有一个人从很久以前就偷窃圣经,我很想确定其真假。你是否能够在不损及教会声誉的情况下将他绳之以法?"

依岸本所言,横滨的日美圣经有限公司自从很久以前,就偶尔会遗失圣经,不过始终无法确定是失窃,直到两三天前,公司刚印好的一批新旧约全书,放在仓库里尚未出货,却被发现在神保町一带的书店公开销售。

石子刑警虽觉得这只是鸡毛蒜皮的事件,仍爽快答应帮忙调查。

"如果真像你所说的那样,可不是容易应付的家伙呢!"渡边刑警说。

"嗯。虽然并非很强烈,但是凭我的第六感,那家伙绝非一般窃贼,搞不好曾经犯过什么重大罪行也未可知。渡边,无论如何你都要全力帮忙。"石子刑警似乎前途在望地说。

这时,电车在台町二丁目停下。

从白金三光町横跨府下大崎町的高台宅邸区,鲜明浮现出阳光照射的半边,仿如无人境地般静寂。

石子刑警和渡边刑警一起进入某条巷内。

"是那栋房子吧?"石子指着稍前方一栋相当大的两层楼房说,"我去探个口风,你留在这附近监视。如果我十分钟内没出来,你再设法找个借口进去看看。"

渡边刑警对于石子自以为是前辈般的使唤姿态非常不愉快。没错,石子的确是比他早一些当上便衣刑警,可是不论是年龄或其他方面,两人同样只是不到三十岁的年轻人。不过,由于这次事件主要是石子所查出的,他居于副手的地位,只好勉强同意了。

"好吧，我就在这处转角监视大门和厨房后门。你好好加油！"

石子也察觉渡边心中的不满，可是此时的他，脑子里想的完全是如何掌握住这初次行动的功劳，根本不会在乎这点小事。他迅速接近目标的房子。

虽然有些老旧，但是必须仰头看的粗大门柱，以及从植栽茂密的中庭内部可见到的堂堂飞檐玄关，令他意气昂扬的心不觉有点暗淡了。门牌上浑厚笔画的"支仓喜平"四个字威吓似的射向他的眼睛。

他此行的探访对象——也就是屋主——是传教士，既有相当学识，又有社会地位，虽能以涉嫌从圣经公司偷窃圣经的罪名要求此人随同至神乐坂警局，但是，调查结果若是对方并非窃贼，那么，不仅损及其名誉，自己的面子又将往哪里放？当然，他相信对方确实是窃贼，问题是，如果对方拒绝同行，又该怎么办？从对方的大胆行为推测，绝对会拒绝。

石子刑警脑海里一时之间完全被这些念头占据了。

接受岸本青年的委托后，石子刑警翌日走访神田神保町的书店，在两三家书店证实有销售圣经公司尚未批售的圣经。调查出处时，也确定是出自传教士支仓喜平。他详细问清楚支仓的容貌特征等等之后，立刻前往横滨。

途中，石子刑警不断思索着。失窃的书籍数量相当庞大，怎么想也不可能是用手提走，一定是用车子运出，如此一来，应该是利用停车场的车子。但是，停车场的人很可能接受笼络，所以还是先至圣经公司附近暗中查访比较妥当。于是他由樱木町的车站直接前往山下町的日美圣经公司。

公司正对面有一家汽车旅馆，石子刑警顺便进入探询。通常，这种地方为了怕事后被牵扯上麻烦，一向守口如瓶，却没想到服务生们出乎意料地异口同声主动告知事实。

依他们所言，几乎每个星期天都会有传教士打扮的男人搭乘车站的车子前来公司，打开锁住的门进入，载满很多书籍后再离去。问男人的相貌，与在神田的书店所问出的支仓的长相完全一致。服务生们之所以会主动说出，主要也是因为支仓总是利用车站的车子，却不利用他们的车而招致不满。

石子立即走访圣经公司。公司的秘书似乎极力避开这个问题，不过最后仍承认确实有书籍失窃。

想到支仓大白天公然驱车进入偷窃的大胆行为，石子刑警仿如看着支仓本人般，瞪视着门牌。

瞪着支仓喜平的门牌良久，石子刑警迈步进入门内。

面对出来接待的女仆，他殷勤地问："传教士先生在家吗？"

"是的。"女仆露出眩惑似的神情，仰脸望着他。

石子心中大喜，却丝毫未显现出来，边递出未印有头衔、只有"石子友吉"字样的名片，边说："这是我的名片。我希望能够亲见传教士先生接受他的教诲，请问他现在有空吗？"

女仆鞠躬之后转身入内，不久再度出现在正惦着结果如何的石子面前。

"请进。"

第一道难关总算突破了，石子松了一口气。

他被带至后面的偏院客厅。约莫六张榻榻米大小的房间，壁龛只有耶稣基督受难的挂轴、圣母玛丽亚的画像，橱架上有烫金书背的厚重圣经之类的书籍，感觉上十足传教士模样的简朴。

没多久，一位中等身材的男人出现。男人身穿棉袍，灰白头发已秃，肤色黧黑，浓眉大眼，眼神锋利，令人忍不住联想到中世纪的凶恶僧侣。

虽然在书店和汽车旅馆听闻对此人容貌的形容时，石子刑警也曾想象过其概略长相，但是实际见到本人仍有点狼狈，他心想：第一次见到之人，会认为这样的人是传教士吗？

"你是传教士先生吗？"石子刑警问。

"我是支仓。"对方径自坐在上座，两眼炯炯发光。

"坦白说，我是警方的人。"石子不给对方丝毫喘息的机会，凝视对方的脸，接着说："在玄关时我怕造成女仆困扰，所以没告诉她。"

"哦，警方找我有何贵干？"事出突然，对方难免也微现些许狼狈，反问。

"牛烯神乐坂警局的局长有事想向你请教，嘱咐我请你一同到警局。"

虽然只是个小刑警，石子刑警白皙的脸孔泛红，眼眸闪动如鹰隼般犀利神采,紧抿着大嘴,抬头盯视支仓的脸。

支仓微现狼狈之色的神态瞬间回复原来的冷静,冷漠如山,"我没做过任何必须上警察局的事!如果有话问我,何不到我家来?"

他的声音是与壮硕体型很搭的浓浊,带有极重的奥州腔调,更衬出他的威严。

"你的话很有道理。"石子刑警颔首,"但是局长非常忙碌,实在匀不出时间来。如果你能……"

"若是我拒绝呢?"

"那我就很困扰了……请你务必和我同行。"

"到底是什么事呢?"

"这我就不知道了。"

"嗯。"支仓盯视石子刑警沉吟不语,久久才开了口,"虽然对你很抱歉,不过,我拒绝。我是从事圣职工作者,在不知事情内容的情况下,无法随便就去警察局。"

在针锋相对之中,时间飞快流逝。一旦到了约定时间,渡边刑警就会进来。若是渡边采取什么奇怪行动,或者被对方察觉不对劲闹起别扭来,反而造成僵局。石子刑警心急如焚,正想再度开口时,玄关传来叫门声了。

"对不起,有人在家吗?"

确实是渡边刑警的声音。

石子心想:完蛋啦!

石子刑警听到渡边刑警的声音在玄关响起,心里想说"完蛋啦"之时,女仆进来了,低声对支仓不知说了些什么。

"好像是你的朋友也到了。"支仓冷冷说道。

"啊,是渡边吧!"石子只好瞎掰了,"我们一同前来,在附近分手。他到底有什么事呢?"

"他倒没说有特别重要的事。"女仆接腔。

"是吗?那你能告诉他说我还要多留片刻,请他先走吗?"

"好的。"

女仆退下后,石子转脸面向支仓,"真抱歉!他知道我在这儿,大概顺道过来看看吧!对了,还是那个问题。你能陪同到警局吗?"

支仓闭眼,沉吟不语。但,可能因为明白警方已布下监视网而死心吧,开口说:"好吧!虽然不知道是什么事,我还是陪你去一趟。"

"哦,那真的很感激。"突破第二道难关,石子再度松一口气,道谢。但是他仍旧不敢松懈:"可以立刻出发吗?"

"没问题。"支仓显得很轻松,"请你稍待片刻,我去换件和服。"

支仓离去后,石子刑警立刻站起身,出了走廊,设法躲在柱子后监视房间那边的情景。隐约可以见到支仓正在更换和服,看得最清楚的是那双结实的手,以及在榻榻米上滑动的衣带。

但是，考虑到一直盯着看会被认为漠视对方人格，再加上从方才至现在的精神疲劳，石子刑警忽然转头望向庭院。眼中映入廊前梅枝结着的花蕾。他心想：春天快到了哩！

他再度转头望向房间，却已经见不到和服衣摆了。同时，可能是心理因素吧？感觉上似乎连人的动静也没有了。

石子刑警脸色大变，拔腿冲进房间。

不祥的预感料中了，支仓并未在房内，衣橱前伫立着身材娇小的女人。年龄约莫二十七八，哀怨的脸孔苍白，眼眸湿润仿如在诉说什么。

"夫人，"石子一见即知是支仓的妻子，大声问，"你先生呢？"

"刚刚出门了。"支仓的妻子静静回答。

石子刑警放心了。只要是离开这房子，无论是从大门或是厨房后门，渡边刑警一定会立刻发现。因此他冷静下来，在追踪支仓之前，先环视房间内一圈。隔着敞开的纸门，他眼中忽然映入通往二楼的楼梯，发现刚才支仓系在棉袍上的黑色衣带如蛇般在上面摆荡。

瞬间，他的第六感在脑海里狂喊：完了！

石子如脱兔般冲出房间，爬上楼梯。八张榻榻米大和六张榻榻米大的两个房间后，朝南的廊边玻璃门有一扇已打开。他跑过去一看，底下是松软的泥土地面，地面上一对大袜鞋的印痕并列，仿佛正在嘲笑他。

嘲笑

石子刑警脸色苍白地跑下二楼，飞奔向大门外。

看到他那不寻常的样子，渡边刑警惊讶地问："喂，怎么啦？"

"逃、逃掉了！你往那边追。"

两人分别从左右包围支仓家似的绕着围墙跑，然后又在四处搜寻，却仍旧徒劳无功。终于，两人茫然对望了。

"都是我的错。"直到刚才为止的得意已不知消失何处，石子悄然说："本来抱定完全不松弛戒心的，却……可见我还是经验不足。"

石子说明被对方摆脱的始末。

"嗯……"渡边听完，忍不住叹息了，"真是相当厉害的家伙。"

但是，光是叹息也无济于事。

"渡边，就这样回去的话，我没脸面对调查主任哩！"石子黯然说。

"我也一样。"渡边半自言自语，半安慰石子，"两人合作却让嫌犯逃脱，这种话我也说不出口，毕竟，与我的监视方式错误有关。"

两人经过一番商量后，决定向大岛调查主任报告"支仓不在家"，然后共同发誓，最迟在三天内逮捕支仓。

不论支仓胆子有多大，应该也不可能大白天公然回家，那么，绝对会利用深夜时段回来。由于事出突然，他并无充分准备，或许今夜就会回来也未可知。两人这么判断后，决定从今晚夜阑人静时就开始监视支仓家。

冬天深夜，在寒风中伫立于黑暗处绝非乐事。两位刑警一边忍受着几乎将人冻僵的寒气，互相打气的彻夜不眠，一边连一只小猫也不放过地盯着支仓家。但，这天晚上连支仓的影子都未见到。第二夜和第三夜还是一样，连续三夜，支仓并未在自己家出现。

"喂，石子，我开始不耐烦了。"第三夜，渡边刑警说，"不，三个晚上没睡算不了什么，我的意思并非怕累，而是，像这样连续三夜不睡觉、有如狗般地盯着人家的房子看，真的有意义吗？就算是侦探为了赚钱，一定也会感到厌恶吧！"

"别讲傻话！"石子刑警拼命搓揉双手，回答，"我们并非为了什么私利私欲而这么做的，完全是为了公益。我们是为保障社会安宁秩序付出宝贵的牺牲。"

"宝贵的牺牲？可是，世人不会这样认为的。他们会说我们是为了自己的快乐故意揭发别人的隐私。"

"胡说！若是没有人做我们这种工作，这个社会将变成什么样子？对于讲那种话的人，唯一的办法就是不予理会。"石子刑警恨恨地说。可是事实上，通宵不眠地持续三夜却毫无效果，也令他沮丧不已。

第四天早上，石子刑警在局里接获一封寄给自己的限时挂号信。这封信很厚，而且从浑厚粗犷的笔迹，出乎意料地一看即知是逃亡中的支仓喜平所寄。他略觉压迫感地拆开，随即双手颤抖，上唇紧咬住苍白的下唇。

支仓写给石子刑警的信内容如下。

敬启者：

前些日阁下来访时的失礼行为，请见谅。虽然已经答应陪同前往警局，可是考虑到在警局接受调查经常会拖延太久，而本人目前又有事急于处理，一旦长时间被羁留在局里，将造成极大困扰，因此请候至本人将要事处理妥当，自会主动出面。另外，依本人猜测，阁下应是为了圣经之事，不过，那是尾岛秘书交给我之物，绝非偷窃，希望不要误解。此外，你们监视本人居处毫无用处，像你们这样的无用之辈，绝对无法找到我，所以，听我忠告，放弃白费工夫的行为，好好等我主动出面吧！

石子刑警恨得咬牙切齿。
渡边刑警看过信的内容也勃然大怒。

"竟然被他消遣了。"石子刑警气愤地说。

"你没告诉他有关圣经的事吧？"渡边刑警问。

"当然没有。"石子似是余愤未平，大声回答。

"这么说他可是自露形迹了。即使这样，我们完全没有问，他却主动写出，简直像是自白。"渡边微微叹口气，"你见过他提及的尾岛秘书吗？"

"见过。但是，他说尾岛给他根本是谎言。那是因为圣经公司不希望将事情闹大，才故意这样说的。"石子回答后，改变语气，"这些事情以后再谈。必须尽快将他逮捕才行。"

"那当然。"渡边当场同意。

那天下午，支仓寄给石子刑警的另一封限时信又送达了。内容比前一封信嘲讽、愚弄，表示在他家附近徘徊流连监视根本白花时间。

"可恶，你等着瞧！"石子在心中呐喊，"不过，我真的需要冷静。对方故意写这种嘲弄意味的信来，说不定就是为了搅乱搜查的方针，在这种时候，反而有必要更加严密监视他家。"

这天晚上，石子和渡边特别从八时左右就开始监视支仓家。很不幸地，这天早上开始天空就阴沉沉的，入夜后更刮起刺骨的寒风。两人将帽子深戴至覆盖眉头，下颚埋在竖起的衣领里，尽量不引起过往行人怀疑地在支仓家附近走动。连日的疲劳与焦虑已让两人瘦了一大圈。

男主人不在的支仓家一片静寂。

女主人不必说，连女仆也未外出。没有送货人们进出，也无访客。随着夜更深，街上的行人也绝迹，感觉上似乎万物皆已冻僵。

"今晚又要白忙一场了吗？"渡边刑警心灰意冷地喃喃说。

石子刑警似乎想安慰渡边，刻意开朗地回答："现在就放弃还太早，我有预感他今夜一定会回来。"

但是，午夜十二时过后，支仓仍未如石子刑警预期的出现。若说有人，也只有一个，好像是参加宴会回来的学生，拖着高齿木屐，像是有些畏怯地边望着刑警们蹲着的暗处，边快步走过。

石子刑警有着想哭的冲动。他转头，想对有同样心情的渡边刑警说些什么。就在此时，发现远方有一道奇怪的人影正朝这边走过来。

霎时，石子刑警紧张了。

奇怪人影逐渐接近。身体被长披风完全地包裹住，一手抱着似是包袱之物。鸭舌帽深戴至眉缘，却是肤色白皙的年轻人，不像是支仓。

石子刑警大失所望。

奇怪男人毫无半点戒心地走过刑警们面前，接近支仓家，径自进门。

石子刑警内心雀跃了。

从刚才就一直观看情况的渡边刑警也浮现喜色，问："终于来啦！但，那家伙不是支仓吧？"

"不是。"石子微笑回答，"不过绝对和支仓有关联。"

"等他出来时拦住他。为了怕重蹈上次的覆辙，我去庭院那边警戒。"

"没错，这次再让人逃走就糟了。"石子苦笑道，"那么庭院那边就拜托你了。"

两人分开，静静等待怪汉出来。

没有目标的等待既痛苦又漫长，而有目标的等待再加上心里的焦躁，更是漫长难耐，感觉上一分钟有如十分钟甚至三十分钟之久。

虽然连续四个晚上的辛劳无法逮到重要嫌犯，不过却可抓到其同党，两位刑警又急又喜地等待对方能够尽早一刻出来。

实际上约莫只过三十多分钟，但是石子刑警觉得如过三小时的时候，透过植栽可见到玄关亮起朦胧灯光，同时有人走出的动静。渡边刑警好像也注意到了，回到大门这边来。

从大门走出的确实是刚刚的男人，仍旧带着包袱。只是因为不像来时那样抱着，而是提在手上，所以有一半以上突出披风外。似乎是扁平的方形物件。

他出了大门走约十三四尺，石子刑警和渡边刑警立刻如左右包围般地走近。

"请问……"石子刑警出声。

奇怪男人吃惊地跳起来，包袱差点掉落地上。

"不必担心,我们是刑警。只不过想请教你一些事。"石子静静说。

"好的。"男人轮流看着两位刑警的脸,怯声回答。

"请告诉我们你的姓名和住址。"

"白金三光町二十六号,浅田顺一。"

"职业呢?"

"摄影师。"

"什么?摄影师?"

深夜进出支仓宅邸的奇怪男人坦然回答石子刑警的讯问。

"是的。就在前面不远的照相馆。"

"嗯。那么,深夜来这儿有什么事?"石子刑警力持镇静,追问。

"支仓夫人加洗的照片洗好了,所以我送过来。"

"包袱里是什么?"

"这个吗?这是样本簿。"男人解开包袱巾。果然如他所言,里面是大型的簿册,贴满各种各样的照片。

"就算如此,也没必要三更半夜前来吧?何况男主人又不在家。"

"支仓先生如何我不知道,但是支仓夫人今天早上忽然要我加洗照片,吩咐我无论多晚都要送过来给她。由于已经是老顾客了,我不得不接受。"

男人的声音平静,答话也毫无迟疑。

石子刑警轻轻瞥了渡边刑警一眼。

好不容易等到的被视为与支仓有关联的奇怪男人，没想到竟是附近的照相馆老板，石子刑警昂奋的心情立刻降至冰点。而且男人的回答完全合乎情理，也没有借口要求对方陪同回警局，只能就这样一无所获地让他离开了。

石子刑警望着渡边刑警，可是渡边似乎也想不出什么好点子。

"抱歉，打扰你了。"石子刑警对摄影师说。语气里掩饰不住内心的失望。

摄影师并未显得特别高兴，也没有不愉快，只是默默点头，立刻快步离去。

渡边刑警闷声不吭地跟踪于后。

没多久，渡边回来了。

"确实是进入浅田照相馆。"面对茫然的石子，渡边说。

两人已失去继续监视的勇气，等不及天亮，两人各自回自己的住处。

石子刑警稍睡片刻，快正午时进入神乐坂警局，却又接到一封限时信。从熟悉的笔迹一看即知是支仓所寄。他轻啧出声，拆封。信上还是像上次一样充满冷嘲热讽的言词。不过因为已是第三次，石子刑警不像刚开始时那么生气。

但是，翌晨再度接到支仓的信时，石子刑警也不得不为对方的执拗而呆愣了。当然，每次接到信时都会调查戳印，但每封信的寄件邮局皆不同，有时是浅草，有时是神田，有时则是曲町，完全查不出线索。

信上同样是密密麻麻的嘲弄之语。石子刑警边反讽地笑着边读，可是读到下面这句时，他的愤怒达到顶点。

"乳臭未干的年轻猎人啊，凭你这种未成熟的伎俩，是无法猎得像我这种巨鹿的，万一你能成功，我会送你现金十万元。"

屡次的不断侮辱让石子刑警再也无法忍耐了。他丝毫没有考虑支仓是否能够接到，也未顾虑到这么做对调查是有益或有害，写了一封回信寄至支仓家。信上内容的意义大致如下。

"已经看过你的信。我正好缺钱，就接受你的十万元吧！别忘了要事先准备好。"

对于支仓喜平胆大妄为的姿态略微感到不安的石子刑警，和渡边刑警商量后，终于决定将详细过程向调查主任大岛副探长报告。

"嗯。"满面红光的大岛主任蹙眉，"原来如此。看样子这家伙相当棘手，置之不理的话会损及警察的威信，一定要尽早逮捕归案。对了，石子，我并非怀疑你的能力，但是，让根岸加入调查阵容吧！毕竟这种傲慢的家伙需要老练的行家来对付。"

根岸是当时局里数一数二的资深干练刑警，任职警界已将近二十年之久了，因为在别的警局出了一点小差错，还好幸运地未被免职，转调至本局。虽然刚来时的职位比候补便衣刑警还低，就已负责指挥局内所有刑警了。石子刑警与根岸很熟，所以对此并未特别不服气。

"通宵监视一定很累吧！"听完石子刑警的说明，瘦削的根岸刑警浅黑色的脸上略显紧张神色，说，"但是，一旦让对方知道你在监视，效果就很低，最好还是委托邻居或是经常出入的生意人帮忙监视。问题是，像本案这种情形，嫌犯通常在附近邻居间的风评很好，所以就比较伤脑筋了。不过反过来说，也有非常有利的地方，那就是，大家对嫌犯很熟，很可能主动通知我们。还有，必须立刻拿到嫌犯的照片，加洗后分送各警局。另外，你监视时见到的摄影师浅田，有充分调查看看的价值。"

石子刑警咀嚼似的默默听着根岸刑警的分析。

二月上旬的天空飘下纷飞的细雪。

石子刑警从一大早就走在白金三光町的支仓家附近，拜托四五户邻居帮忙监视支仓的动静。

令人出乎意料的是，他一说明事情的概略，提出请对方在发现支仓有回来的迹象，或是支仓家发生了什么怪异情状，立刻通知警方的要求时，每个人都是很爽快地答应。从他们的口风能够推测，支仓给附近邻居的观感并不佳。

石子刑警为此既后悔白白累了三四天通宵监视，又高兴事情进展的顺利，为了拿到支仓的照片，走向支仓家。

支仓的妻子一见到石子刑警立刻露出不愉快的表情，但仍接待他至里面的房间。石子刑警采取高压姿态命令对方拿出所有的照片。支仓夫人唯唯诺诺地搬出一堆厚厚的照相簿和许多老旧照片，置于石子刑警面前。

在翻阅照相簿时，石子刑警不禁惊呼出声了。

那是半遗憾半慨叹的叫声。照相簿里面，只要是有支仓照片的部分，全部都被撕掉。这是何等心思细密的恶徒呀！

他个人的独照当然不必说，连两三人合照，甚至很多人合照的照片，只要疑似有他的部分完全被撕掉。另外，藏放在箱子里的零散照片中，也找不到任何一张他的照片。不知道他是什么时候准备得如此周全？

石子刑警淡淡问道："夫人，你上次加洗的照片是哪些？"

"那个嘛……"她嗫嚅回答，"都已经送给朋友了。"

石子刑警静静观察支仓夫人的脸色。然后抄下被撕掉一部分的照片上印着的照相馆名称，立刻离开支仓家。

接下来，他拜访两三家抄在记事本上的照相馆。很惊讶的是，不论是哪一家照相馆，石子刑警要找的照片之底片，都在最近被人买走了——当然是支仓所为。

支仓机敏又算无遗策的行动让石子刑警茫然失措了。但是，石子刑警绝不会这样就屈服。

他的脑海里还残留着一张被撕掉半边的照片之记忆。似乎是支仓和四五位传教士同伴的合照，虽然他本人的部分撕掉，却可清楚见到最右边坐着一位白发的外籍人士。外国传教士为数不多，和支仓同一派系的当然更少，范围也易于限定，何况又有白发特征，想要找到应该不会太难。

石子刑警立刻前往中野。

冬日短暂的阳光已经西斜。

在中野教会问出威廉森的姓名后，石子刑警绕经好几条窄巷，前往他家拜访。幸好，威廉森在家。的确是照片上的老人没错！

对方是外国人，而且是传教士，石子刑警一方面很担心被拒绝，一方面说明支仓逃亡的始末，表示希望向他借用合照的照片。不料事情比想象中容易，对方的回答竟然是"神不会帮助恶人"，痛快借给石子刑警他与支仓的合照。

石子刑警回警局，将取得的照片交给大岛主任后，回自己位于牛𰻞细工町的家。

妻子君子快步上前迎接，递给他一封信。是限时挂号信！石子接过来一看，又是支仓寄来的。他用力将信甩在榻榻米上。

妻子目瞪口呆。

内容仍是充满嘲弄，还宣称不久的将来会送礼物至府上。

即使这样，支仓又是如何知道自己家的住址呢？

石子刑警扼要地对目瞪口呆的妻子说明事情原委，并说：

"像这样的家伙,搞不好真的会趁我不在家时找上门哩!"

"我不要!"妻子皱眉。

"傻瓜,刑警的老婆怎么可以这样?"石子苦笑,"如果他来了,你要装成若无其事的样子,殷勤地招待他进来,再假装要出门买点心地通知派出所。我会先交代派出所一声,知道吧?"

"嗯,如果来了,我会这么做。"

"好。那么我先去派出所一趟。这家伙的行事不能以常理推断,也许就在附近徘徊也未可知呢!"

"有没有这种长相的人向你问过我家?"石子刑警来到派出所,对熟识的巡佐详细描绘支仓的容貌后,问。

"有啊,早上来过了。正好是我值班。一定是他没错!"巡佐回答。

依他所说,今天早上支仓忽然来到派出所,一面展现缠着绷带的手腕一面说:"我上次搭乘电车时不小心摔倒受伤,当时身旁的石子刑警先生帮了我,所以无论如何我要到他家拜访,当面致谢。请问他住在哪里呢?"

因此巡佐才详细告诉对方。

"手腕缠着绷带?"石子问。

"是的。"

"看起来像受伤吗?"

"是的,好像是受伤。"

为什么会受伤？是从二楼跳下来的时候受伤？石子沉吟片刻，但，当然还是无从得知。

"对了，下次他若又在这附近徘徊，你立刻逮捕他。"石子刑警说完，转身回家。

翌日午后，石子刑警一到局里，又再度接到厚厚的限时挂号信。

"又来了吗？"根岸刑警微笑问道，"真是执拗的家伙哩！"

一旁的大岛主任开口说："啊，对了，你带来的照片已经复制好，今天早上就分发给各警局了。"

"是吗？"石子简单回答后，静静拆开信。果然如他所预期，信上还是充满冷嘲热讽的文句，而且有这么一句：谢谢你的明信片，我已经准备好十万元，你随时可以来拿。

石子刑警摇摇头，忽然，他大叫出声："那家伙和家里有联系。"

"你说什么？"主任惊讶地问。

石子迅速说明自己在激愤之下写明信片寄至支仓家，内容提及要向对方拿十万元等等。

"也就是说，这是他的回答了？"根岸刑警交抱双臂，思索片刻后，接着说："必须再传唤一次照相馆的浅田。"

"已经传唤过他了吗？"

"嗯，在你四处奔波时传唤过他，不过他推诿其词，不讲真话，那家伙也是相当难缠的。只是我另有用意，才故意放他回去。渡边刑警应该正监视他的行动。"

"支仓那家伙也到过我家附近。"石子想起来,说,"他向派出所询问我的住址,还说不久要登门拜访,内人吓得发抖呢!"

这时候门开了,一位巡佐进入,说:"主任,有您的电话。"

大岛副探长慌忙出去,不久,面带兴奋表情回来了。

"北绀屋警局打来的。说是照片上的男人曾多次前往该局。"他说。

"什、什么?"根岸刑警和石子刑警同时惊呼出声。

"的确是如你所形容的男人。"年轻巡佐点头。

石子刑警在北绀屋警局的暗湿房间里与巡佐面对面而坐。

"来过三次。"巡佐接道,"说是因为车掌疏忽导致他从电车摔下来,因此手腕缠着绷带,也带来医师的验伤证明。"

"这么说,他是打算请求损害赔偿啰?"支仓目中无人的态度让石子刑警恨得牙痒痒的。

"没错!他表示要提出控告,找电力公司赔偿损失,气焰非常嚣张。其实依我所见,并不是什么大不了的伤,根本没必要将事情闹大,所以劝他何不和对方和解算了。"

"结果呢?"

"他实在是很固执己见的男人,嚷叫说警方毫无诚意,只会欺负弱者之类的话,真令人受不了。不过知道提出控告需要办理相当麻烦的手续后,就一脸不快地离去了。"

多么胆大妄为的家伙呀!明明是逃亡中正被追缉的身份,却还堂而皇之地进入警局,而且态度强硬,就算是相隔颇远的不同警局,未免也太明目张胆了。

年轻巡佐遗憾似的说:"如果知道他是那样的家伙,当然会逮住他,可惜我不知道。即使这样,居然敢到警局来,实在太令人惊讶了。"

石子刑警垂头丧气地走出北绀屋警局。

回到局里,向主任详细报告之后,主任很惋惜地说:"如果早些拿到照片,已经逮住他了。"

根岸刑警脸上漠无表情,沉默不语。

石子对于根岸的冷漠态度有些不满,但是仔细一想,没有注意到照片之事完全是自己的疏忽,不能够怪别人,只好无趣地搔搔头。

"对不起!"

"没关系,失败为成功之母,至少你也得到了经验,哈、哈、哈。"调查主任爽朗地笑着,但,立刻改变语气,望着根岸,说,"不过,该怎么说呢,像这样胆大妄为的家伙也很少见。如果是无知之徒,或许能说只是有勇无谋,可是这家伙有充分学识却仍如此,很明显是蔑视警察。从电车摔下来手腕受点轻伤,就不顾自己正被追缉地找上警局,胆子未免太大了。"

"那是瞧不起人!"根岸仍是冷然回答。

"根本是不把别人当人！"石子自言自语地叫着。一想到自己被支仓愚弄的可悲,他气得无法忍受,在心里呐喊:走着瞧吧!

突然,门开了,渡边刑警脸色苍白踉跄走进。

"怎么啦?"根岸这时脸色也变了,惊讶地问。

"那个摄影师逃掉了!他又去支仓家,等他出来时我跟踪他,没想到他经过照相馆时却拔腿就跑,把我甩掉了。"渡边刑警叹口气,望着在座每个人。

旧恶

支仓喜平的案子在局里广为传开,在情势比人强的情况下,大岛主任终于不得不详细向局长报告了。

"可恶的家伙!"局长按捺不住似的等大岛主任讲完话,年纪虽轻却已秃额的头顶上仿佛冒着热气般大怒,立刻以浓厚的北陆腔怒叫:"怎么可以容忍如此嚣张的混账?好,动员整个警局全力将他逮捕。"

这位局长是约莫一星期前才刚从堀留警局调任至此。前任期间,辖区内的赌徒可说是闻名丧胆。他的个性耿直,虽然有些坚持好强,不过大体上来说,是一位非常豪爽的血性人物。在警界,许多人对庄司利喜太郎都耳熟能详,即使后来他进入警视厅,也是占有一席之地的要角,专司重大刑案,而且以廉明著称,直至退休为止。不过当时大学才刚毕业五六年,正是壮年气盛的三十二三岁,只要他决定做一件事,绝对会贯彻到底。

"那种家伙嘛!"停顿片刻,庄司局长接道:"以前一定也干过坏事，你何不深入调查他的过去？"

"我也正想这么做。"主任回答，似乎很赞许局长的慧眼。

庄司局长果然料中！向支仓的本籍所在地山形县照会的结果，发现他果然有过三次盗窃前科。看来，他是否正式持有传教士的资格还是一大疑问。

石子刑警立刻开始追查支仓来到东京以后的行动。他忍着每天接获支仓所寄的嘲弄信件，却无法查出对方行踪的闷气，四处奔波，一而再地往前追溯，努力想完整调查清楚支仓过去的恶行。

支仓来三光町之前是住在高轮，高轮之前则是神田，神田之前是横滨。但，很不可思议的，他以前所居住的三个地方都曾经发生火警。横滨是房屋全毁，高轮和神田则是半毁。问当时他在高轮住处的邻居，发现虽然房子只是半毁，保险公司却支付全额的动产保险理赔。至于神田之时，则是有人向锦町警局告密，说是支仓的邻居纵火，邻居因此被警方拘留一星期，结果不但证据不充分，而且支仓还因为同情邻居遭遇而要求警方释放，所以该邻居没多久就获释。

石子刑警查出这些事实之后，很难得回到家，静坐在客厅，交抱双臂沉思。

遇上火灾纯属偶然吗？虽不见得是偶然，可是连续三次都同样遇上，而且每次都领到保险理赔，应该不是偶然了吧？还有，依调查所知，支仓的奢侈生活远超出其收入范围。另外，目前居住的大宅邸也在他名下，并且另有家产。窃取圣经是能获得相当利润，不过若无其他手段，不可能拥有那么多财产。当然，也可以靠玩金融货币取得暴利，譬如进出期货市场，所以也不能一概而论，但是连续三次遇上火灾绝对有可以怀疑的余地。看他从以前迄今的手法，几乎已能够确定是利用纵火来诈领保险理赔。

石子正坐在火钵前沉思时，大门开了。

"会是邮差吗？"由于门是突然被拉开，太太君子轻声说道，站起身。

"不是邮差哩！"不久，她神情开朗地回来了。

背后跟着岸本青年。

一见到岸本，石子愉快地开口说："嗨，你来得正好。"

"好久不见。"岸本边放好坐垫，边接着说："你的脸色很差呢！"

"嗯，都是为了你上次说的偷窃圣经者。那家伙让警方感到很棘手。"

"是吗？还查不出是谁吗？"岸本眼镜镜片后的双眸闪动纯洁无邪的光芒。

"不，窃贼身份已查出，只是抓不到人，才会感到困扰。"

"真的吗？到底是谁？"

"是叫支仓喜平的家伙。"

"什么，支仓？"

"没错。你认识他？"

"认识。果然是这样吗？他的风评很差，年轻人都讨厌他。可是，教会里年纪大的一辈，都抱持息事宁人的态度，而且只要说点谎言、掉点眼泪，立刻就被他所骗……对了，你说支仓逃掉了？"

"是我让他溜掉的，真糗！那家伙胆大心细又狡猾，坦白说，你可不能告诉别人——非我所能应付。"

"没有这回事的。"岸本微微一笑，不过立刻恢复严肃表情，"他真的是那么坏的人吗？"

"岂止是坏，简直是坏到透顶。"

"是吗？如果是这样，我有一些事要告诉你。"

"和支仓有关？"

"是的。"

"什么事？"石子不禁将脖子往前伸。

"你也知道，我在城北中学念到四年级。当时校内有位理科老师小林是虔诚的基督徒，他有个女儿名叫阿贞，进入支仓家当女仆，同时学习礼仪。那是三年前的事，所以女孩应该是十六岁左右吧！我那时还是不良少年，所以常借机向女孩搭讪，或和同伙们一同写信给她，等等，让老师非常担心。因为她真的是个内向可爱的女孩！"

岸本脸孔微红，但立刻恢复肃容，接着说："那女孩不久离家出走，至今仍旧行踪不明。"

"什么？是从支仓家离家出走吗？"

"不，好像不是。"

岸本虽不知道详细情形，但，听说那位阿贞是在支仓家工作时生病，因此请假，每天从朋友家至医院看病，可是某日早上，她和往常一样说要去医院，离家后就再也没有回来，迄今已过了三年，还是行踪不明。

"会不会是支仓对她做了什么呢？"岸本不安地说。

岸本言外之意似是指可怜的少女是遭支仓绑架而行踪不明。石子刑警听完，叉着双腕，沉吟说："嗯……"

如果是在支仓家当女仆的期间行踪不明，那还有话说，可是已经请假离开支仓家才出问题，就不能够随便怀疑支仓了。不过，以支仓的胆大妄为和前科，也不能立刻就说这桩很平常的离家出走事件与他毫无关联。女仆生什么病呢？为什么会生病呢？必须先调查清楚她离家出走当时的状况才行。

石子刑警松开双腕，抬起脸，"那位小林老师目前还在学校吗？"

"是的，还是在教动植物学，不过学生们都瞧不起他。"

"住在哪里？"

"江户川桥附近。应该是水道町吧！"

"你知道那女孩得的是什么病吗？"

"当时有着很奇妙的谣传。"岸本压低声音，"说她得了花柳病。"

"哦？十六岁少女？"石子刑警摇摇头。

"所谓的不良少年都很有一套的。也不知道是从哪打听出来的，反正，他们能知道很多事。何况，大家对老师的女儿有意思，就算她去了支仓家，还是会查清楚她的一切行动的。"

依据岸本听到的谣传，以及他自己的推测，判断少女是遭支仓强暴才会染上那种病。

"同年级有个很差劲的家伙，是某乡绅名士的儿子，有点低能，二十几岁才念四年级。那家伙在上课时间大声问小林老师说，'令嫒生什么病'。当时小林老师嘴角扭曲，好像要哭出来的样子。我到现在还记得他那不知如何形容的可怜表情。"

"嗯，这倒是个重要消息，谢谢。"石子刑警再度交抱双腕，陷入沉思。

岸本青年开始和石子太太交谈。

"太太，有什么有趣的话题吗？"

"不，也没什么。只是，我也曾被刚刚你们在谈的那位支仓所威胁。"

"哦？怎么说？"

"他寄来了类似威胁的信。"君子蹙着眉，接着说，"上面写说'不久的将来会送礼物到家'。"

"嘿，这家伙太过分啦！"岸本厌恶地说。

"所以我每天都心惊胆战呢！"君子浮现寂寥的表情。

石子刑警仿如未听到两人的谈话声，静静思索着。

三年前的女仆失踪。是遭绑架呢？还是自杀？或者被杀害？不论如何，如果死了，应该会有尸体；家人只要知道有酷似的尸体，一定会前往认尸。既然未发现尸体，难道是还活着？

支仓的女仆谜般地失踪……看来事件是愈来愈难解了。

石子忍不住闷哼出声。

听岸本提及三年前支仓的女仆行踪不明之事的隔天晚上，石子刑警前往女仆父亲——城北中学教师小林家拜访。

长脸、颊骨突出，似对生活已感到疲倦的小林，背对堆满杂乱旧书、墙壁剥落的壁龛而坐，边眨眼边有一搭没一搭地说。

"你讲得没错，她正好是在三年前行踪不明。到了现在，我已死了心，尽量不去想她。

阿贞是长女。上面有个哥哥，却不学好，只知道在外鬼混，我很担心日后会造成你们的困扰……底下有弟妹，弟弟刚念中学，妹妹则还在读小学。阿贞个性内向，兼且体弱多病，加上你也看到了，我们家境贫穷，所以辍学，在朋友介绍下，到支仓先生家学习礼仪。"

房里阴湿，灯光也昏黄，小林的讲话语气却有着某种吸引人之处，让石子刑警觉得不可思议。忽然他发现，那是因为小林泛黑参差不平的牙齿中，上面两颗犬齿，亦即所谓的用来咬断丝线的牙齿特别长，每次开口，总是予人异样的、有如妖怪般的印象。

"但是……"小林似乎毫未注意及此，继续露出异样的犬齿，接着说，"实在是让人意料不到。小女的身体虽然早熟，可是毕竟只有十六岁，而支仓又是身为传教士的圣职，我做梦都想不到会出错……"

说到这儿，小林停顿片刻，好像难于启齿。

"关于这件事，我已经有所耳闻。"石子刑警一面想着，果然如岸本所言，一面主动这么说，目的是让小林比较好开口。

"哦，你已经听说了吗？实在很惭愧。"

依小林之言，阿贞是被支仓以暴力凌辱，然后因为染上那种病而无法工作，不得不请假，让她暂时住在自己的朋友家，每天至医院接受治疗。

石子刑警愤怒得讲不出话来。

"三年前的一月末梢，深夜里，托付照顾阿贞的朋友派人前来，询问她有没有回来。我追问原因，对方才表示阿贞早上和往常一样说要上医院，可是出门后就再也没有回来，他们问过医院，也找遍她可能去的地方，却一无所获。"

接下来小林也开始四处搜寻，还是没有任何线索。当然，阿贞未留下信件，更连一张明信片也未寄回家。小林也向警方申请协寻，却同样是杳无讯息。

"我已经心灰意冷，当成她已经死亡。"小林眨眨眼，"她虽然还是个孩子，可能也感到羞耻而自杀吧！"

"你那位朋友与你是什么样的关系？"

"介绍阿贞到支仓家帮佣的人。由于支仓答应负责阿贞至治愈的全部费用，他也表示愿意帮忙照顾阿贞。"

小林的讲话态度阴沉沉的，再加上时而露出的犬齿使其容貌倍增怪异，石子刑警感觉灯光似乎愈来愈暗，但，即使这样，他仍热心地继续问："抱歉，我打岔一下！令嫒被强暴和染病的事，是她亲口说的吗？"

"后来她自己也说了……不过，最先察觉的人是舍弟。他浪荡不羁、酗酒无度，和流浪汉差不了多少……真的是重重家丑。这家伙常来我家，当阿贞在支仓家的时候，他也常去那边。俗语说，恶徒能够很容易嗅出坏事的气息，果然没错。他半威胁向阿贞问明白一切后，就不断找支仓敲诈。"

石子刑警对于居然有人能向支仓敲诈觉得非常佩服，双膝前移，问道："令弟也在东京吗？"

"是的，在神田。"小林似乎听到什么令他感到困扰的问题般，含糊回答。

"可以告诉我他的住处吗？"

小林当然明白无法拒绝，只好先要求石子刑警不要对弟弟有所不利后，说出详细地址。

石子记下后，告辞。不知何时，夜已深了。

翌晨，石子刑警至神田三崎町找小林定次郎。进入溢满脏污感的巷道，直行不久，见到一家屋檐倾颓的汽车旅馆。小林定次郎就是住在这里二楼的一个房间。

他踩着嘎嘎作响的简陋楼梯局促地下楼,见到石子刑警,点头。一大早身上就带着酒臭味。

"你是警察?我最近又没有惹出什么麻烦呀!"

感觉上他的身材相当有肉,那一看就知道是酒精中毒的红脸,以及裸露的胸脯,和骨瘦如柴的小林半点也不像,几乎令人忍不住怀疑两人会是亲兄弟。不过一开口露出两颗异样长的犬齿,就足够证明彼此的血统关系。

"不,不必担心。"石子刑警轻松地说,"只是有点私事向你请教。"

"是吗?那么,不好意思,请上楼。不过有点脏乱,请别介意。"

站在二楼内侧的一个房间里,立刻觉得很窘迫,好像头随时会撞到屋顶一般。裸露出的扭曲垂木上,堆积了一寸左右的尘埃。

"支仓那家伙吗?"石子刑警一说出来意,定次郎立刻大声反问,"刑警先生,没有比那种人更可恶的了。最可恨的是,他还是耶稣的传教士!"

"听说你在支仓家当女仆的侄女行踪不明?"

"是的。那家伙竟然连才十六岁的小女孩也不放过,而且玩出麻烦之后,还把她拐骗出去杀掉!"

定次郎的话让石子刑警大吃一惊。

"喂,太大声啦!这种事可不能乱讲。"

"啊，对不起。事实上，我也没有证据，所以不应该讲出来。当然，如果我有些许证据的话，也不会到现在一直都默不吭声。

哥哥一向懦弱，即使女儿遭遇那么惨，还是只会说一切都是'命运'，更说为这种事生气是自取其辱……难道所谓中学教师都是这样？就因为这样我才会看不过去。刑警先生，我曾出面找支仓谈判哩！我要他还侄女的清白身体。支仓那家伙仍旧毫不当回事般，不过他老婆比较讲理，表示说她本来要送侄女就医，侄女却先被介绍至她家的人接走了，从对方家至医院就诊。"

"然后呢？"

"然后……她为了表示歉意，给我二百……哈、哈、哈，刑警先生，家兄是怎么说的？"

"他说你向支仓敲诈二百元。"

"开、开玩笑！不对。刑警先生，那种家伙，就算敲诈勒索也没用的，我连一毛钱都没有拿到。只是口头上讲好二百元解决，到了翌日，侄女就失踪了。"

"哦，那么，钱呢？"

"我判断一定是支仓那家伙怕惹上麻烦而杀人，立刻冲去找他。但是那家伙很镇静，反过来咬我一口，说阿贞不见绝对是被我藏起来，要我赶快带她来，否则他不付钱……情势完全逆转了。"

"哦，那后来呢？"石子刑警急忙追问。

"刑警先生，我也不是那样好欺负的。"定次郎讲到兴头上，呼出酒臭味，接着说，"我告诉支仓，把阿贞藏起来也没有用。但是，一旦动口，就非我所擅长，终于还是被支仓给压得死死的，只拿到一点点奠仪，就沮丧地回来。"

"嗯。"石子刑警交抱双臂，"这么说，你对阿贞的事也不知情了？"

"完全一无所知。不过，她也都十六岁了，如果自己想寻死，应该至少也会留下一封遗书或什么的吧！而如果还活着，漫长的三年间，不应该连半点消息也无吧！再怎么说我都认为支仓可疑。刑警先生，请你一定要把那种恶徒抓起来。"

定次郎的话只是加深石子刑警对支仓的怀疑而已，在积极方面却毫无助益。他垂头丧气地走出旅馆。

出到外面，他本想就这样回去找根岸刑警商谈，不过忽然兴起，觉得何不前往支仓家，找支仓的妻子问一些问题，立刻，他从水道桥车站搭乘省线的电车。

支仓家还是一片寂然。隔了约莫十天，庭院里的梅树完全不知主人已离开，一朵、两朵地陆续绽放。石子刑警被带至偏院客厅。抬头仰望梅枝时，脑海中历历回想起支仓逃走那天的情景，以及接下来连续四夜通宵不寐的痛苦监视，还有至今天为止无数辛苦追查的行动。感觉上，这一切仿佛已经延续了相当长的时日！

支仓之妻脸色苍白，低垂着头，静静坐在石子面前。

事件发生以来，石子刑警虽已见过她两次，却未曾仔细慢慢观察对方,此刻细看,才发现对方是文静贤淑的模样,而且容貌极美,嫁给支仓简直就是一朵鲜花插在牛粪上。以前曾问过她的年龄是二十八岁,可是看起来比实际年龄年轻得多。性情和她的名字静子非常相衬!

"你先生没有消息吗?"石子对显得憔悴至极的支仓之妻略带同情。

"是的,一点都没有。"

"你一定很担心吧?但是,警方也很困扰哩——并非特别重大的案件,最好是主动出面澄清,采取这样的态度反而会对他很不利。"

"是的。带给你们麻烦,实在抱歉。"

"你能不能劝他早日出面投案呢?"

"当然,只要知道他的行踪,不必你说,我也会叫他赶快投案的,可是我完全不知道人在何处,真的无能为力。"她神色自若地回答。

"我明白。"

石子刑警判断,对方虽是女性,却相当有教养,又在主日学担任老师,只要决心保护丈夫,采用一般客气的询问方式,她是不会诚实回答。于是,他试着转变话题方向。

"大概两三年前吧?听说你家的女仆行踪不明?"

"是的。"对方狼狈似的回答。

"后来呢?"

"好像还是没消息的样子。"

"听说是在你家得了病？"

"是的。"她第一次抬起脸来，用探索般的眼神凝视石子刑警。

石子刑警忽然心想：这女人眉毛很漂亮呢！

"是什么病？"

"这……"她再度俯首不语。

"我听说是花柳病，不知道……"石子刑警毫不放松。

"是的。"她哀求似的抬头望着石子，"这是外子的丑事，他……"

说到这儿，她的声音消失了。

"对方的叔叔听说找上门来？"

"是的。"她好像终于死了心，"她父亲是中学教师，人很好，可是虽然是亲兄弟，叔叔却是个非常不讲理的人。"

"那位女仆是什么样的女孩？"

"很乖巧，人也长得漂亮，而且做事认真，即使染病后被介绍至我家的人接走，从对方住处到医院就诊，她似乎也没有特别恨我们。由于家中并不富裕，外出时总是系一条朴素的黑色衣带，外头再罩上一件牡丹图案的毛织披肩。听说她失踪当天也是同样穿着前往医院，而且是神采奕奕地出门……即使到了现在，我仿佛还能看到她那模样……"

她一面说一面拭着眼睛。

追踪

石子刑警四处奔波、追查支仓的过去罪行的这四五天间，在根岸刑警的调配下，包括渡边刑警在内，许多刑警们分头追查支仓的藏身处。

虽然支仓并无远走高飞的形迹，刑警们的辛苦却未能获得回报，支仓仍旧杳无踪影、毫无线索。他嘲弄石子刑警的信还是每天以限时挂号的方式寄达。在神乐坂警局里，上自局长、下至所有警员都开始焦躁不安了。

"哼，看来只有逼问那位可疑的照相馆老板了。可是，真的没有其他办法了吗？"干练的根岸刑警也无计可施，沉吟着。

调查支仓过去恶行的石子刑警，这天终于回到警局。隔着窗户，亮丽的朝阳照射入刑警办公室。

"嗯。"听完石子刑警的说明后，根岸刑警一面思索一面开口说，"事情过了这么久，除非他本人吐实，否则纵火案根本无法追查。至于女仆行踪不明之事，要认为可疑的话也的确是很可疑,问题在于,若无法发现尸骸,警方也是无能为力,因为,女孩仍活着也未可知。"

"但是,根岸,搬家三次都遭遇火警,岂不是很奇怪吗?"石子说。

"没错,确实是很奇怪!连续三次未免就过度偶然了。不过,石子,困难的地方在于,不能说这样的偶然完全不存在!对任何事皆抱持怀疑,这是所谓的刑警之眼,身为刑警当然必须如此,可是,这同时也是刑警被世人批判的原因之一,尺度的拿捏真的很不容易哩!职业是神圣的,刑警也是一种职业。当刑警的必须不断地怀疑别人,所以对刑警而言,怀疑别人应该也是神圣的吧?哈、哈、哈。"

"你讲得没错,嘿、嘿、嘿。但是,像支仓那种人,即使并非刑警,任何人也都会对他怀疑吧!"

"没错。"根岸刑警颔首。

"那么,对于连续发生三次火灾之事,难道不应该试着怀疑?"

根岸交抱双臂思索片刻,语气转为开朗,"神田的住处发生火警时,不是有人密告说是支仓的邻居纵火吗?"

"是的。"

"真正犯法的人经常会指称无辜的人犯法,这点,有时候对避开嫌疑非常有效,警方常会被歹徒这种简单的伎俩蒙骗。"

"你的意思是,密告者反而可疑吗?"

"可是……替被指为犯法者辩护的人往往才是真正的犯法者。"

"怎么说？"石子刑警有些迷糊了。

"支仓不是曾替遭人密告的邻居辩白脱罪吗？"

"嗯。"

"你要知道，为了诈领保险理赔的目的而纵火烧毁自己家，密告邻居之后，这才装出一副若无其事的模样，主动向警方表示邻居并非会干此种事之人，怎么样？这难道不是避嫌的巧妙方法吗？"

"原来如此。那么，支仓……"

石子正想接着说下去的时候，一位刑警脸色遽变地冲进来，"刚刚支仓家的邻居打电话来说，支仓家正要运送行李出门。"

"什么！"根岸刑警跳起来。

听说支仓家邻居报告支仓家正在运送行李，根岸刑警跃然了。

"你去请对方务必看清楚货运公司的名称。"他对接听电话的刑警这么吩咐后，转头面对石子，"你负责追查行李的去向。重点是，一定要盯住货运公司。"

对根岸那种连不必说也知道的琐事都要指示的态度，石子刑警当然很不愉快，此刻的他却已无考虑这种事的余裕了。他和渡边刑警一同步履轻快地出门，意气风发地前往三光町，心

45

中想着：这回你逃不掉啦！

问支仓家的邻居，确定运送出的行李是中国式皮箱和柳编行李箱四五个，用手推车拉出，不过关于货运公司，就毫无线索可循了。两位刑警试着询问目击拉出行李的女仆各种问题，但是她连搬运人员身穿的工作服背章都不记得。只表示，没有看见灯笼，应该不是运送至很远的地方。

"还记得什么吗？就算微不足道的小事也没关系。"石子刑警拼命问，"什么都行。没有能够当作辨识标志的东西吗？"

女仆的神情像是快要哭出来，拼命回想，良久，才以低细的声音回答："工作服背面没有字，只画着红色图案。搬运的人身材矮胖。"

"从哪边来？往哪边去？"

"是从大崎方向来的。去嘛，是往那边。"女仆指着市内的方向。

两人分手，开始寻找货运公司。

负责大崎车站附近区域的石子刑警首先走进一家大货运公司。

"我是警方派来的。"石子边递出印有职称的名片，边说，"你们今天有出车至三光町吗？"

正在急着打包、扰嚷吆喝的搬运工人立刻安静下来，盯视着石子刑警。

"没有。"不久，其中一人粗声粗气地回答。

"这附近的货运公司里,有没有一个身材矮胖的人呢?"

"不知道。"对方仍旧冷漠回答。

工人们停止打包后,各自随兴坐下,面朝门外开始抽烟。

"不知道吗……"石子很沮丧,自言自语似的说,"这就麻烦了……我想调查一些事的……也罢,让我在这儿抽根烟。"

他在泥土地房间的一隅坐下。

工人们皆用带着敌意的眼神偷瞄他。

"虽然不多,但是,有人能帮我去买些茶点吗?"石子刑警拿出一元纸币。以干刑警的微薄薪水而言,拿出这笔钱相当为难,不过却是让工人们能够主动开口的最有效方法,之前他就曾用这种方法多次获得成功。

大家围坐成一圈,边吃着石子刑警提供的糕饼点心边闲聊,很快的,工人们逐渐敞开心胸,捐弃成见。

"我不认识身材矮胖的搬运工人,你呢?"一位工人说。

"这附近好像没有那样的人哩!"另一人边想边回答。

吃着石子刑警请客的点心,再加上天南地北地闲话家常,货运公司的工人们说出自己所知的一切,也绞尽脑汁苦思哪里有矮胖身材的工人,却还是想不出来,结果,石子刑警不得不毫无所获地走出该家货运公司。

接下来,他很仔细地继续拜访每一家货运公司,可是直到快正午时分,仍旧白费气力。

不过，运气来到渡边刑警这边。

他垂头丧气、拖着沉重脚步，从五反田方向折回来时，在某条狭窄的横巷，发现有一家刚才疏忽未见到的小货运行。他看着店面，朝店内问："你们这儿有没有一位身材不高、体型壮硕的年轻人？"

似是老板的男人从里面臭着脸走出，疑惑地望着渡边刑警，"你是指兼吉吗？"

"对、对，就是兼吉。"

"找他有什么事？"

"事实上，"渡边刑警故意压低声音，"是支仓先生拜托我来的。"

"啊，是吗？"老板霎时脸上堆满笑容，"承蒙照顾，谢谢。"

"行李确实送达了？"渡边忍住心中的狂喜，沉着问道。

"是的，确实送达了。"

"兼吉回来了吗？"

"是的。有什么事吗？"

"嗯，一点小事。"

"喂，兼吉！"老板转头望向店内，叫着。

出来的是个身材矮小、体格魁梧的年轻男人，工作服背部印染着鲜红的蝴蝶图案。

"有什么事吗？"

"我是警方派来的，希望知道支仓的行李运去哪里。"渡边的态度立即一百八十度大转变,递出名片,高压姿态地瞪睨兼吉。

年轻男人瞄了一眼渡边递出的名片,浮现厌恶的表情,紧抿着嘴,转脸望向别处。

"喂!"因对方态度感到些许狼狈的渡边再度怒声说:"还不快说?"

"没必要那样大声吧!我又没做坏事。"

渡边是认为如果支仓已经事先嘱咐对方不能说,那么客气的问话一定没有用,所以才摆出高压姿态。可是,对方既然如此反应,再继续高姿态绝对是自己吃亏。

"抱歉,坏毛病又出来了。"渡边刑警苦笑,"请你别放在心上。请你告诉我送货地点。"

年轻人的神色缓和了,但是仍旧不想开口。

"喂,兼吉,刑警先生都这么说了,告诉他吧!"老板在一旁帮腔。

"饭仓一丁目的高山家。"年轻人终于开口。

查出货运行,从年轻男人口中问出送货地点,渡边刑警兴奋地折回支仓家附近。这时,石子刑警正在约定会合的地点茫然等待。渡边告知成功查获送货地点时,石子刑警也雀跃不已。

两人立刻赶回警局,向调查主任报告经过。

"好!"主任大悦,"立刻带五六位刑警支援,进行逮捕。"

"这……最好不要打草惊蛇。"根岸刑警凹陷的眼眸闪动逼人的光彩。

"不能再犹豫不决了。"主任似乎有点被扫了兴头,"否则又会被他溜掉。"

"是啊!"石子表示赞成,"运送的行李相当不少,可见他一定打算潜躲一段时日,没问题的。我希望能尽快逮到他!"

"嗯,那倒也无所谓。"根岸露出讽刺的苦笑,"但是,你要知道,自然离开的鸟儿会再回巢,而被吓飞的鸟儿是不会再回来的。"

"别讲那种像是猜谜的话了。"石子刑警对根岸讽刺的笑报以微笑。

"不是猜谜。我无法赞成进入高山家抓人的行动。"

"为什么?"

"因为以支仓的行事风格,不应该会出这种纰漏。"

"你说什么?"石子很明显动了怒,"也就是说,你认为支仓不可能会让我们查出他的藏身处,换句话说,我们查到的并非他的真正藏身处?"

"你这么曲解就令人困扰了。"根岸刑警还是同样冷然回答。

"不管如何,照我的看法做做看吧!"

"没错。"一旁的渡边刑警也恨恨地附和。

对于自己好不容易苦心查获的饭仓一丁目的地址被根岸刑警形同否决，渡边从刚刚就感到内心不快。

根岸刑警看了渡边一眼，不过什么话也没说。

石子和渡边获得五六位刑警的支援，立刻朝饭仓一丁目出发。

目的地是位于T字路口、格子建筑的两层楼住家。众人做好分配，后门埋伏两人，其他重点位置各派一人监视，石子和渡边则由正门进入。

依阳光照射的角度判断，应该已经快下午四时。冷锋虽然已在两三天前过去，气温仍是从一大早就冰寒彻骨。阳光照射不到的高山家门前，可能是有孩童恶作剧吧？散落着两三块从沟里捡起来的厚冰碎片。

忽然抬头一看，二楼的半面照着夕阳，屋檐瑟缩地吊着大概是从夏天遗忘至今的风铃。

"有人在家吗？"石子出声。

"来啦。"

从里面出来的是一位女仆模样的十五六岁少女。

"我们是从芝白金三光町来的，想找支仓先生。"

"好的。"

女仆连石子他们的姓名都未问，转身入内。

石子心想：这次没问题了。

但是，出现在迫不及待的石子他们面前的却非那个女仆，而是年近四十岁、气质优雅、贵妇模样的女性。

"请问你们是支仓先生派来的吗？"女人以略带不安的神情，仰脸望着石子刑警，问。

"是的。"

"要搬走行李了吗？"

这句话太出乎意料，石子刑警一时不知该如何回答。"什么？搬走行李？"

"不是吗？"女人好像有点后悔地说，"方才支仓先生送来一车行李，说是改天会过来拿走，希望暂时寄放在我这儿，所以我才会误以为你们要来取走。"

"这么说，支仓先生不在这里了？"石子刑警大失所望。

"是的，他没来。"

"我们无论如何想见支仓先生，你知道他去什么地方吗？"

"这……我也不知道。你们何不去他家问问看呢？"

"我们去了他家，家人说是来这里。抱歉，请等一下。"石子刑警叫站在外面的渡边刑警，"喂，支仓不在哩！"

"不可能！"渡边慢步进入，朝着女人轻轻点头，说："刚才不是有送行李过来吗？"

"是的。"似是女主人的女人眼眸闪动警戒般的光芒。

"那么，他不应该不在的。"渡边加强语气。

"不，他只是把行李寄放在这儿而已。你们究竟是什么人？"女人略有愠意。

"没什么，只是找支仓先生有点事。"石子刑警看着渡边，"没办法，我看下次再来吧？"

渡边刑警摇头。可能是因为这个住址是他查出的吧？也可能是他深信支仓躲在这儿。

"夫人，"渡边刑警口气强硬地说，"支仓最近曾经来过你家吧！"

"是的，两三天前来过一次。"

"之后就一直没有离开过吧？"

"不！"对方浮现不快的表情，"你们到底是什么人？"

"我们是刑警。"

"什么！"女人脸色遽变。

"夫人，支仓是警方目前正在缉捕的对象，窝藏他可说是非常不智的行为。"

"我没有窝藏谁。"女人语气坚决地说，不过神色显然带着不安。

"我们过去看看那些行李。"渡边转头对石子刑警说。

石子刑警从刚刚就觉得渡边刑警有些过火。或许是个性使然吧？石子刑警的行事风格与渡边有所不同。但是眼看已成骑虎之势，他也只好依渡边之言一同进入客厅。

女人并未表示拒绝。

支仓送来的行李叠放在玄关旁的四张榻榻米半房间。其他房间都整理得很整齐干净。两人以锐利的视线打量每个角落，不放弃任何可疑物件，但是，别说支仓本人，连一丝他曾躲藏过的形迹皆无。

"唔,看样子根岸讲对啦!"石子刑警在沮丧无比的渡边刑警耳边轻声说道。同时心中想到,如果支仓在场,一定会得意洋洋地讥嘲:如何,像你们这么嫩的家伙,还早得很呢!

石子和渡边两位刑警进入饭仓的高山家的同一时间,位于三光町的支仓家里,支仓的妻子静子正在有气无力地准备出门。

她从白金学院的女学生部毕业后,又继续修习神学系学分,所以在二十七岁时就已经在家中开设主日学执教,支仓也是大部分靠着她才能够认识众多教会信徒。自从丈夫蒙受嫌疑逃亡以来,经常有刑警上门,邻居们也个个像是随时在监视一般,所以主日学的学生们都远避,到了现在,几乎已没有访客,她自己更是小心翼翼地极少出门。

今天早上送行李至饭仓一丁目的高山家——那也是信徒之一——之后,她的情绪很坏,埋头在衣襟里,静静坐在房里发呆。

家中人数不多,本来就已经太空旷了,如今连丈夫也离开,只有女仆陪伴,简直就像是独守空城。

吃过午饭,她又回原来的坐处,茫然眺望着在淡淡阳光照射下已融霜的庭院。三时过后,她忧郁地站起身,开始慢吞吞地更换和服。待准备妥当,低头走出门外时,已经四时左右了。

离开大门两三步，她猛然抬头回望四周，确定毫无人影后，才又再度迈开步伐。

但是，她完全错了！当她安心开始往前走的时候，放置于邻家厨房门口的大型垃圾箱后面，突然站起一个男人。是身穿披风、身材矮小，乍看似是保险公司业务员模样的中年男人，浅黑的脸孔虽然被遮盖住眉毛的鸭舌帽和围巾掩住绝大部分，可是锐利的眼眸不停转动。他一副若无其事的模样跟踪在静子身后。

她完全没注意到有人跟踪，出了大街，并未搭乘电车，继续朝着目黑方向走。

男人当然紧跟于后。

她走进目黑车站，往售票窗口前行。男人尾随其后，等待售票口打开。

"往中野来回票一张。"她望着小窗口，说。

静子接过车票，快步走向剪票口。如果她的心情轻松一些的话，应该会注意到男人在她背后叫着"中野单程票一张"吧！但是她好像贯注全神在思考某件事，完全没注意到这些。

走下月台，等待电车进站之间，甚至搭上电车之后至代代木车站等待转乘之间，男人一直与静子保持适当距离，仔细地观察她。

电车在中野车站停住后，她匆匆下车。

男人当然跟着她下车。

静子加快步伐。冬日短暂的阳光已经西斜，薄暮的冷风吹拂，整张脸颊好像要被吹去一般。她从大马路折入横巷，左转后，往右是一整排低矮的房子。她在路旁积满灰尘的空地的新开发的路地穿行前进，不久，来到一栋西洋式木造建筑之前。她停住脚，但立刻进入其中不见。

男人在建筑物前站住。

门牌是"中野教会威廉森"。

男人在教会前面踱着方步，不时观看内部的动静。很不巧，天色尚未全黑，过往行人还是相当多，想要不被人怀疑颇不容易，但是，四周却又无足以藏身的暗影处。

"啧，居然来这种西洋式建筑，里面的情形丝毫都看不到！我看，还是打电话向中野警局求援吧！"男人喃喃自语。

他正是神乐坂警局的根岸刑警。当他听说支仓家有行李运出时，感到无法置信。如果是三更半夜趁无人知情而为还讲得过去，但是大白天运出，明知会引人注目，立刻就有可能被查知藏身处，以支仓的为人，不应该会做出如此愚蠢的行为。

不过，也有可能是支仓认为警方会疏忽其事，先将行李运至朋友家中放置，等确定警方完全未注意后，再前往取走。若是如此，则警方最好应该也摆出一副毫未察觉的姿态，继续监视行李送达的住家，等对方在大意之下前来取走行李时再进行逮捕。问题是，渡边刑警急于抢功，不听自己所劝，因此，他只好自行前来支仓家监视。

这是因为，常言道，魔术师的右手在做动作时，必须注意其左手,所以他认为支仓也有可能是借运出行李来吸引警方注意,私底下却另有动作。结果,真的如他所推测,支仓的妻子出门了。当然,一贯行事谨慎的他,还留下另一位刑警来监视支仓家!毕竟他还考虑到,支仓有可能利用行李诱开刑警,再利用妻子诱开另外埋伏的刑警,这才悠哉轻松地返回家中。

根岸刑警继续在教会前,一面来回踱步一面思索。

向中野警局求援是没有问题,可是,对方若是在自己去求援之间溜掉,一切工夫就白费了。进入民宅抓人若无确实的证据,对象又是外国人主持的教会,事后绝对难以收拾善后。

支仓的妻子到底来这儿干什么呢?最合理的解释应该是来见支仓吧!那么,支仓是躲藏在此地吗?或者只是约好妻子在此碰面?更或者,支仓的妻子并不是来见他,纯粹只是有事前来?无论是哪一种,都需要再稍微观察一下才能够确定。最好当然是等支仓出来时将他逮捕,只是,在这么狭窄的马路上,找不到足以遮蔽身子的地方……根岸刑警也技穷了。

忽然,他望向教会后门,发现一位身穿披风的可疑人影悄悄走近,眨眼之间消失于门内。

根岸刑警紧张了,轻轻走近后门。

但是,纵然是根岸刑警也没有注意到,就在他走近后门的瞬间,那道可疑人影已径直穿越教会内,迅速从大门冲出。

可疑人影在玄关浊声对跟上来的静子说:"笨蛋,被跟踪了都不知道!后门那边有疑似刑警的家伙盯着。没办法,我必须立刻就走。你把印章交给浅田,知道吗?"

"你……别再逃亡啦!"静子慌忙拉住他的衣袖。

男人甩开衣袖,冲出大门外,在夜幕掩护下,不知消失于何处。

外行侦探

从麻布一之桥方向进入白金台，往目白方向小店铺林立的街道前行不久，位于三光町一隅的巷内，有一间和町镇同样古老的照相馆。

在余寒的冰霜仍未融化的二月中旬深夜，天空虽然晴朗无云，苍白的繁星也点点闪烁，但是暗处仍是伸手不见五指。照相馆昏黄的灯光朦胧照着门口，隐约可见到挂着身穿戎装的将军之大型照片、穿着数年前流行服饰的艺伎照片，以及另外两三张照片的积满尘埃的橱窗。

一位形迹可疑的男人静静站在门口，抬头望着写着"浅田照相馆"字样的招牌。不久，他并未进入门内，而是由旁边的巷道摸索着绕往后门。

男人靠着木门露出的灯光，悄悄接近，敲门。

一道白光如瀑布般流泻，门开了，一个男人跑出。

木门再度关闭，瞬间照出的后门一带脏污的景象消失，四周又恢复原来的漆黑。

"不要紧吗？"敲门的男人低声问。

"没问题，都已经熟睡了。"从里面出来的男人回答。

"找到什么线索了吗？"

"没有。不过这儿的老板最近经常进出公证法庭，我想应该是受支仓所托吧！"

"知道公证人的姓名吗？"

"好像是叫神田大五郎。"

"若是神田，那可是相当有名的公证人哩！"

"还有，石子先生。"从里面出来的男人叫着。听声音似乎是年轻人，"他最近频繁和一名叫松下一郎的男子有书信往来。"

"松下一郎？"

"是的。我认为那极可能是支仓的化名，因为笔迹与那天你在家里给我看的那封威胁信类似。"

"那么，你知道地址吗？"

"不知道。来信上并未写投寄地址，而去信都是浅田亲自投寄。"

"嗯，这其中的确有古怪。岸本，还得再继续麻烦你啰！"

"没问题，我尽量设法调查。"

"对手非同小可，必须很谨慎才行，因为连根岸都被耍了。"

"我明白。你们那边情况如何？"

"半点线索都没有。"

石子刑警——各位读者应该已经明白了吧！深夜前来浅田照相馆的男人正是石子刑警。而从照相馆内出来的人则是青年岸本清一郎——很遗憾似的说。

"一直出纰漏。查出寄送行李的地点，进去搜索，非但没有见到本人，行李也只是暂时寄放在那边而已，因为那是为了吸引我们的注意，再找妻子前来碰面。而，根岸虽然洞穿其诡计，查出两人见面的地点，却仍旧不知不觉被他溜掉，在寒冷彻骨的深夜呆站了五个钟头。"

两人又低声商量一些事之后，这才彼此分手。

"岸本，你来一下。"浅田照相馆老板皱着眉头，叫着。

"是的。"岸本走到他面前。

"我要出去一趟，这是要加洗的部分，还有把这个贴在座纸上。另外，使用锌版时必须特别注意！"

"是的，我知道。显像方面呢？"

"不，显像就不必了，你自己一个人做还是有点危险。"

"师傅，没问题啦！"岸本漂亮的眉毛一扬，说。

"哈、哈、哈。"浅田似乎感到好笑，接着说，"还是算了吧！显像如果出问题，就无法挽回了。"

"是吗？"岸本不服地说。

"喂，阿筱。"浅田叫妻子，"我要出门啰！"

"慢走。"阿筱在里边的房间大声回答。

岸本完成底片的冲晒走出暗房，正在将已经完成的照片贴在座纸上时，阿筱来到他身旁。

"岸本，你很努力呢！"

"不行的，老板娘，我贴得很差劲。"

"不，这样已经很好了。"

"是吗？"

"岸本，我先生让你很烦，对吧？"

"没有这回事的。"

"他的个性比较孤僻，所以来这儿帮忙的学徒都待不久，我一直很困扰呢！你一定要多忍耐。"阿筱边用眼角瞄着岸本的侧脸，边说。

"是的，老板娘，请让我长期留在这里工作。"

"那当然啦！"

"对了，师傅是要去哪里？"

"我猜应该是去支仓先生的太太家吧！"

"什么，支仓先生？"

"你认识吗？"

"是的，以前我是基督徒，所以听过他的名字。"

"是吗？也对，支仓先生是信耶稣的。"

"支仓夫人好像相当伟大呢！"

"管他的，谁知道她伟不伟大。"阿筱忽然不高兴了，"丈夫不在家，却经常找别人的先生商量事情，根本就是把人当白痴嘛！"

"支仓先生不在家吗？"

"不知逃到哪儿去了。"

"哦，是做了什么坏事吗？"

"好像是吧！我认为和那种人扯在一起，以后绝对会吃亏的。"

"哎，支仓先生真的那么坏吗？"

"我就是不喜欢他的长相，一看就像是坏人模样。当然，和他太太那仿佛连一只虫都不忍杀死的温柔脸孔不能相比。"

"那么凶狠的相貌？"

"你等一下，我拿他的照片给你看。"

阿筱在桌子抽屉里翻找，不久取出一袋旧照片。

"你看，这些全部都是支仓的照片。"

"这么多？"

"因为是老朋友嘛！这人就是支仓。"

"果然是很可怕的脸孔。这是支仓夫人？"

"不错！对这种人更需要小心呢！"

正在翻看眼前无数照片的岸本，视线忽然落在一张照片上，大吃一惊。

翻看支仓家人的照片之间，岸本的视线落在一张照片上，暗中吃惊了。那是小林贞的照片！

"怎么啦？"阿筱觉得奇怪，问。

"不、没什么。"

"啊，果然还是年轻女孩子迷人。"阿筱见到岸本手上拿着的照片，笑了，说道。

"不是那样的。"

"不过，岸本，很遗憾，这女孩已经死了。"

"什么，死了？"岸本硬生生咽下一口唾液。

"你看起来很震惊呢！"阿筱盯视岸本，"我虽然不太确定，但，应该是死了吧！那是支仓家的女仆。"

"啊，是女仆吗？"

"三年前行踪不明。"

"啊！"

"迄今仍旧没有消息，大概死了吧！"

"也对。三年里都没消息的话，很可能是死了。为何会行踪不明呢？"

"那是因为，虽然只是个小女孩，支仓同样不放过她！世间的男人都是这样。她因此离开支仓家，大概就算是小女孩，这种事也一定会令她深受打击，而离家出走吧！"

"好可怜。"

"你认为可怜？"

"是的。"

"哼！只是嘴巴说说吧？男人根本会毫不在乎地做出这种事，然后拍拍屁股就忘掉。"

"老板娘，没有这回事的。"

"没错，岸本，如果是你，或许不会也未可知。"

"对了，老板娘。"岸本设法想让阿筱露出口风，"你不知道支仓先生在哪里吗？"

"不知道呢！当然，我丈夫说不定知道，因为两人常有信件往返，托他帮忙处理各种事情。"

"老板娘，如果支仓是那样坏的人，帮忙他不太好吧？"

"我也是这样认为。可是，世间的人情义理……没办法的。"

"人情义理真有那样重要吗？"

"你还年轻，难怪不懂这些。事实上，人情债挺累人的。"

"既然支仓先生经常来信，老板娘应该也知道他在何处吧？"

"咦，岸本，你好像很在乎支仓的事？"阿筱频频打量着岸本，"你不会是警方派来卧底的吧？"

"怎么可能？"岸本呆了呆，慌忙辩驳："我一向讨厌坏事，所以才会想要问详细些，避免自己日后受骗。"

"没错，没有人会喜欢不祥的坏事，只不过在人生之中，很多事还是无法避免。"

"真的吗？"

"常有人说世间路难行，不是吗？我也常常为此烦心哩！"

"那么，支仓……"

"啊，又转到支仓身上？你真的很奇怪。"阿筱瞪视着岸本。

由于问太多支仓的事，导致老板娘的怀疑，岸本狼狈地解释："不，也不是那样，只是因为我的个性一向习惯事情没有问到水落石出绝不甘心，才会很自然地追根究底。如果老板娘很在意，那就算了。"

"我倒不是特别在意这个。好吧，就让你问到能够释怀为止。"

"不必啦，老板娘。"

"你这个人真好笑！真的叫你不必顾虑地问，反而说不必啦。"

"那我还是问清楚好了。"岸本微笑，"师傅去支仓家有什么事吗？"

"呵呵呵。"阿筱笑了，"怎么忽然问这种事呢？听说支仓想要将家产全部过户给他太太，所以委托老板帮忙办手续。"

"哦！"

"也就是说，"阿筱压低声音，"支仓好像是有欺诈行为，一旦被抓，家产很可能遭扣押抵偿，所以才急于想过户至太太名下。"

"因为支仓的老婆长得漂亮，师傅才会如此卖力吧！"岸本讽刺地微笑道。

"胡说！"阿筱立刻圆睁杏眼，"他敢乱来的话，我不会放过他。"

"怎么不放过？"岸本故意不怀好意地问。

"怎么不放过？"阿筱提高声量,"我会把他赶出这个家。"

"然后呢,老板娘？"

"然后？"阿筱因为忌妒而脸孔涨红,怒叫,"我也可能另找男人！反正,我要怎么做是我的自由。"

"师傅和支仓太太的交情真的那样好？"知道阿筱原本就为了丈夫经常出入支仓不在的家中与其妻子商量事情而内心不快,岸本更加煽风点火了。

"他可别将我当成傻瓜！真敢乱来的话,试试看好了。就算投河自杀,我也要让他好看。"

岸本这时发现似乎过火了些,连忙打住话题,劝慰着说:"老板娘,没问题的,师傅不可能会做出那种事的。"

"呵呵呵。"阿筱似乎也因为过于激动而后悔,"岸本,你可以不必替我担心,我是开玩笑的,谁会投河自杀？我讨厌上吊,一想到就毛骨悚然。"

但是,她好像突然想到什么事情,全身发抖。然后,像在犹豫着该不该讲出来一般,沉默不语,良久,才问岸本:"岸本,你见过自杀身亡的尸体吗？"

"没有。"岸本摇头。

"我曾经见过一次哩！那是……一年、两年,对了,已经整整三年了。就在这边过去不远的大崎,大崎的池田之原。现在虽然建盖了很多房子,但是,以前那片原野的正中央有一口古井……是六月或七月吧，打捞起来一具自杀的尸体。看来已经浸泡相当长的时日，全身肿胀，警方连碰也不碰就命令收尸呢！要讲到可怕，没有比那个更可怕的了。呸，好恶心。"阿筱蹙眉。

从古井打捞起溃烂的尸体……虽然已经是三年前的事，岸本还是感到难过。

"一定很恶心！是女性吗？"

"嗯，是的。"

"知道是谁吗？"

"不，不知道。那是因为……岸本，所谓的警察都是很差劲的。尸体竟然就那样丢在井边两三天！原因是，那片原野正好位于高轮警局与品川警局的交界，平常若是有功劳的话，彼此早就抢成一团，但是碰到这种讨厌的事，大家却互相推诿，双方皆不愿意负责验尸。最后虽是高轮警局验尸埋葬，却草草了事，连身份也未查明。就是因为这样，人世间才会有很多行踪成谜之人。"

"年纪大约是几岁呢？"

"看外表知道是年轻女性，不过无法断定。报上说，医生鉴定为二十二三岁。"

岸本是想到也许那是阿贞的尸体才试着问，不过年纪相差太多，让他非常失望。

"我去看的时候，"阿筱好像突然想起什么，"支仓先生也在场哩！"

"什么，支仓先生？"

"是呀！我们还互相谈到，死者看来很年轻，真可怜呢！"

"支仓先生是特别去看的吗？"

"这……是特别去的，或是路过，我不记得了。"

"反正，投井自杀或投河自杀都是很恶心的事。"为了怕问太多有关支仓的事引起老板娘的怀疑，岸本故意扯开话题。

"是啊！"阿筱紧皱眉头，忽然失声说，"啊，糟糕，只顾着聊天都忘了，我必须煮晚饭啦！"

剩下岸本独自一人，正在忙于工作时，老板浅田回来了。他见到岸本正在工作，立刻进入里面的客厅。

"回来啦？"阿筱在厨房出声问道。

浅田一屁股坐在火钵前，以不高兴的声音叫着："阿筱！"

"什么事？"阿筱边在围裙上拭手，边问。

"你要注意这次来的学徒！"浅田用低而有力的声音，凝视阿筱的脸。

"你说什么？"

"如果我不在，你不要跟那家伙谈一些不三不四的事。"

"什么！"阿筱脸色大变，"我什么时候讲过不三不四的事？"

"我没说你讲过，只是叫你不要讲。"

"别把我当白痴！"阿筱怒叫，"你自己才是没事就往支仓太太那儿跑去，讲一些不三不四的话！"

"喂喂，别这样大声！"

"那你为什么要做出让人不得不大声讲出来的事情？"阿筱并未停止怒叫，"更何况你只会指责别人，你说，我又做了什么不对的事？"

"喂，你不要搞错了，我只是叫你小心岸本而已。"浅田一脸困惑。

"我想做什么，不劳你费心。"阿筱鼓着腮帮子，冷冷回答。

浅田苦笑，劝慰阿筱，等她气消之后吃过晚饭，立刻上二楼，走向角落的书桌，开始振笔书写。没过多久，已经写好，放入信封后，又在信封上写好投寄地址，这才慢慢回到楼下。

岸本似在下面等他一般，问："师傅，你要出去？"

"嗯，很快就回来。"

岸本眼尖，见到浅田手上拿着的信，说："师傅，要寄信的话，我帮你寄。"

"不，不必了。"说完，浅田出门。

岸本等老板的身影逸去，立刻如脱兔般转身上二楼。他一到了书桌旁，急忙开始翻找。桌面上、未上锁的抽屉，全部一一找遍，然后又小心翼翼地恢复原状。不久，他失望地喃喃自语："哼，真是小心谨慎的家伙，怎么也找不到。"

忽然,他被桌上一张吸墨纸吸引了视线。仔细一看,隐约可见到"松下一郎先生"的逆写字样,同时,地址好像也隐约能够分辨。

"太好啦!"岸本高兴地低声自语,"第一个字确实是'本',但,是本乡呢?或者是本所?啊,第二个字完全看不清楚。还有,也无法确定是米或林……接下来的字好像是川吧!町字是很清楚,不过,最后这个字好像是'馆',啊,是照相馆。这么说,松下一郎这个家伙是在照相馆里了?是什么照相馆呢?啊,'内'字很清楚,可是是山内呢?或是大内?嗯,'本''川''町''内'照相馆……为什么不能看得更清楚一些呢?"

岸本焦躁不安地专注看着吸墨纸时,楼下传来阿筱的叫声:"岸本、岸本。"

"真烦人!"岸本边在意着老板娘的叫声,边侧身盯着吸墨纸,有点生气似的喃喃嘀咕。

"岸本。"

听声音,阿筱似乎是边叫着边上楼来的样子。

岸本很遗憾地离开书桌旁,走向楼梯口。

"什么事呢,老板娘。"

"你在做什么?岸本。"

"也没什么。"

"哦。"阿筱爬到楼梯口,仰脸望着岸本,"老板对你说了什么吗?"

"没有,什么都没讲。"

"是吗?那就好。"

"老板娘,老板有点奇怪耶!"

"为什么?"

"为什么?他偷偷和人通信呀!"

"真的吗?"

"当然是真的。有人以松下一郎的名义寄信前来,老板却总是自己投进邮筒,其他信件老板都是叫我投寄的,只有给这个人的回信一定亲自投寄,不是很奇怪吗?"

"可恶!"阿筱怒叫,"他果然在骗我。"

就在此时,浅田的身影出现在大马路上,两人慌忙下楼。

浅田一进入家里,默默地直接上二楼。

他小心翼翼环顾室内一圈后,才松了一口气坐下,打了个呵欠,忽然望向桌上,喃喃说:"奇怪。"

桌上的东西和自己整理过的一模一样原封不动,但可能是所谓的第六感吧,感觉上似乎曾被谁碰触过。

"到底哪里不对呢?"

他抱着双臂,用锐利的视线盯住桌上,忽然见到吸墨纸。也不知是否心理因素,好像位置有点偏移。

他拿起吸墨纸,映照着头顶的灯光仔细看。

"糟啦!"

他低声自语,仰头,咬着下唇,静静盯视远方,沉吟着。

不久,他再度仔细察看吸墨纸,嘴角终于浮现一抹微笑,也不知心里在想些什么,取出一个信封,和吸墨纸一起放在桌上,然后拿出笔来,一面考虑一面在信封上书写。

"本所区菊川町二十三番地大内照相馆"

之后,他自言自语:嗯,这样应该可以了。

浅田发出恶意的笑声,凝视写好的信封,不久,用吸墨纸吸干墨汁,将信封撕成两半,搓成一团后,丢进脚边的字纸篓。

他按下呼叫铃。

岸本放轻脚步地上楼。

"师傅,有什么事吗?"

"我打算冲印底片,药水准备好了吗?"

"是的,准备好了。"

"那么,你把这里稍微整理一下。"

"是的。"

浅田进入暗房后,并未立刻开始冲印,而是从引导光线进入的红色玻璃小窗偷偷窥看岸本的动静。

岸本迅速打扫,没多久,注意到字纸篓,弯腰,从篓内取出搓成一团的信封,神情像是有些惊讶,但,立刻朝暗房瞥一眼,假装整理桌上物件般地将信封摊开,随即面露笑容,仿佛无法掩饰心中兴奋的孩童般睁大双眼。

过一会儿,他将信封再度揉成团,塞入字纸篓内,装着若无其事般继续打扫。

浅田在暗房里一面搅动药水一面思索：哼，这家伙果然是警方派来的眼线，真是半点都疏忽不得！幸好只是个外行的年轻人。

冲印完成后，他将锌版放入固定药水中，走出暗房。

这时岸本已经打扫结束，正坐在窗边的椅子发呆。

"打扫完就可以下去了。"

"是。"

等岸本的身影消失，浅田在桌前坐下，低声自语：假使那家伙传话给刑警是明天之内，那么刑警白忙一趟则为后天，嗯，应该有两三天的缓冲时间。

纵火事件

"搞什么？你为什么撞人？"

在这么冷的天气里，身上只穿一件短背心、体格壮硕红光满面的工人模样男人，穿着补缀短裤的步履摇晃不定，一把抓住个子矮小、身穿西装，看起来像是领百元月薪的上班族模样男人的上衣，怒叫。

"别开玩笑，是你撞到我吧！"穿西装的男人虚张声势地反唇相讥，但是眼神闪烁不定，充分显露心中的困惑。

由小川町通往骏河台下的电车街，天色阴霾，感觉上像是正在催动一场雪般地沉郁，不过由于今天是十五，公司行号放假，兼且又是五十稻荷的诞辰，路上行人还是相当多。

但是，过往行人都尽可能地躲开醉颠颠、脚步踉跄，正想找人寻衅的酒鬼，会被对方撞上，是穿西装男子的不幸。

"什么？我撞到你？别欺负人。我可没醉呢！"

西装男子无法忍耐地甩开对方抓住上衣的手。

醉鬼步履不稳差点就摔倒，好不容易站稳，立刻发火了，恶狠狠地对着西装男人咒骂："哎，你居然敢动手？混账东西。好，看我怎么对付你。"

四周不知何时围聚满看热闹的人群，有的苦着一张脸，有的面带微笑像在看戏，就是没有人打算介入。

但是，石子刑警正好路过。他是接获岸本的报告，今天一早就前往本所搜寻，可是非但找不到目标的町，甚且任何町内都没有名称是所谓"大内"的照相馆。他颓丧地正想回牛烯的自己家，途中在小川町下了电车，又想到今天是节日，也许在街上能够找到什么猎物，所以漫无目的地逛着。

（会是有人吵架吗？）

他觉得纳闷，排开人群，可是毕竟身材太矮，不容易看清里面的情形。

"怎么回事？有人吵架吗？"他问隔壁的人。

"是醉鬼找一位看起来是老好人的人麻烦。"

"那可不行，我还是帮忙排解一下吧！请让我过去。"石子说着，慢慢往前挤进去，但，见到醉汉的脸后大吃一惊。

对方竟然是支仓家失踪的女仆的叔父小林定次郎。

"喂，你别乱来。"石子刑警一把抓住定次郎肩膀。

定次郎醉眼朦胧，身体摇晃不定地凝视石子刑警的脸，久久，才高兴似的叫道："原来是刑警先生。"

但是，他不仅没有安静下来，反而更耀武扬威地嚷叫："刑警先生，你来得正好。喂，你这混账家伙，再嚣张也没用了，警察先生都来了呢！他立刻会仲裁是谁对谁错的。笑什么？"

他转头朝向围观人群怒叫："这位刑警先生正要逮捕支仓那个家伙哩！咦，你们还笑？你们不认识支仓吗？就是那个大恶棍。"

很明显，定次郎已经烂醉，丧失意志控制力。

烂醉的定次郎置身大马路中央，而且是面对大群看热闹者，居然嚷叫支仓姓名，这着实令石子刑警惊诧不已。

"喂，别胡说八道，住口！"

但是，定次郎却愈说愈起劲，"支仓算什么东西？被那种混蛋家伙占便宜，我可不会就这样了事的。有种再来呀，支仓又算老几？"

定次郎终于倒在马路上了。

刚好有巡逻的巡佐路过，石子刑警边出示自己的证件边说："这家伙我认识，住在三崎町，麻烦你保护他。"

巡佐一面驱散围观人群，一面拖着定次郎离开。

但是，被定次郎找麻烦的那个人，即使在围观人群逐渐散去之后，仍旧动也不动，反而走向石子刑警。

"对不起，我想请问一下，方才那个人所说的支仓是支仓喜平吗？"

"没错。"石子刑警吃惊地望着对方。

"你是警察？"

"是的，在神乐坂警局服务。"

"那么，我希望请教一些与支仓有关的事。"

77

"哦，这么说，你认识支仓？"

"是的，非常熟，我曾经因为他而吃了大亏。我想，很可能就是支仓纵火的！"

"是吗？"石子刑警对于这个意料之外的收获喜形于色，"在大马路上谈这种话题不太好，对了……能请你来我家吗？在牛㭹。"

"我家就在附近。"西装男人说。

"那就去府上好了。"

依两人在路上交谈的内容，男人的姓名为谷田义三，在丸之内的某商社上班。

他家是在淡路町的后街。抵达后，进入之前，他指着隔邻的两层楼建筑物，说："虽然已经改建过，不过以前支仓就住在那里。"

他家是平房，并不大。石子刑警被带进一间整理得很干净的房间。

"都已经是很久以前的事了，算算，应该快十年了吧！如我在路上约略讲过的，邻居发生火警。"

依他所述，火灾将支仓家半毁，他家则幸运地未被延烧波及，但是因为鉴定结果火灾是起于纵火，所以他始料未及遭到怀疑，被警方拘留一星期。

"整整一星期后，支仓来了，帮我说情，好不容易才获释。坦白说，我是莫名其妙地遭殃，不过，当时由于支仓特地来替我讲话，又对我很亲切，我还是很感激他。可是现在仔细回想起来,发现自己是上当了。"

发生火警的前一天晚上,他曾经至支仓家拜访,见到支仓在里面的房间忙碌地整理书籍,说是已经很久疏于整理,书都长霉了,才用棉花浸挥发油擦拭。

"可是,事情很奇怪。"谷田喘口气。

"当然一切都是事后才想到的。前一天晚上整理书籍本来就很可疑,而且,浸挥发油的棉花每擦拭一次就更换……你也知道,不必每次都更换棉花的。在我看着之际,地上到处都已丢满含有挥发油的棉花了。我回家后曾对内人说,到处都是那种棉花,如果不小心火烛很危险。这件事如果我被带至警局时能注意到就好了,可是当时因事出突然,我完全慌乱了,忘记此事。我在警局接受了相当近乎屈辱的调查,因为,我手上握有一点点动产。"

看来是老好人的谷田仿佛像是昨天才出事般,脸上浮现不甘心的神情。

"但,如我刚刚所说,当时我完全未怀疑支仓,还因为他的亲切而高兴不已。不过后来在外面听说一些事以后,我开始相信,这次也一定是支仓纵火,然后又写信告密,借着我来吸引警方的注意力,逃避自己受到怀疑。"

"你在外面听说了什么?"石子刑警发觉谷田的话和根岸刑警所推断的完全一样,一方面在心里佩服根岸,一方面问道。

"这场火灾后不久，支仓搬家至高轮，但是经过两年或不到两年，他又遇上火灾，这次同样是半毁，但是他贿赂保险公司员工二百元，结果谎报为全毁，领到全额保险理赔。"

"你是怎么知道的？"石子刑警膝盖前挪问道。

"是收贿那个人直接告诉我的。此人似乎另外还做出什么坏事，没多久就被革职，转来我任职的公司，不过，像那样的人很难认真做事，所以去年又离职了。他到我家时，听说支仓曾住过隔壁，才带着悔意告诉我这件事。他也认为，高轮那桩火警同样是纵火。正因为这样，我才完全了解相信支仓是一大错误。"

石子刑警有些失望。他本来以为对方说的话值得期待，没想到仍旧只是推测，但是，至少支仓诈领保险理赔的罪行应该可以确定。

"你知道那个人的住址吗？"石子刑警问。

"知道是知道，不过事情已经私下解决……"谷田吞吞吐吐地说。

"没问题的，公司既然无提起告诉的意愿，他不会有罪。"

"是吗？"谷田仍是半信半疑。

"但是，很奇怪。"石子刑警似忽然想起地说，"保险公司会听取警方的报告，应该知道是全毁或是半毁才对。"

"那是因为……"谷田似乎难以启齿，"不管是刑警或是巡佐都被用十元或二十元收买了。"

"是吗？"石子刑警苦笑，"同伴里有时也会出现不辨是非之人，真是让人困惑。"

"当然，该怎么说呢？我这样讲或许很失礼，但是，在不景气的时候，政府给冒着生命危险工作的人的报酬，实在是太少了。"

"也对。"石子苦笑回答，"话是这样没错，不过，主要也是因为警察处理的是社会黑暗面的问题，面对的诱惑也多。毕竟，做坏事之人总是以贿赂为手段。"

"外行人通常会将推测夸大为事实，实在很糟糕。"出了谷田家，石子刑警忍不住喃喃自语。

谷田的话是有充分的参考价值，可是并非目击，也缺乏有力的证据，虽加深支仓浓厚的嫌疑，但仅此而已，并无多大作用。

"嫌犯能够巧妙地甩脱警方的跟踪，至今仍持续寄来嘲讽的信，而且已有盗窃、欺诈、纵火杀人等种种嫌疑，却未留下丝毫让警方能掌握的确实证据……我是第一次遇到这种奇妙的事件。"

在本所一带白花气力走了一整天，正感到失望之际，竟然在神田遇上酒醉的定次郎，进而认识谷田，本来以为可以有所收获，想不到还是泡汤了。石子刑警一路上边想着这些事，边无精打采地回家。

没想到，岸本颓然地在家里等待。

君子笑着说:"岸本被炒鱿鱼了。"

"为什么?"石子刑警非常意外。

"彻底失败了!外行侦探还是不行。"岸本搔头。

"到底怎么回事?"

"我也搞不清楚。今天我一直非常小心,但还是打破了一块锌版。没想到那家伙勃然大怒,立刻叫我滚蛋,似乎他本来就对我很怀疑。老板娘虽然极力帮我圆场,还是没有用。很抱歉,你已经叫我离开,我自愿留下来,却……"

"嗯,这也是没办法的事。"石子刑警无奈地说,"对了,我们也找不到你说的本所的照相馆。"

"咦,是吗?"岸本惊讶地问,"我还以为会有所收获呢!原来还是不行。"

"你究竟是怎么查出来的?"

"字纸篓里丢着写坏的信封。"

"依你之言,那家伙非常谨慎,很难抓到狐狸尾巴,会将写坏掉的信封丢在字纸篓,实在可疑。"

"我知道。如果只是写坏掉的信封,我也不会相信,但是,之前我还发现印在吸墨纸上的字痕呢!"

"哦,看得很清楚吗?"

"不,非常不清楚,只能辨识'本'字与不知是'米'字或'林'字,以及'川'字和什么内的照相馆几个字。"

"是在发现写坏掉的信封前见到的?"

"是的。那家伙写好信件后,和往常一样自己出门投寄时，我立刻跑上二楼，发现了吸墨纸。"

"然后呢？"

"我正在努力辨认时，老板娘上楼，我应付她之后，那家伙也回来了，立刻上二楼。过不久，他找我，说是要开始冲印，叫我把房间整理一下，自己就进入暗房。我是在整理房间时才发现丢在字纸篓内的信封。"

"叫你整理房间，自己却进入暗房？"

徒劳

听到这儿，石子刑警谴责似的问。

石子刑警带着谴责的语气好像让岸本感到吃惊，回答："是的。"

"那么，你稍微想一下不就明白了吗？"石子刑警恨恨地说，"你要知道，那家伙一向是非常小心谨慎的人，却把写坏掉的信封丢进字纸篓，然后叫你打扫？由此可见，故意叫你打扫的目的是为了让你发现信封。"

"我懂啦，我被他耍了。"

"哼，那家伙是在暗房里窥看。既识穿你的身份，又让我白忙一天，可说是一举两得。"

"对不起。"岸本道歉。

"你是外行，其实也难怪。"石子刑警苦笑。

"是呀，你没办法的。"君子在一旁安慰着。

"关于吸墨纸……那是支仓外出，你跑上二楼，当时就见到吸墨纸？"

"不，我是找过抽屉和其他地方后才发现。"

"没有看字纸篓吗？"

"字纸篓？啊，看过。"

"当时没有信封吧？"

"没有。"岸本浮现自我厌恶的表情。

"看吧！可见那是对方回来以后才丢进去的。这么说，且慢……"石子刑警交抱双臂，沉吟不语。过一会儿，他兴奋地开口说："没错，我大致明白了，吸墨纸是真的。那家伙居然也会出现疏忽的时候！吸墨纸上能辨识出文字……对了，你一定移动了吸墨纸的位置吧？"

"这……其他东西我都很小心地恢复原状，可是吸墨纸……当时正好老板娘上楼，所以我慌忙地放回桌上，也许位置会有偏差也不一定。"岸本解释。

"问题就在这儿。知道吗？我们站在他的立场来看，由于一时疏忽，留在吸墨纸上的字痕虽然只能够看清楚两三字，但毕竟是东京市内的地址，只要稍稍用点脑筋，还是立刻可以判定。因此，他心生一计，利用吸墨纸上的字痕，刻意在信封上写下不同的地址，丢进字纸篓，让它落入警方手中。这样一来，如果被警方识穿，那也无可奈何，但是若警方轻易相信，就不会从吸墨纸的字痕推测出真正的地点，岂非最完美的结果？"

"原来如此。"岸本佩服不已，"那家伙实在厉害，不过石子先生你也很了不起。"

"现在不是讲这些客套话的时候。"石子刑警的心情似乎好了些,"你说,吸墨纸上是什么字痕?"

"'本'和底下的字是区名,所以不是本所的话,就是本乡,这一点可以确定。接下来的町名是森或林开头,底下的字是川,然后,是什么内照相馆。"

"嗯,不是本所就是本乡。至于如果是森的话,则是森川町,而如果是林,应该是林町吧?可是,林町在小石川……"

"本乡也有林町,是驹烯林町。"岸本说。

"但是,吸墨纸上没有驹烯字痕吧?"

"是的,只有町名。"

翌晨,石子刑警前往本乡。

他首先至森川町。很幸运的,立刻就发现了竹内照相馆,地点是在第一高中前方偏左的下坡路右侧。

感觉上比浅田照相馆生意鼎盛许多,橱窗的照片也是摩登少女或洒脱青年的半身照。

石子刑警伫立橱窗前观望一会儿后,前往第一高中前的派出所,出示刑警证件,打电话回神乐坂警局求援。他是怕自己独自进入,支仓又从后门逃掉,那么一切辛苦又将化为泡影。

等到五六位支援的刑警赶抵,石子刑警立刻调配人手埋伏,这才进入竹内照相馆门内,由于心情异常紧张,石子刑警觉得呼吸急促了。

进入后,转角处有一道宽阔的楼梯,旁边竖立着上写"拍照客人请直接上二楼"的显眼牌子，周遭却一片静寂。石子刑警稍作考虑后，毅然爬上二楼。

楼上是西洋式的宽敞候客室，中央桌上摆放着几本封面烫金边的厚照相簿。石子刑警伫立窗畔的长椅前，正思索该如何是好时，里面房间走出一位学徒。

"欢迎光临。"

"你好，我想见松下先生。"石子刑警恳切地说。

"松下不在哩！"学徒很惊讶似地回答。

"他去哪里？"

"松下很少来这儿的。"学徒露出讶异的神情。

"我是听说他在这里才特地前来的……"

"没错，他是在这里，但……"学徒困惑地说，"请稍待片刻。"

他转身入内，紧跟着，似是老板模样、年龄约莫四十岁的风度翩翩男人走出。

"欢迎光临。请坐！"男人客气地说。

"谢谢。"石子刑警点头招呼。

"松下到底是从事什么行业的人呢？"老板的话出乎石子刑警意料。

"从事什么行业？他不是在这里工作吗？"

"这……他实在是很奇妙的人。"老板皱着眉头，"乍看是在我这儿，其实却很少见到人。"

"我还以为他一直都在这里呢！"石子刑警注意着老板的

脸色,说。

"表面上看来似乎是如此。"老板苦笑,"常常有人寄信过来,而松下大约每隔三天会来一趟拿信。"

"他和你这儿是什么样的关系?"

"应该算是我这儿的学徒吧!"老板的回答更是出乎石子刑警的意料,"大约是两星期前吧?他也没有透过谁介绍,突然出现,表示想要研究拍照,希望我能收他当学徒。我这里的学徒有两种,一种是住在这儿研习,同时帮忙做杂事,不过我多少会支付一点薪水;另外一种则是酌收指导费用,随时可以到照相馆来研习。"

依竹内照相馆老板之言,自称姓松下的男人是缴费研习的学徒,却完全不研习拍照,只是如前所述,每隔三天或四天过来一趟,取走寄来给他的信件。

"简直就像是把我这儿当成信件的转接处。我虽然很生气,想辞退他,可是毕竟已收下三个星期的费用,在期限届满之前实在有些难以开口。"

"松下是年纪约莫三十六七岁,肤色浅黑的壮硕人物,浓眉大眼,讲话带着强烈东北腔调,声音特别大。"

"不错。"

老板的话不像是谎言。石子刑警仿佛爬上百丈峰顶却突然摔落九仞之谷般难过、痛苦。

"今天有他的信件吗?"

"应该是前天吧，他已拿走全部的信件。"

啊，又是阴错阳差而白忙一场！

"坦白说，我是刑警。"石子刑警递出名片，"松下的本姓是支仓，是某桩犯罪事件的嫌犯。如果他有再出现，请你设法留住他，并通知警方。"

照相馆老板接过名片，吃惊似的盯着，回答："是的，我会这么做。"

石子刑警落寞地走出照相馆。每次都是相同的结局，让他感到没脸见同事！

他对同事们扼要说明后，咬牙切齿地回警局。而这回，满怀期待的根岸刑警听完石子刑警的说明，同样显得很失望。

"那家伙真的很狡猾哩！"

"我都觉得自我厌恶了。"石子刑警面目无光地回答。

"不只是支仓摆不平，现在又多了一个同样狡猾的浅田，简直就是疲于奔命。但是，有了这么多资料，应该能够把浅田扣起来，要他吐实了。上次是给他甜头，让他轻松回去，这次得好好逼问。"根岸很难得非常激动。

"但是。这家伙会乖乖说出来吗？有什么适当借口逮捕他吗？"

"这个……你那个姓岸本的线民和浅田有签订契约吗？"

"岸本并非我的线民，只是因为我曾经帮过他一点忙，加上他也认识行踪不明的女仆，才愿意主动潜伏在浅田那儿。我本来觉得很危险，没想到他干得不错，只不过，结果还是……

他和浅田并未签订什么契约，只是去照相馆当学徒而已。"

"哦，那么就无法利用岸本控告浅田不履行契约了？"

"也不能说他窝藏嫌犯，而且他也没有违反营业法，真是糟糕。"

"这种情况下，舆论会批评警方擅用借口羁押良民。"根岸已恢复平时的冷静，"像目前这种对于援助具非常浓厚嫌疑的嫌犯逃亡，却找不出办法将其羁押调查的状况，等于是无法追查犯罪。就算因为延误时机而使良民受苦，也就像掉进马路中的大坑洞，或是所搭乘的电车发生撞车一样，纯属灾难，绝非我们故意要这么做。"

"这种论调，社会大众不会接受的。"石子刑警苦笑。

"亦即是，"石子刑警接着说，"虽然说是灾难，但是掉进坑洞或搭乘电车受伤，都能够找到各自的赔偿管道。可是，我们要抓的通常是犯罪的涉嫌人，对付此种人也不可能有多温柔，所以假如是无辜的人，饱受屈辱之后才获释，心里绝对会很痛苦。"

"警方给予赔偿就行了啊！反正，这种情形多得很，不是吗？报纸上不也经常在报导？"

"可是这么一来，由于会直接影响到我们的考绩，我们就会有所顾忌，不敢随便逮捕嫌犯。"

"照你这么说，最好是世上没有做坏事的人了。"

"如果这样，我们也别想混一口饭吃了。"

"哈哈哈。"

"哈哈哈。"

两人相视而笑。可是，现实终究要面对，并非笑一笑就能够解决。

"无论如何，我去押浅田回警局来。"根岸说。

"是吗？那就麻烦你了。我再试着继续深入追查支仓昔日的恶事。你要怎么带浅田回来呢？"

"反正我会尽量试着用各种方法，不想去找什么借口。对方并非易与之辈，我想还是不要讲太多，以免落入对方圈套。"

根岸刑警和石子刑警分别前往白金町和高轮。

石子刑警前往高轮是为了至高轮警局详细调查纵火事件的始末。

"这件事嘛……记录当然是有，但已经是五六年前的事，而且只是烧毁半栋房子，找起来可能有点困难。"值班的巡佐摇头。

"奇怪，今天怎么都是在调查老案子呢？"一旁的巡佐微笑道，"我这边是请求照会三年前暂时埋葬的尸体。"

"什么？三年前？"石子刑警转头，问那位巡佐，"是怎么回事？"

"好像是三年前大崎池田之原的古井打捞出一具女尸，由于身份不明，所以埋葬在大崎的公墓，但是，今天某地来了通知。父母心实在可佩，虽是三年前离家出走后就一直行踪不明的女儿，还是牵挂在心，也不知是在哪里见到暂时埋葬于公墓的无名尸公告，立刻就要求通知。"

三年前。池田之原、离家出走的女儿。这不是条件完全符合吗？

石子刑警胸中一阵狂喜，"那女孩儿岁？"

"二十二三岁。"

"是吗？"石子刑警大失所望。

"啊，终于找到啦！火首是支仓家，房子半毁。应该是这个吧！"值班的巡佐说。

石子刑警看着巡佐手指指着的部分，发现果然是自己要找的记录。他将资料誊写一份后，走出警局。

大地好像逐渐回春，豪宅中南向的梅树似乎也察觉春的气息，出墙的枝头绽放一两朵花蕾。连扑面的冷风仿佛也含蕴着眼睛见不到的灵气。

有气无力地回到警局，石子刑警脑海里想的尽是以支仓的逃亡为中心曾经发生的各种奇怪事件。

魔掌

"夫人，这样一来全部手续都告完成了。"浅田静静地说。

"真的很谢谢你。"静子低头致谢。

这里是支仓家的偏院房间，耶稣基督受难的挂轴、厚厚的烫金圣经，以及其他摆饰都与那天完全相同。如果石子刑警见到，一定会感慨万千吧！

两位相对而坐的男女正是支仓的妻子静子和摄影师浅田。

午后暖和的阳光照满整个庭院。

"如此一来，这个家和高轮那栋出租的房子全部都属于你了。"浅田摸着已秃的额头，深沉地笑道。

"真是麻烦你啦！"静子并未显得特别高兴，"不知道该怎么向你表示内心的感激。"

浅田在结束重要工作后仍旧不想站起来，又点着一根香烟，不停来回转头打量四周。

静子不知该如何是好，只能一心一意地盼望对方赶快离去。

"你一定很寂寞吧!"过了一会儿,浅田开口。

"是的。"

"令郎的病况如何?"

"谢谢你关心,病早就痊愈了,只是……"静子含糊地回答。

和支仓所生下的儿子、今年六岁的太市,体质虚弱,每到冬天很容易感冒发烧,因此从一月初开始就托付住暖和海岸地方的热心教友照顾,本来打算一月底前往接回,没想到刑警找上门来,也就耽搁下来。她一方面是不想让孩子见到这种情形,另一方面幸好孩子也不想回来,于是就这么继续请对方帮忙照顾。

"支仓先生也很想见儿子呢!"

"……"静子俯首不语,泪水不自觉地涌出。

她也同样想见儿子,更希望亲子三人尽快团圆,恢复原来的平静生活。一想到儿子现在可能因为想念父母而哭泣,她心里就感到惶恐不安,情不自禁痛恨因一时之错而离家逃亡的丈夫。她并不太清楚丈夫为什么要逃亡,又为什么急于将家产转移到自己名下。

静子抬起脸。睫毛上仍凝着闪亮的泪珠。

"外子是打算向警方投案吗?"

"这我就不知道了。"浅田露出恶意的笑容,"不过,我想他不会自首吧!毕竟没有人会想要坐牢。"

"这……"静子脸色遽变,"他真的犯罪了?"

"嗯。"浅田浮现困惑的表情,"应该是吧!"

"他做出什么事呢?"

"你不知道吗?"

"是有关圣经的事情吗?"静子似乎有点难以启齿,"那绝对不是偷来的,他说过,那是正当接受对方转让。"

"是吗?这么说也许是另外还有其他案件吧!"浅田微笑道。

浅田接续说:"看他这样四处逃窜,应该是还有其他案件缠身吧?"

"不,他并非在逃亡。"静子振作精神,"我相信他完成这些过户手续后,一定会主动向警方投案。"

"但是,夫人,"浅田露出狡猾的表情,"支仓先生还是打算继续逃亡哩!本乡那家利用来转接信件的照相馆有可能被发现,所以最近他又找别处转站。"

"本乡那边是怎么回事?"

"是我出了一点小差错。"浅田抚着脸颊说,"警方派人混入我的照相馆,我以为只是个小鬼,所以并没有放在心上,没想到却被查出,所以我故意诱导其方向,让他以为是别处,然后昨天借故将他赶出照相馆。这一两天,刑警们可能找错地方,走得鞋底都磨破了吧!哈哈哈。"

"如果他能早日自首,我就不必如此担心了。"静子轻轻叹息。

"但是，夫人，事情可不是你所想象的那样简单呢！"

"咦？"

"话虽如此，也并非那么惊人的程度。"说到这儿，浅田静静凝视静子的脸。

静子一面避开浅田那不怀好意的视线，一面问："到底是怎样的事？"

"这我也不太清楚，不过，支仓先生若是清白，应该没必要那样四处逃亡，而且还将家产过户至你的名下。他会直到现在仍潜躲着不敢出面，可以推测是犯过某种重大罪行。"

"不可能！他不可能会犯什么重罪的。"静子坚决地说。

"是吗？那就好。"浅田微笑，"不过，应该是很久之前的事了，你们家曾经有女仆行踪不明吧？"

"是的。"静子恨恨地仰脸望着浅田，回答。

"支仓先生曾对那位女仆做过什么吧？"

"是的。"

"警方会不会就是为这件事前来？"

"我想不可能，因为当时就已经把事情解决了。"

"哦，真的解决了吗？"

"不错，当时请神户牧师居间调解，完全解决了。"

"听说女仆有一个游手好闲的叔父，像那样的家伙，应该是会提出控告吧？"

"这……应该没有。但是那位叔父是很不明理的人，所以……"

"我听说的也是这样。我想，女仆应该也是他藏起来的吧！"

"外子也是这么说。"

"可是，如果只是圣经的事，支仓先生没必要如此东藏西躲才对。"浅田自言自语似的说，然后好像突然想到，接着说，"夫人……"

浅田接着说："夫人，照理我不应该讲这种话，但是，支仓先生好像不是那么可靠的人哩！"

"……"静子默不作声，责怪似的仰脸望着浅田。

"或许你会认为我的话太过分，不过，支仓先生这次的做法实在厉害了些。应该是一月底吧！刑警来这里时，支仓先生借着巧妙的方法逃脱，当晚就躲在火药制造厂旧址的庭院过了一夜，好像是那儿有一棵大松树，他在松树下过夜，所以如秀吉化名木下藤吉郎一般，因为是在松树下过夜，改名松下一郎。

他以松下一郎的姓名进入本乡的竹内照相馆当学徒，但那只是假借名目而已，事实上是以该处作为信件的转接站，单是这点就已非一般人所能想到了。之后，他持续寄嘲弄的信给警方……由此可知，支仓先生乃是相当可怕的人物。"

静子依然沉默不语。

"也许我是多管闲事。"浅田接着说，"夫人，你何不趁这个机会和他分手呢？反正现在财产已经属于你的名下……"

"谢谢你的忠告。"静子无法忍耐似的打断浅田的话，"请你不要再提起这种事。"

"你们是夫妻，当然难免会生气。可是，夫人，"浅田眼中绽射出异样神采，"请听我说。我一直很佩服你，因为你既有学识，个性又坚强，不像我老婆阿筱那样目不识丁。那种女人我终究会赶走她！夫人，你能听听我的心愿吗？"

"什么心愿？"静子脸色苍白。

"何必再装迷糊呢？你应该已经发觉了才对。这次我花费了相当心力帮忙，若没有我，支仓先生早已被捕，也因为这样，我可能犯了帮助嫌犯脱逃之罪。我会冒这种危险，你认为是为什么？那是因为我希望能达成唯一的心愿！夫人，不要再跟着支仓了，我浅田可是从事正当的行业……夫人，请你好好考虑看看。"

"我没办法回答你这种问题。"静子毅然决然地说，"对不起，请你回去。我已经是个当母亲的女人，再说，家里还有女仆……"

"夫人，"浅田脸色大变，"你这是拒绝我的请求？"

"那也是不得已的事。"

"你完全没考虑到我为了你而犯法？"

"这点我非常感激，但是事情不能混为一谈。"

"你的意思是宁愿为支仓先生守住贞节？"

"是的。"

"是吗？身为男人的我如此倾慕你，你却完全不体谅我的心意。我浅田虽然是个微不足道的人，但至少也是个男人，既然你这么冷酷无情，我也有所觉悟。"

"什么样的觉悟？"对于浅田带有威胁的话语，静子拼命振作鼓起勇气，苍白的脸庞浮现些许红晕，反问。

"只要我讲一句话，支仓先生就得被送进监狱。反正他的罪绝对不轻，一旦进牢，何时能够出得来可就难说了。夫人，你希望支仓先生穿着囚衣在牢房里呻吟吗？"

"如果支仓有罪，那也是无可奈何。"

"夫人，你怎能讲得这么轻松呢？"浅田的声音颤抖，"请不要这么冷酷，让我达成心愿吧！我并不是想要逢场作戏，而是真心恋慕着你，如果被你拒绝，我将失去生存下去的意义。夫人，请你答应我。"

"浅田先生，承蒙你如此盛情，我很感激，但是，女仆在家呢，所以请你还是回去吧！何况，你有阿筱这么好的妻子，不是吗？"

"阿筱不是问题。像那种无知的家伙，我明天就可以赶她出门。夫人，请你答应我。"

"浅田先生……"

"我向你叩头。"浅田额头抵着榻榻米，双手撑住，捣头如蒜。

"你这样让我很困扰呢！"

"如果被你拒绝，我将活不下去。"浅田哭出声来，"夫人，求求你，这是我一辈子的心愿。"

"不可能的。"

"请你不要这样说……"

"你回去吧！"静子坚决说道。

"是吗？"浅田的态度一变，"你是不答应啰？"

"我无法答应。"

"夫人，你这是让我下不了台了。既然如此，我浅田好歹也是个男人，更不可能空手而归了！"

"……"静子感受到强烈的不安，蜷缩着身体，窥看浅田的反应。

"请你再仔细考虑一次。"浅田呼吸急促地说。

"没有考虑的余地。"

浅田默默站起身来。

静子全身发抖，采取防御姿势。

浅田如猛兽接近猎物般凶狠地逼向她。

"你要干什么？"静子用尽全身气力，大叫，"如果你有失礼的行为，我可要大声叫人啦！"

但是，这样的努力抗拒反而像火上加油，浅田一扑而上。

静子拼命挣扎，可是毕竟有如被猫抓住的老鼠，很可悲的，完全白费气力，眨眼之间，已经被浅田压制住。

她是个纤弱的女人，心地又善良，加上对方是平素待自己非常亲切的浅田，使她有几分踌躇是否该大声呼叫女仆，仅是默默挣扎，所以眼看已快被推倒。此时，她再也无法忍耐，正打算呼救时，忽然听到远处传来脚步声。

浅田愣了愣，抱住静子的双臂力量一松。

静子趁隙挣脱，转身就逃。

浅田立刻紧追在后。

两人开始缠斗，纸门塌下来，发出哗啦巨响。

有人吧嗒地跑过来。

静子拼命想逃出浅田魔掌。她也听到了脚步声，内心纳闷，会是什么人呢？等见到人影时，出乎意料，气冲冲如夜叉的居然是阿筱。

浅田大惊失色，放开捉住静子的手。静子慌忙地往后退，拉拢凌乱的衣摆。

阿筱边瞪睨浅田边绞尽气力抓住对方，泣声怒吼："你居然敢做出这种事？"

浅田想甩开阿筱，可是阿筱虽是女人，在急怒之下，却用尽全身气力，让他无法甩开。他情急了，挥动拳头击向阿筱脸颊，紧接着两人一阵互相踢踹、扑打地缠斗。

阿筱气急败坏地一面哽咽、一面嚷叫："我好恨！你根本是禽兽。趁人家丈夫不在，竟然做出这种事来。我刚才在玄关叫了很久，明明见到你的木屐，却一直没有回答，我就怀疑一定有问题了，接着听到里面发出奇怪的声响，赶快跑进来看看，果然……你为什么会这样呢？我好恨、好恨……"

"住口！"浅田的眉毛如恶鬼般往上翘，"你再唠叨不停,我可会让你好看。"

"让我好看?太可笑啦!自己干出这种丑事,还敢对我怎样?想要杀我吗?那就来啊!"

"啰唆!"浅田狂叫,"谁会杀你这种烂女人?在这儿是谈不出什么结果的,你先滚回家。"

"谁会这样乖乖回去?除非在这儿做个了断,否则我一步也不离开。"

"叫你回去,你真的不走?"

"我不要。支仓夫人,请你讲一句公道话。"

静子脸色惨白,用力喘息,望着这对夫妻的丑态,她完全无能为力。

浅田终于抓住阿筱的胳膊,用力拖着她。

"夫人,"走出房间时,浅田瞪视静子,开口说,"打扰了。你的厚礼我一定会回报。"

静子颤抖不语,低垂着头。

浅田用力抓住哭嚷的阿筱,走到玄关时,愣立当场了。

根岸刑警面带冷笑,静静站立不动。

浅田曾接受过根岸刑警的侦讯,早就知道对方是个阴沉恐怖的刑警,想不到正值这种情况下又出现在眼前,他内心的震惊实非言语所能形容。他情不自禁放开抓住阿筱的手。

"走着瞧!"阿筱大叫,"警察先生有事找你,我猜你一定又跑来这里了,就带他过来。你完全不知,在做出那样的丑恶行为后,居然还敢对我动粗?你一定没发现刑警先生等在玄关吧！活该你倒霉，我总算出了一口气。先生，像这种无耻的家伙，请你赶快绑着他带走！"

"不好意思，大白天就见到你们夫妻吵架。"根岸刑警微笑道。

"才不是夫妻吵架哩！这家伙对支仓夫人……"阿筱嚷叫。

但是，浅田制止她。

"根岸先生，找我有什么事吗？"

"没错，有一点点事情向你请教，希望你能和我同回警局。"

"是吗？那我们立刻走吧！"

挖坟

在牛烯神乐坂警局的密室里，以庄司局长为首，大岛调查主任、根岸和石子两位刑警等四人皆是神情紧张，正在讨论着什么事。

"这么说，你的意思是——"大岛调查主任面对石子刑警，说，"从大崎池田之原的古井中打捞起来的尸体，有可能是曾在支仓家当女仆、三年前行踪不明的女孩小林贞了？"

"是的。"石子刑警回答："据说尸体被发现时已经死亡六个月，若是这样，死亡的时间刚好与那女孩行踪不明的时间一致。阿贞这女孩既已三年之久毫无音讯，应该可以认为已经死亡，而自井中打捞起来的女尸迄今仍旧身份不明，也能视为与阿贞同一人。何况，古井所在的地点是大崎，如果怀疑是支仓将那女孩丢入井中，应该不为过。古井的位置是在支仓家附近，他要诱出女孩，趁隙将她推落井里并不困难，因此我认为打捞起来的很可能就是那女孩的尸体。"

"原来如此。"调查主任用力点头。

"可是，年龄方面并不一致。依据当时的法医报告，女尸年龄为二十二三岁，但是阿贞的年纪只有十五六岁。"

"嗯。"主任沉吟着。

"尽管年龄不同，我还是坚持死者可能是阿贞的理由为，我虽是在前往高轮警局调查支仓的纵火事件时，偶然得知有这样的身份不明之溺死尸体，但是，很奇妙的，主动帮我混入浅田照相馆的岸本青年也告诉过我同样的事情。"

"是在浅田那儿打听出来的？"

"是的。浅田的妻子阿筱说，池田之原的古井打捞起女尸时，她曾经去看过。"

"什么？"主任身体前挪，"难道她说尸体很眼熟？"

"如果这样就没问题啦！"石子刑警苦笑，"终究已经在井里浸泡了六个月，根本无法分辨。"

"那又是怎么回事？"

"阿筱说她去看尸体的时候，在现场遇见支仓。"

"嗯。"

"而且两人也互相谈过尸体看起来还很年轻，真的很可怜之类的话。"

"原来是这样。"

"支仓会去看死尸，让我感到其中必有缘故。"

"不错。"主任点点头，"我们刑警的教条中有说过'凶手一定会回犯罪现场观看结果'，所以支仓去看池田之原打捞起来的女尸之举，不能够等闲视之。"

"支仓曾向浅田的妻子说：'不知道是哪里的女人，真可怜。'从犯罪心理学来说，也是很有趣的事。"

没有加入对浅田的侦讯，特别列席的根岸刑警开口说："我也有同感。"

不过，石子刑警又说："可是年龄方面……"

"死亡已经六个月的溺死尸体，年龄是无法正确判断的。"一直默默听着的庄司局长首度开口，"问题是，该尸体是死于自杀还是他杀？"

"是自杀。"石子刑警回答，"但是并未进行司法解剖，只是法医依外观判断而已。"

"当时古井的状态如何呢？是可能因为失足而跌落的状态吗？"

"这个……"局长深入追究似的质问让石子刑警有些狼狈，"都已经是三年前的事了，后来古井也被填埋，所以不太清楚，不过依调查所得，井边有护栏，应该不可能因失足而跌落井中。"

"哦。"局长频频眨眼，"那么，没有足以证明那女孩可能因觉悟而自杀的事实吗？遗书之类的东西完全没有？"

"连一封遗书也没有。而且，女孩年仅十五六岁，更有稍许笨拙，并非会自寻烦恼的个性，实在无法相信她会自杀。"

"这么说，既不是失足，又不会自杀，岂非就是他杀了？"

"是的，如果尸体是阿贞这个女孩的话。"

"年龄的差异算不了什么。"局长提醒，"依我的看法，有必要重新调查该具尸体。"

"可是，局长，该具尸体已判定为自杀了。"主任说。

"那并不确定。"根岸开口说，"若是死亡已过六个月的溺死尸体，无法轻易断定究竟是自杀或他杀。"

"话是这样没错。"主任点头，"看来高轮警局以一般行政验尸处理，未进行司法解剖是业务疏失。"

"那是因为和品川警局相互推诿管辖权的结果。"石子刑警说明，"那一片原野正好位于两警局辖区的交界处，高轮警局最后输了，在嫌麻烦的心态下，才会只是进行形式上的验尸。"

"先不要抱怨别人。怎么样，要重新调查该具尸体吗？"局长说。

"这……"大岛主任望着两位刑警。

"挖掘尸体很费工夫，而且届时如果确定不是阿贞……"石子刑警犹豫地说。

"我认为最好试试看。因为以支仓截至目前的手法来推断，很难说不会干出那种丧尽天良的行为。如果他只是偷窃圣经，根本没必要像这样四处逃窜，也无必要如此执拗地嘲讽警方。他这么做，只能认为他富于奸智，此等人通常不将杀人当一回事。"根岸刑警说。

"我也赞成你的意见，不过这和尸体是否为小林贞完全扯不上关系。"

"可是你不是认为尸体有百分之九十九是行踪不明的女仆吗？"

"我是这样认为没错。问题在于，年龄有差距，而且是溺死后半年才被发现，再加上埋葬后又已经过三年，就算挖掘出来，大概也无从鉴定真实身份了。"

"从年龄相异之点来说，的确值得考虑，因为一旦证实并非小林贞，会被扯上责任问题。"

"试试看再说吧！"局长提高声调，握拳往桌上一砸，"如果错了也是无可奈何，到时候再想办法，一切责任由我来扛。"

听到局长表示要扛起责任，大岛调查主任脸红了，紧张地说："那就决定挖掘尸体！不必麻烦局长，有任何责任由我扛。"

"我赞成。"根岸刑警说。

"既然大家都这样认为，我也安心了，就这么办。"石子刑警强调语气地说。

"那么，挖掘地点和其他一切安排就麻烦石子了。"主任说。

"我知道。"

讨论有了定案后，石子刑警立刻启程前往大崎的公墓。

可是，事情并没有那么简单。身份不明的尸体是埋葬在坟场角落约莫十坪大小的区域内,但是别说没有墓碑,连任何标记也无,三年前由井中打捞上来的尸体究竟埋在哪一带完全无从得知。就算全面挖掘,也没办法证明哪一具尸体方是目标物,亦即,只能找知道埋尸在此的人物帮忙。

石子刑警困惑不已。他设法寻找长期在这处坟场挖坟的掘墓人,很幸运地找到两三人。但是提到三年前的女尸,每个人皆摇头表示不太清楚。

石子刑警毫不放弃。好不容易由自己提出,包括局长和调查主任都赞成挖掘,如果找不到埋葬位置,未免太对不起大家。他以公墓为中心,很专注地搜寻,到了当天傍晚时分,终于找到一位隐约记得当时情景的坟地工人。

"这个……"工人侧着满是皱纹的黝黑脸庞,"没错,已经三年了,当时是夏天。我曾经埋葬过据说是从井里打捞起来、惨状令人不忍卒睹、全身肿胀的少女尸体,身穿大花图案的和服,腰间系着黑带。"

"什、什么?"石子刑警怀疑自己的耳朵听错,反问。

根据他以前听支仓的妻子静子所言,女仆阿贞离家时,身穿牡丹图案的毛织布料和服,腰系黑带。

"你连身上穿的和服也记得这么清楚?"

由于石子刑警显露过度的惊异反应,工人分辩似的说:"那是因为,我见到和服图案像是少女喜爱穿着之物,身材也像是小女孩模样,黑色衣带却是老女人惯用,所以……嘿、嘿、嘿。"

工人猥琐地笑了，接着说："当着警察先生是不该讲这种事，但……她的发育状态却俨然已经是成熟女人，所以，我还和同伴打赌猜她到底几岁，正因为这样我才会记得。"

说话间，石子刑警头顶笼罩的暗影如朝雾般逐渐消失了。他所担心的年龄问题也似乎能够得到说明。此时，他几乎已可确定井里打捞起来的尸体是阿贞！

翌晨，神乐坂警局门前停住一辆大型汽车，引擎声响彻周遭。车上坐着大岛调查主任、石子刑警和渡边刑警，以及另外四五位刑警与穿制服的巡佐，还有负责带路的工人，等等，每个人脸上都浮现紧张神色。他们是准备前往大崎的坟场，挖掘死亡半年后才被发现、已经埋葬三年的涉嫌遭他杀的尸体。

不久，车子开始往前疾驰。

天空一片阴霾，其下的鼠灰色奇怪云朵仿佛阴森可怕的生物般，一边伸展蜷缩，一边被东北风吹卷，朝向西南飘行。

宽广的小山丘上不规则地排列着大小杂陈的数百座墓碑，其间有写着梵文、被风雨吹打而泛黑者，也有仍然飘着木头香味的簇新者，全部夹杂在半破的白纸灯笼之间。墓碑周围的红黑色土壤因犹未消失的强烈余寒而丑陋肿胀。远处，隔着山谷，火葬场的烟囱整夜冒着可能是焚烧死人余烟的淡黄色烟雾。坟场里几乎不见人影！

此时，一辆大型汽车恰似企图惊醒墓碑下长眠的死灵般，引擎发出巨大声响，朝着这处大崎町的公墓迎面而来。

不久，汽车在坟场入口停住。车上接踵而下的人们，正是前来掘墓的神乐坂警局的一行人。

坟场一隅有一片十坪多的平坦地区，若是未特别注意之人，很可能以为只是一块空地，但是，该处事实上却是埋葬无人认领、身份不明的尸体的处所。墓碑当然没有，甚至连墓牌也没有，埋葬当时稍微隆起的泥土在饱经风吹雨淋之下，不知何时早已形迹全无。

警方一行人在带路的掘墓人带领下，站立空地前。

同样出生为人类，同样有长眠地下的命运，但是有人长眠于堂皇富丽的巍峨墓殿，常受到子孙拜祭；即使未达此种程度，至少也会拥有墓碑一座，享有熏香几炷。但，何等不幸啊！被埋葬在此的人们，连姓名都不为人知，犹如猫狗般随便掩埋。当然他们也并非死于榻榻米上！

不过，会站在这座坟场一隅感伤的人毕竟是少数吧？在都市生活的人们总是非常忙碌，难得会有思考这种事的空闲，更何况眼前的人们皆是警界人士，只因为三年前被埋葬的身份不明尸体有遭人他杀的嫌疑，才特地前来挖掘，所以每个人脸上只呈现紧张神色，不可能会有产生同情心的余裕。

"是在什么地方？"大岛副探长回望掘墓工人，大声问。

"这里。"工人指着空地的约莫中央位置，回答。

"好，开始挖掘。"

在主任的一声命令下，两三个工人手拿圆锹走向该位置，圆锹立刻铲起红土。一铲、两铲，转眼间已经挖出一个洞穴。

警官们默默注视着。

也不知是怎么传开的，住在附近草棚的女人和小孩有十多人远远围绕观看。

天空时而飘下一阵雨，冷风吹掠过毫无遮蔽的原野，仿佛渗入骨髓般冰冷。

挖起来的泥土逐渐在洞穴四周堆高。忽然，在还不太深的洞穴里，工人的圆锹碰到某样物体。他们好像事先讲好般齐齐探头往下望，立刻停止拿圆锹的手，朝警官们做个暗号。

自方才就已迫不及待的石子刑警冲上前，望向洞穴内。

穴底出现一部分的白骨！

见到部分白骨后，工人们小心翼翼地动着圆锹。不久，完整的一具骨骸被挖出来了。

埋葬尸体当时尽管简陋，应该也有盛棺吧！但是到了现在，棺木已经朽烂得连碎片都见不到，甚至也见不到一丝可判断为衣服之物。

尸骸立刻被装入事先准备好的白木箱内，抬上车。等主任和一行人员上车后，引擎再度发出巨响，恰似奏凯歌般扬长离开。

尸骸直接被送往警视厅的鉴定课。溺死尸体和遭惨杀害的尸体之类，通常连近亲也很难辨别，更何况此刻挖出的尸体从井里被打捞起来时就已经死亡六个月之久，想要辨别到底是什么人，可谓难上加难。事实上，被怀疑将这女孩丢入井中的支仓，当时也曾若无其事地去观看打捞起来的尸体，却无人察觉

112

尸体是他家的女仆。

如今又再经过三年的埋葬,尸体已完全化为白骨,如何能确定身份呢?

将尸骸留在鉴定课,由石子刑警留下来至鉴定结束,其余一行人再度驱车回警局。

庄司局长正在等待结果。一见到大岛主任,立刻问:"怎么样?顺利挖到了吗?"

"是的,在掘墓人指出的地点有似乎已经埋葬颇久的尸骸。"

"是吗?那么已经送至鉴定课了?"

"是的。"

"不知道能否顺利鉴定出结果?"

"我想应该没问题。小林贞的骨架特征等各方面相当清楚,另外,所穿着的衣服也取得一小部分。"

"是吗?"局长沉吟片刻,接着说,"关于逮捕支仓的行动,丝毫没有进展吗?"

"对不起。"主任低头致歉,"根岸已逮到那位姓浅田的摄影师侦讯,我想大概不久就可查明支仓的藏身处吧!"

"浅田似乎是相当不好应付的家伙,凭根岸行吗?"

"根岸的话,应该没有问题,不过,视情况我会亲自侦讯,没必要劳及局长出马。"

"既然你这么说,就暂时由根岸负责一切吧!对了,鉴定结果什么时候会出来?"

"石子留在那边,一旦有了结果立刻会回来报告。"

就在此时,有人敲门。大岛主任站起身开门,一看,门外站着脸色苍白如死人的石子刑警。

他踉跄地进入。

"喂,怎么回事?"大岛主任惊讶地问。

"报告局长,"石子刑警痛苦似的激喘,勉强挤出了声音,"我自觉惭愧,想要辞职。"

"为什么?"局长疑惑地望着他,"你振作一点!突然间莫名其妙地说要辞职,总得有理由吧?"

"尸体搞错了,大错特错。"

"什么?"

局长和主任同时惊呼出声。

"完全错了。今天早上挖掘出来的尸体是老人的尸体。"

局长和主任呆然对望。

听了石子刑警出人意料的报告,局长不由得和调查主任呆然对望,但,很快就平静地说:"你不必如此激动,冷静些,告诉我详细情形。"

"是的。"石子刑警因自己过于狼狈而有点羞惭,回答:"从大崎的坟场挖掘出已化为白骨的尸骸,送往鉴定课的经过,主任应该已经向您报告。我独自留下等待结果,当时,在场的法医说了句话:'奇怪,这不是女人的尸骸。'所以我有点担心。正好这时因其他事前来鉴定课的帝国大学的大井博士到了,他盯视尸骸审视良久,说:'这是男人的尸骨,而且是老人。'由于是博士鉴定的结果,我非常绝望。"

"嗯,原来是这么回事。"局长点头,"也就是说挖错尸体了?从池田之原的井里打捞起来的尸体不是男性吧?"

"是的。"

"若是这样,由井里打捞起来的女尸应该埋葬在坟场的某处才对,不是吗?"

"是的。如果高轮警局的记录没错,的确应该埋在那座坟场的某处。"

"高轮警局的记录不应该会错误。而且带路的掘墓人不是也承认三年前处理过这样的尸体吗?"

"是的。但是我们挖掘他所记忆的地点,却挖到老人的尸骸。"

"问题是,"局长强调,"掘墓人不可能那么清楚记得正确地点吧!有可能偏差了三五尺也不一定。"

"话是这样没错。"石子刑警露出困惑的表情,"但是若漫无目标地挖掘,想要证明是否为井里打捞起的那具尸体就很麻烦了。"

"麻烦?只要是真的埋葬在该处,就一定能够挖出来的。何况,大致上的位置已经知道了,对吧?"

"话是这样没错,但……"

"没错!"主任接腔,"只好再挖掘一次了,不可能就这样停下来。"

"既然埋葬,尸体就不可能不存在,绝对要挖到。"局长转脸面向石子刑警,"或者你甘心就这么放弃?"

"不,我不甘心。"石子刑警稍微加强语气,"只要局长允许。要挖几遍都没关系。但是如果最后的结果还是无法判定目标的尸体,将会造成严重问题,所以我才想现在就扛起责任地辞职。"

"此事没有严重到非辞职不可。你现在正在调查的是三年前发生、证据几乎已完全湮灭的重大杀人事件,如果只为了挖掘不到尸体这么点小事就打退堂鼓,接下来怎么办?"

"我……"

"错了就错了,从头再好好干。"

"您这么说给我很大的鼓励。"石子刑警感激不已,下定决心似的说:"我绝对会好好表现。"

他一鞠躬后,踩着充满勇气的脚步,走向门口。

局长悦然目送,但,好像想起什么,叫着:"啊,你等一下。"

正要踏出门外,却突然被叫住,石子刑警略带不安地走回来。

"还有什么事吗?"

"嗯,掘墓时我也一起去。"

"咦?"石子刑警惊讶地抬头望着局长。

"我随同在一旁见证,这样比较好。"

"但是,局长,"主任打岔,"您一起去的话,如果……"

"你一定是想要说，如果我去了，这次再出错的话，就很难再采取行动吧！别担心，一切由我负责，我不可能在遭到失败时由部下顶罪，所以，我是否出面皆无关紧要。再说，我一起前往的话，更能有效激励石子。"

"这话也对。"主任点点头。

"那么，明天大家一同出门。"

"可是，"主任好像仍不赞同，"这次如果失败，这桩事件就要永远被埋没，没办法再追查了。"

"你怎么一直担心失败呢？"局长斥责，"就算是三年前埋葬的尸体，只要实际有埋葬，不可能会找不到的，更不可能会无法证明。警察抱着此种畏缩心理是不行的！我们肩负将恶人从这个世界上根除的任务，为此，就必须检举恶徒，送至法官面前。恶徒既然永远不会提供我们明确的证据，我们有时候就不得不勇于冒险。所谓预估犯罪行为的搜索，当然伴随着某种程度的危险，然而，一直坐待证据齐全才采取行动，根本检举不了罪犯。"

"您说得没错。"主任静静回答。

"既然如此，我们现在就抱持确信心理前往搜集能够证明支仓昔日恶行的证物吧！"

"我明白了。"大岛主任回答，"我并非一味地秉持消极主义。既然连局长都有这样的决心，对所有警员而言是莫大的鼓励，一定能找到尸体。"

"好，那我明天也一起去坟场。"局长坚决地说，接着说，"还有一件事情，必须尽快逮捕支仓才行。他逃亡后已经过了三四个星期，可是至今仍几乎每天寄给警方极尽嘲讽之能事的信件，像这种傲慢蛮横的家伙，非得早日逮捕不可。"

"这点请您放心。侦讯浅田已经有进展，我想再过不久就能查明支仓的落脚处。坦白说，我本来希望石子也能早些过去帮忙根岸，只是为了挖掘尸体的要事耽搁了。"主任说。

"我也希望尽早帮忙逮捕支仓，因为他对我实在是极尽侮辱之能事。"石子刑警说。

"不错，你无论如何必须逮到他，我对你有很高的期待。"局长用力颔首，接着语气转为严肃，"那么，明天一同前往坟场，挖出目标的尸体。"

"知道了，我会准备妥一切。还有——"主任转脸对石子刑警，"今天挖出的尸骸，明天必须埋回原处。"

"是的。明天出发时我会带着。"石子刑警回答。

大岛主任和石子刑警向局长鞠躬之后，站起身。两人脸上显露坚定的决心。

啊，他们真的能够挖掘到三年前埋葬的尸体，从而揭发支仓昔日的罪行吗？

包括大岛主任和石子刑警，挖掘错尸体的神乐坂警局一干警员，在焦躁与不安之中等到了天亮。

这天早上的天气也同前一天一样阴霾，暗云低飞，只是时而有淡淡阳光穿透云层。庄司局长坐镇大型汽车中央，车上载着盛装挖错的尸骸之棺木，车子时而卷起沙尘，时而溅飞泥土地朝着大崎的坟场疾驰。

昨日遭受失败挫折的石子刑警简单向带路的掘墓人说明情况后，要求对方再度仔细考虑埋尸地点。

"确实是在昨天挖掘的那一带没错呀！"掘墓人如皱纸般的脸孔浮现困惑之色，"也许是稍微偏左了些也不一定。好吧，再挖一次看看。"

汽车抵达目的地后，掘墓人走向坟场中央，指着昨天挖掘过的位置一旁说："这次挖这边看看。"

跟在掘墓人身后的石子刑警转头对大步追上来的局长说明："今天准备挖掘这儿。"

"好啊！"局长深深颔首。

掘墓人手上的圆锹开始掘入松软的红土中。站立四周，包括局长在内的三四位警官默默注视着掘墓人的动作。

洞穴逐渐挖大了。圆锹铲起一块红黑色的泥土时，旁边细碎的黄土块紧跟着掉入穴中。

不久，和昨天一样，穴底出现一部分白骨。石子刑警凝视着整具白骨完全出现。

挖出来的尸骸几乎只剩白骨，棺木与身上衣物皆腐朽殆尽，不留痕迹。只有尸骸背部压着的部分，还有一点点破烂的布片。

石子刑警小心翼翼地将布片摊开于地上。是双层的布片，下层大概是衣带的一部分，上层则似乎是和服的一部分。似衣带者为黑色，显然是特别宽的部分。他脸上露出喜色，呼唤正有些不安、审视着白骨的大岛主任。

"主任，这好像是女人衣带的一部分。"

"你说得不错。"主任的视线盯着布片，"这边则好像是和服碎片。虽然已经完全褪色，分辨不太清楚，不过似乎有某种图案。"

"质料好像是毛织物。"

"嗯，应该是。"

"这么说……"石子刑警脸上终于有了神采，"服装方面是与井里捞起的尸体符合了。"

他转头望向掘墓人，"你说过，女尸身穿毛织和服腰系黑色衣带？"

"是的。"掘墓人点头。

"这与小林贞离家时的服装一致。"石子刑警对主任说。

"这么说……"一直默默听着的局长脸上终于露出些许微笑，"这具尸骸应该不会错了？"

"是的。"石子刑警回答。

"嗯。"局长满足地说，"从尸骸的尺寸看来，应该也是少女的身材。好，把尸骸弄起来。"

在局长的命令下，昨天挖起来的老人尸骸被埋回原来的洞穴，棺中则放入新挖出来的骸骨。

曙光

第二次挖掘出的尸骸是否能判定为小林贞的尸骨？是否能判定为自杀或他杀？其鉴定结果容后再谈，在此，先回头看看神乐坂警局刑警侦讯室内的情形。

除了三尺宽的厚重房门之外没有其他出口、约莫十张榻榻米大小的刑警侦讯室，虽然被两个窗户照射进来的阳光映得透亮，可是不论是谁被带进这房间，受到眼神犀利、态度凶狠的刑警围绕住，接受咄咄逼人的讯问，绝对都会怯惧不已吧！更何况如果有做过什么亏心事之人，惶恐害怕当属必然。

但是，其中还是有十足倔强者，尽管刑警们粗暴侦讯，硬是顽强不屈。摄影师浅田就是属于这种人！

"这么说，你的意思是完全不知道支仓人在何处了？"根岸刑警以一般人被瞪一眼都可能发抖的凌厉眼神凝视对方，问。

"不知道。"被渡边刑警等两三位刑警团团围住的浅田，黝黑的脸孔虽然有些苍白，却仍是淡漠地回答。

"你最好识相一点。"根岸刑警喝问,"再隐瞒也是无济于事的,你不可能不知道支仓的藏身处。"

"不管你们怎么说,不知道就是不知道。"

"哦,你还死不承认?你几乎每天都与支仓书信往来,不是吗?"

"是有书信往来,但那是透过大内照相馆为中介站,并非直接往来。"

"所以,你说出新的中介站地址就行。"根岸不让对方有喘息余地。

"大内照相馆曝光后,他只告诉我会另找地点,之后就尚无消息,因此我也不知道他目前人在何处。"

"瞎扯!你们应该事先就已经商量好。你大致上应能想象支仓犯了什么罪,更知道掩护罪犯也是犯罪吧!"

"我知道。"

"那么,你赶快说出支仓的藏身处。"

"我不知道,所以没办法说。"

"哼,真是倔强的家伙。喂,你知道已经被拘留几天了吗?"

"这点你们应该最清楚。"浅田冷冷回答。

"呵呵……"根岸讽刺地笑了笑,"今天已经是第三天了。最初我是尽量不激怒你,希望你能痛快自白。我一向不喜欢动粗,无论调查任何人,从未像现在一样使用粗鄙言语,可是,面对你这种倔强家伙就不适用了。要知道,如果惹火我根岸，后果如何我可不敢保证。"

根岸的声调虽然不高，但是他的讯问具有另一种震撼力，慑人肺腑，而且眼神凌厉，连浅田也忍不住颤抖。不过，浅田并非寻常的恶徒，对于根岸含有威胁意味的话语，仍旧力贯丹田地反击。

"无论你怎么说，不知道的事就是不知道。"

"到底你是为了什么情义，如此力挺支仓呢？"根岸刑警的态度稍微缓和。

"没什么情不情义的。"

"哦，是吗？"根岸冷笑，"那就是有某种目的了？"

当根岸问及力挺支仓有何目的时，浅田内心扑通剧跳，却仍然未形之于色，淡淡回答："没有任何目的。"

"是吗？"根岸刑警微微一笑，"你会频繁出入主人不在的支仓家，怎么想都是怀着某种目的。"

"……"浅田默默咬着下唇。

"你老婆带我去支仓家时，屋内似乎有什么争执吧？"

"……"

"你老婆……是叫阿筱吧，当时好像很生气的样子。"

"那种婆娘没受过教育，经常大声嚷嚷，我也感到困扰。"浅田冷漠回答。

"不只是这样吧！好像你当时做出什么不对之事哦！"

"什么意思？"

"喂，浅田。"根岸怒叫，"你若以为一直装迷糊就没事，那可大错特错。我一切都知道了。"

"知道什么？"浅田反唇相讥。

"你对支仓的妻子所做之事！"

"是什么呢？"

"混账！还在装蒜？你是看扁我根岸？知道我是何等人物吗？最好趁我尚未动怒之前乖乖吐实。"

"……"浅田不语。

"好，那我只要找阿筱来，立刻就会明白你在支仓家做了什么事情。渡边。"根岸叫渡边刑警，"你去把阿筱带来。"

"是的。"渡边刑警立刻站起来。

"等一下！"浅田慌了。

"有问题吗？"渡边刑警讽刺地问。

"不要找阿筱来。"

"不要找她来是可以。"渡边瞪视浅田，"不过你总得讲出个理由。"

"那女人根本是个智慧不足的白痴，只会大吵大闹……"

"那很好啊！"渡边故意说，"如果你心里没鬼，又有什么关系？"

"可是……"浅田困惑道，"她会颠倒是非黑白。"

"真的没有的事也不会怕人家乱讲，对吗？"

"话是这样没错，但……"

"渡边，"根岸刑警加强语气，"跟这种人啰唆没有用，快点去带阿筱过来。"

"是的,我立刻就去。"渡边刑警回答。

"等、等一下。"浅田明显狼狈了,"找那种蠢女人没用的。"

"喂!"根岸瞪睨浅田,"看样子你是做了某件怕被老婆讲出来的坏事了?"

"没有这回事。"

"如果只是帮助支仓逃亡,应该没必要如此怕老婆才是。我早知道你这个人居心叵测,你到底做了什么?"

"绝对没有。"

"一定有。趁早觉悟吧!我们会查得一清二楚。"

"我并没做什么……"浅田好像死了心,"事到如今也没办法了,我就全盘说出吧!"

听到浅田要全盘说出,根岸刑警内心大喜,但仍旧不露形色地说:"只要你坦白说出一切,我们也非不讲情理之人,说不定就立刻释放你了。"

"这么说,只要我把一切讲出来,你们就会让我回家?"浅田上身微微前挪问道。

"这点你应该早就知道了吧?我们留你在这儿等着发霉有什么用?"

"如果你们一开始就告诉我,我早就把所知道的事都讲出来了。"

"不是一开始就说了吗？"

"根本没有！你们只是拼命地威胁我……"

"现在没必要再讲这些了吧？"根岸刑警微笑，"既然你已明白，何不立刻说出来？"

"我说。"浅田一脸认真，"不过，根岸先生，我真的不知道支仓目前人在何处。"

"什么？"根岸提高声调。

"是真的。事到如今我又何必骗你？我真的不知道。"

"哼，完全不知道吗？"根岸刑警语气稍缓和了，半信半疑地问。

"完全不知道。但是，他说过不久就会通知我，所以或许已经写信到我家了也不一定。"

"住嘴！"根岸刑警怒斥，"别以为我根岸那么好骗。支仓有没有寄信到你家，我们早就调查过了。你如果再这样狡猾，就别想回家！"

"这么说……"浅田怀疑地望着根岸刑警，"我家里没接获以松下一郎名义寄来的信件吗？"

"没有。"

"那就奇怪了。"浅田沉吟说，"不可能啊！到底是怎么回事……那，也许今天就会收到吧！"

浅田的样子不像是说谎，所以根岸虽然怀疑，仍旧耐心问，"这么说，与你商量事情时都是支仓写信过来？"

"是的。"

"那么，也许不久会有消息吧！"根岸刑警思索着，说："这样好了，虽不知道支仓会用何种假姓名和你联系，但是，如果是用松下一郎的名义，你能答应由我们拆信吗？"

"这……没办法。"浅田不太情愿地说，"好吧，可是不能任何信件都拆阅。"

"没必要如此担心，我们还是知道为人常识的。"

"那就好。"浅田深深颔首，"那么，我现在可以回家了？"

"这……"根岸刑警犹豫，"让你回家的话，信会直接落入你手中，你有可能藏起支仓寄来的信。"

"我绝对不会做出那种事。"

"嗯，话虽没错，我们还是必须小心。"

"这么说，你们只是随便讲讲而已，并未真的要让我回家了？你们到底懂不懂信守承诺？"浅田愤然说道。

"没必要这样生气，会让你回家的。"根岸刑警静静地说，"不过有条件。"

"什么样的条件？"浅田不安地反问。

"也非多困难的事，只是要让一位刑警住在你家，而且全部邮件都要由他过目。"

"这个条件很苛刻呢！"浅田沉吟一会儿，"没办法，我只好同意了，否则，你们不会让我回家，对吧？"

"好吧！"根岸刑警满意地点点头，"既然这样决定，就立刻实行。"

浅田吁了一口气。他终于能够脱离这三天来的痛苦生活了，尽管对于支仓的道义责任与对支仓之妻的恋慕，使他始终倔强地拒答有关支仓藏身处的问题，但是在刑警侦讯室连日来受到的执拗讯问，却已令他精疲力竭，何况根岸刑警已略微透露出知道他在支仓家对支仓的妻子所做之事的口吻，这使得他完全死了心，答应根岸所提的条件。

"那么，渡边。"根岸叫着渡边刑警，"你陪浅田一同回去，直到接获支仓的来信为止。"

"没问题。"渡边刑警点头。

在渡边刑警的催促下，浅田落寞地走出神乐坂警局大门。

浅田照相馆中，阿筱充分领略到丈夫遭警方拘留、三天不在家的孤独滋味，整日里魂不守舍。虽然一时气愤将丈夫交给警察，可是随着日子过去，阿筱还是不自觉地想起丈夫，到了今天，已经开始坐立不安，真想不顾羞耻地跑去求警方放了丈夫。

就在此时，丈夫突然平安无事回来，阿筱情不自禁跳起来迎接。

"啊，你终于回来啦！"

"……"浅田默然，只是不高兴地瞪着她。

"你生气啦？"阿筱不安地说，"请你原谅，一切都是我不好，我不该因为一时气愤讲出那些话。"

阿筱恨恨地抬起脸望着自己一心一意地诉说、却连半句话也不吭的丈夫时，忽然首度发现丈夫身后站着陌生男子。

"啊，原来是还有别人！难怪……"阿筱满肚子不高兴，"你到底是谁呢？大概又是刑警吧？"

"是呀，老板娘。"渡边笑眯眯地回答。

"所谓的警察可真是喜欢纠缠不清。"阿筱提高声调，"又是来找支仓先生寄来的信吗？居然一天里来两次。"

"喂，你住口！"浅田低叱，转脸对着刑警，"请先生不要放在心上，这女人一向如此。"

"这位先生不是刑警吗？"阿筱不安地仰脸望着丈夫，问道。

"是刑警先生。他是有事到我们家。"

"什么事？"

"如你所说的，来拿支仓先生寄来的信。"

"哎！"阿筱目瞪口呆，"那样的话，你最好拒绝。"

"可是，没办法的，在拿到支仓先生的来信之前，他要住我们家。"

"这……"

"没有什么好大惊小怪的，快泡茶。"浅田说完，在长火钵前一屁股坐下。

渡边刑警住进浅田家准备取得支仓来信的同一时间，石子刑警慢步走在藏前街上。

第二次掘获的尸骸经过专家鉴定，很幸运地判定为年轻女性，而且骷髅上醒目的两颗犬齿，与死亡的小林贞的特征完全符合。

石子刑警第一次见到阿贞的父亲时，立刻就注意到他的犬齿异样发达。后来又发现叔父定次郎也有同样的犬齿，可以说这种犬齿的特征乃是小林家的特征。但是，只凭这点，仍不能断定尸骸就是小林贞！

另外还有一桩困扰存在，亦即鉴定结果，以十五六岁的少女来说，骨架稍微大了些。行踪不明的女仆身材与其年龄相符，并非特别高大的女孩子，骨架过大对于断定是否小林贞的尸骸乃是不利的鉴定。

因此，剩下的唯一线索就是尸骸下被压住、勉强留下一小部分的衣物。石子刑警将破烂的衣物碎片送往高等工业学校请求鉴定，由于结果今天会出来，所以他正要前往了解结果。

对于石子刑警而言，目前可谓正处于成败关键。染色科教授的鉴定结果如何，将确定尸骸是否为小林贞，一旦是正面答案，不仅是寻获三年前行踪不明的女孩尸体，或许还可以进一步证实支仓所犯的凶恶罪行。不过如果鉴定结果与预期相反，那么不只费尽全副精力进行的苦心完全化为泡影，他更无颜面对自局长以下的所有同仁，而且女仆失踪事件再度陷入迷宫，无法让支仓俯首认罪。

自从支仓逃亡后，没有一天过得安稳的石子刑警，非常重视今天的鉴定结果，所以走在路上脑子里思绪凌乱如潮，心情更是郁闷不安，步履沉重。

终于，他来到了高等工业学校门口。告知警卫来意后，他走在沿着流入大河的小水沟而砌的约莫五十公尺长的石板路上。校舍附近就是大河，湛蓝的河水拍击岸边卷起浪花，三月暖和的阳光让旋起不规则波纹的浪头灿亮炫眼。不知从何处传来蒸气冒出的声响。

染色科年轻教授敦厚的学者风貌脸孔浮现微笑，迎接石子刑警。

"已经很老旧的东西了。"教授开口说，"我没办法给你肯定的答案，不过黑色布块的确是衣带使用的布料。至于另外的……"

年轻教授停顿了。正聚精会神聆听的石子刑警愣了愣，抬起脸来，很显然，他不希望漏掉对方说的任何一句话。

从这儿可一眼览尽整条大河，河面上可以见到一艘鼓满风帆的帆船。停住话眺望窗外风景的教授，视线忽然回到神情紧张的石子刑警脸上，慌忙接道："另外那块毛织布料上有图案，是大型花绘图案，应该是牡丹花的一部分，虽然完全褪色，不过本来是红色。"

说话间，石子刑警一颗暗郁的心仿佛沐浴春光的花蕾般逐渐绽放，脸上浮现掩饰不了的喜悦微笑。

"谢谢你。"获得内心想要的结果，石子刑警一面向教授道谢，一面接着说："托您之福，能够得到宝贵的线索。"

"是吗？那就好。"年轻教授似乎也觉得脸上有光。

走出校门，石子刑警脚步轻快。照着预料而挖掘出的尸骸十之八九已可确定是小林贞，虽然尚未能判定是自杀或他杀，可是不论是挖掘出尸骸的地点，或是由前后过程来推测，视之为支仓所为并不为过。只要再尽量搜集证据，应该能够让支仓俯首自白。

问题是，支仓在哪里呢？

一想到这点，石子刑警开朗的神情霎时又蒙上一层阴影。他力图转变心境，急于赶回神乐坂警局向局长报告今天的成功收获。

替代石子刑警追查支仓行踪、住进摄影师浅田家的渡边刑警，辛苦也非语言所能形容。他连一步也不能外出，三餐都是请附近的食堂外送，无论白天或夜晚皆不得疏忽，所有邮件都亲自从邮差手上接看，只要有所怀疑，立刻要求浅田拆封，另外，浅田寄出的信件他同样必须一一注意。他仿如置身敌军阵营的斥候兵，将全身化为眼睛与耳朵，不容许有一丝一毫出错。

若是这回再容浅田与支仓书信往返，那才真正是事态严重！这两人皆非寻常人物，富于惊人的奸智，一旦彼此有了交集，想要再掌握什么线索就难上加难了。表面上，浅田虽然一副心有所惧的模样，可是如果让他发现有机可乘，会做出什么样的事无人敢保证。

渡边刑警的辛苦白白地持续了三天三夜。三天三夜讲起来并不算长，可是，如此痛苦紧张地持续三天三夜，绝非一般人能够忍受，就算是渡边，同样整个人瘦了一圈，神经紧绷，连一根针掉落地上都会吓得跳起来。

支仓是否早已发觉情况不对呢？或是浅田用某种秘密方法与他联系？看他还是几乎每天寄嘲讽信件至警局，不像是已经远走高飞的样子。当然，他曾寄过似乎意味着企图远走高飞内容的信，导致警方派员在各停车场盘检，不过没多久就查明那只是在愚弄警方，他根本就毫无远走高飞的念头。

他好像只对巧妙逃避警方追缉、伺机嘲讽警察之事有着无限的兴趣，而且并未意识到自己所犯的罪行陆续曝光，有可能遭警方逮捕的危机，否则，也不会还连日寄嘲弄信件给警方，更大胆露面前往北绀屋警局指控电力公司要求赔偿。

他究竟为了何种目的如此愚弄警方呢？难道完全没有考虑到这种大胆行为反而会让警方怀疑自己的过去而更深入追查？

这一连串的疑问怎么也无法解开。现实的问题是，在这三天三夜之间，渡边刑警完全未能查获支仓的任何讯息。他已经几近绝望了！

渡边刑警住进浅田家的第四天早上，正在为空泛的努力叹息时，邮差在门外叫了一声"邮件"后，丢进来数封信，离去了。

一听到邮差的声音立刻冲出来的渡边刑警拾起邮件，发现其中一封的信封上是熟悉的字迹，迅速看信封背面，霎时，松下一郎四个字如电光般映入眼帘，他情不自禁握紧信件，内心不住地感谢神。

浅田被渡边刑警找来，递给他松下一郎的信，立刻脸色苍白，双手不住颤抖地拆封。

信上表示希望浅田能送来戒指和手表，不过并未写明地点。

"没有写地点哩！"渡边刑警眼光如电盯视浅田，说。

"没有。"浅田一面将信递给渡边，一面回答。

"一定早就商量好地点吧？"

"不，绝对没有。"浅田摇头。

"那么，你岂不是不知道要送去哪里？喂，你到现在还说谎可就太不上道啦，快点坦白说出来。"

"但是，真的没有事先商量过。"

"那么，你要如何送去？"

"每一次都会另外约定地点。"

"要另外约定地点，那你岂不是知道支仓人在何处？"

"不，不知道。"浅田慌忙辩驳。

"那又要如何商量？"

"由我写信寄放在这封信上所盖戳印的邮局。"

"什么！"渡边刑警不得不佩服这两人的邪恶智慧和深谋远虑了。

浅田沉默不语。

"嗯。"渡边刑警静静交抱双臂思索着。

是要等支仓来取走信件时当场逮捕吗？不，不行，以他这样凡事小心谨慎之人，是否会自己前来取走信件还是一大疑问，再说邮局通常都在相当热闹的地方，四周大小马路纵横交错，万一失手被逃脱可就麻烦，不如诱他至某个较为僻静的地方，比较容易逮捕。

渡边刑警抬头，"你立刻写回信，内容是这样，需要之物后天上午十时带至两国的坂本公园，若不方便请立刻联络。知道吧？"

"知道了。"

浅田乖乖地在渡边刑警面前依言写信给支仓。写完后，渡边刑警再仔细看过信，确定内容毫无让支仓怀疑的余地后，才放入信封内，封口，由浅田写上收件人姓名，两人一同至邮局寄放，同时注意监视浅田，防止他在信件上动手脚。

这天下午，渡边告诉固定前来传递讯息的同事详细始末，嘱咐后天绝对要妥善安排好一切。之后，他满心兴奋地一边审慎监视浅田的行动，一边耐心又焦躁地等待时日来临。

如今，大胆妄为的支仓已经形同袋中之鼠，在警网的逐渐收拢下，逮捕到他之日不远了。

但，犯罪怪客真的会这样轻易掉进渡边刑警布下的圈套而被捕吗？

等待的日子来临！今天上午十时，支仓终于将要被埋伏于坂本公园的刑警们逮捕了。为防万一，渡边刑警仍未疏忽对浅田的警戒，从一大早就不知道看了多少次时间地等待关键时刻到来。

135

时针刚过九时，一封邮件丢进来了。渡边刑警急忙拾起来，一看，寄件人是粗笔大字的"松下一郎"，亦即支仓所寄。

渡边刑警情急之下也等不及叫浅田，无意识地拆封，以一目两三行的速度阅读内容。

信上说，虽然浅田表示要将委托物件交给日本桥的坂本，可是他不认识坂本，觉得无法放心，希望浅田后天上午十时亲自送至深川八幡神社境内。

渡边刑警茫然若失，手上的信掉落地上。

多么小心谨慎的人啊！虽然渡边刑警如此处心积虑、尽可能不让对方怀疑地叫浅田写信，支仓仍旧不信任。或许企图诱他至两国的坂本公园之举令他感到不安也未可知，但，更重要的是，他不厌其烦地再度写信给浅田的用意。如果前一封信并非浅田所写，或是浅田受迫而写，那么借着这第二封信可能就了解真相。即使这样，将两国的坂本公园故意写成不认识坂本之类的莫须有内容，已足以见证其狡诈！

渡边刑警气愤得眼圈一热。

但是，忽然他注意到了一件事！支仓既是如此厉害人物，很难说不会在故意寄出这封信之后，却偷偷前往坂本公园观察情况。就算他本人没有亲自前往，也可能拜托什么人去，如果发现警方在公园里布网，事情可就糟糕，很可能以后不会再写信给浅田，这样一来，能否逮捕到支仓将成为未知数。

必须尽快撤除公园的警网！渡边刑警焦躁不安了，但，他自己又无法出门，因为一旦他离开，浅田会采取何种手段无从得知。啊，该如何是好呢？约定时刻的上午十时眼看已将至。

就在此时，大门被拉开了，渡边刑警松了口气。进来的人出乎他意料，是石子刑警！

"你来得正好。"渡边刑警拉住石子刑警的手，说，"你看看这个。"

"支仓又写了什么吗？"见到渡边刑警不寻常的反应，石子刑警赶忙看对方递过来的信，才看了一眼立刻大叫，一把抓过信，开始阅读。

"又被他摆了一道！"渡边刑警难堪地说。

"可恶！"石子刑警读完，用力咬着下唇，"这家伙为何如此滑溜奸诈呢？"

"必须尽快撤除公园的警网。"渡边刑警叫道。

"没错！如果被那家伙察觉就麻烦啦。我立刻打电话要他们撤除。"石子刑警说，但忽然显得很沮丧，"啊，本以为今天不会再让他溜掉的……"

"我也是这么想，今天一早就特别兴奋哩！"渡边刑警颇为遗憾。

"无论如何我先去打电话。别泄气，还是有希望的，又不是已被支仓发觉。你等我一下，我们慢慢拟订对策。"石子刑警说完，快步走出门外。

渡边刑警紧握住支仓的来信茫然愣立。不久，石子刑警匆

137

匆回来了。

"不必担心了。"见到渡边刑警,他说,"警网立刻会撤除,那家伙不可能察觉有异,还留下一个人监视,注意看是否有疑似那家伙的人物四处走动。"

"是吗?那我就放心了。"渡边刑警总算放心了。

"不过,关于第二阶段的准备,我想,支仓绝对不是察觉到你叫浅田写的那封信。"

"我也是这么认为。应该只是那家伙本来就有强烈的疑心病,为了安心起见,才会写信来要求改变碰面地点。"

"一定是这样。既然如此,就得赶快回信让他放心。"

"不错,我立刻叫浅田写回信。"

"就这么办。我虽认定今天会逮到他,不过考虑到对手是那种人,害怕再出了什么错,才会在前往两国公园之前先过来一趟,想不到来得正好。"

"是啊!"渡边刑警点点头,"如果你没来,就没办法将这封信的事转告大家,事情将会变得更为棘手。"

"那家伙的昔日恶行大致上已经查清楚。"石子刑警蹙眉,"若是不尽快逮捕,既有损警方威信,我也无脸面对局长。"

"我还不是一样。见到局长焦虑的神情,我觉得比自己被杀还难过,毕竟几乎每天都接获嘲弄信件,却无法抓到歹徒。"

"没错。我们还是没办法像根岸那么冷静。"

"大概是年龄的关系吧！如果我们多长几岁，或许也能够像他一样，但是目前不可能。"渡边刑警说。忽然，他想起："尸骸已确定是小林贞了吗？"

　　"嗯，确定了。"石子刑警回复开朗的表情，"我忘了你一直在这儿，还不知道此事。头盖骨有很明确的特征，而且残存的衣物也已确定是她离家时所穿之物，不会有问题的。虽然骨架稍微大些，我想不会有太大影响。"

　　"是吗？那可是大功一件啰！"

　　"暂且不谈这个。你不是要叫浅田写信？"

　　"没错。"渡边刑警朝楼梯口大叫："喂，你下来。"

　　浅田板着脸，慢吞吞下楼，斜眼瞪着石子刑警。

　　"支仓回信了。"渡边刑警将支仓的信递给浅田。

　　浅田接过，恨声问："谁拆开的？"

　　"我。这是紧急状况，情非得已。"渡边刑警冷冷回答。

　　"哦？"浅田低头看信上内容。

　　"希望你回信答应他。"渡边刑警严肃地说。

　　"好吧！"浅田表现得颇干脆，"反正支仓先生的气数也该尽了，如果在八幡神社境内被逮捕，只能算是天谴。"

网中之鱼

大正六年三月的某日，从前一天午后开始飘降的春雨入夜后转剧，令人很担心今天的天气不知会如何，还好在黎明时分雨停了，天亮后，除了湿漉漉的路面上到处有水滩和大型车胎痕外，只见美丽的旭日灿烂辉煌，从屋顶上、从马路上、从桥上都悠悠升起虹影。

历史悠久的深川八幡宫广阔的境内洋溢着湿润的泥土香，地面上铺着的砂，仿佛刚清扫过一般颜色鲜明。经过一场大雨，原本半埋入砂中的纸片处处露出，反而更增添风情。

离正午还有一段时间，露天摊贩也屈指可数，几乎都是以孩童为对象的饼干店或廉价玩具店之类，由老婆婆或中年老板娘茫然守住摊子，卖药的杂耍团和卖秘技要诀的魔术师们一个也没出现。

神社大门前一片静寂。

大殿前的铺石路上，一群鸽子正沐浴着春光雀跃地找寻饲料。意气风发的小姐停伫脚步，仿佛今天才首次见到每天眺望的小鸟们般，出神地望着。朝拜的人时而走过他们面前。

一切都显得无比悠闲。

无论是守着玩具店的老妇、在神前叩首的商人模样的男子、瞄着礼品店少女的年轻人，都如同神的使者鸽子一般，无忧无虑地在无心之中享受春天的福泽。对他们而言，在这一刹那，完全不会想到有人会违逆神明而犯罪，警方正在全力追捕之事。

事实上，这个时刻，神乐坂警局的刑警们已经陆陆续续来到这个和平的境地。有人打扮成土生土长的乡下人，有人则乔装成戴方帽的大学生，有人穿着工匠背心。他们神色自若，表面上巧妙地融入这片静寂的气氛，与其他前来朝拜的人们混在一起，暗地里却不敢有丝毫疏忽地警戒着。

其中，穿着轻便西装、宛如青年绅士的石子刑警最是紧张担心，因为，他是见过今天应该能够逮捕的怪人支仓的唯一之人。当然，支仓颇具特征的容貌早已充分印在刑警们脑中，问题是，不知道他会如何变装。支仓是那种即使听到芦苇被风吹的沙沙声响也会产生戒心的人物，尤其今天怕浅田一起前来可能会打什么暗号，所以刻意不让他来。支仓见不到浅田很容易起疑，再加上他如果认出石子刑警，事情就麻烦了，因此，是他先发现石子刑警，抑或石子刑警先发现他，几乎就是胜负关键。

当然，刑警们布下严密警网，纵使支仓先发现石子刑警，想要逃脱也非易事，但，这且不谈，站在石子刑警的立场，他必须最先发现支仓才行！揭发支仓秘密的人是他，最初让支仓逃走的人也是他，自此以来，他日日夜夜的苦心焦虑实在惨淡至极。今天怎能再让支仓逃掉？

石子刑警全身热血沸腾，开始移动唯一未被分配在固定位置的身子。

上午十时慢慢接近了。

不知何时，摊贩数量增加了，前来朝拜的人也增加了，神社从早上的静寂逐渐转为中午的喧闹。原本聚在一起晒太阳的小孩和照顾小孩的女人们好像也不再那么悠闲了，开始四处团团逛着。

石子刑警目光毫不松懈地浏览这片光景，忽然，不知想到什么，走向山门外。蹲在那边的一个看起来像是乡下老土、全身被阳光晒成黑色的中年男人敲了敲油污的烟斗，将烟斗收进插在腰际的烟斗盒，迅速站起身，走到石子刑警面前。

他点点头，说："请问一下。"

紧接着，他压低声音，"怎么回事，没有来吗？"

"还没有。"石子刑警也压低声音回答。

"为什么往外面走？"对方问。

这个状似乡巴佬的男人乃是田沼刑警，拥有柔道三段的身手，是局内最厉害的人物，今天特别挑选他前来帮忙，只要一有状况，他立刻就会扑上来制伏对手。

"那是因为——"石子刑警回答，"我刚刚忽然想到，支仓那家伙非常机警，所以有可能不会进入神社，或许会在神社前方偷偷监视，以便寻找浅田，因此我打算出其不意，前往电车街等候，希望在他下电车时就发现。"

"原来如此。这的确是最有效的方法。"田沼刑警点头，"但是，重点是，他不见得会搭乘电车前来，而且，如果被他先发现就糟了。"

"那就要看运气啦！反正如果要怀疑的话，那么那家伙今天连会不会来都是一个问题。我也是很拼命地不想出什么万一，但，就算我逮不住那个家伙，至少还有另外十个人布下严密警网，不要紧的。这儿就拜托你了。"

石子刑警说完，快步走向电车街。他看了一下时间，再过十五分就十时了。他极力抑制剧烈心跳，躲在招呼站牌稍前的电线杆后，盯着前后摇晃疾驰而来的电车。

支仓如果怀疑浅田的信是警方的圈套，说不定会从电车上就很谨慎地窥看外面的情形，但是，由疾驰的车上观察外面相当地困难，而且从人群拥挤的阶梯走下来时，也不可能有充分注意外面状况的余裕，很容易被躲在暗处的人发现。更何况支仓若是没有如此慎重，怎么说都是石子刑警占胜算。

石子刑警就是基于这样的盘算，才会躲在电线杆后监视着上下电车的乘客。不过，开始尝试之后，他方才发现这样做并不如想象中的轻松。从客满的电车上前推后挤陆续由前后车门下来的乘客太多了！

尽管这里已接近终点站，剩下的乘客是少了些，也没有那么拥挤,但是想要不忽略掉每一个人绝非易事。

转眼就快到十时了。

支仓的身影仍未出现。

石子刑警逐渐开始不安了。

十时将届,支仓身影仍旧未见,石子刑警焦躁不安。

支仓会是察觉形势不对而巧妙逃走了吗?或者是借其他方法潜入神社?如果进入境内,刑警们布下层层警网,一定能够逮到他。但是至目前为止,境内没有任何通知,应该是他已经变装,加上刑警们只见过他的照片,而未能够发现他吧!

石子刑警脑海里不断寻思,视线仍停留在陆续不断疾驰而来的电车上。

忽然,画面间断了。

石子刑警呼出一口紧憋住的闷气,环顾四周。各种打扮的人们在他面前左往右来。车夫拉着马车上载运似乎很重行李的马缰,悠闲地哼歌经过他面前,由于毫不在乎水滩和泥泞地前进,溅起的泥巴往四方飞散。戴瓜皮帽、穿木屐的老人小心钻过其间,恨恨地瞪着仍旧免不了被溅在衣服上的泥巴。

这样的光景在石子刑警眼前一一展开,他凝视远方的视线却一时调整不回来,眼帘只掠过难以说明的模糊景象。

石子刑警忽然回过神来,慌忙望向轨道。正好一辆电车疾驰而来。由于间断好一会儿，车的收票台旁挤满准备下车的乘客，不久，电车发出巨大响声驶过石子刑警面前时，他见到一位相貌狰狞的男人急着从车门想挤到挤满人的收票台。啊，那正是石子刑警这一个月来连在梦中也无法忘记、不停四处搜寻追缉的仇敌支仓！

石子刑警情不自禁叫出声来，"太好啦！"

电车停在距离石子刑警约莫六十尺外的招呼站牌。乘客们宛如雪崩般相互下车。支仓挤在人群中，一边很注意地留意四周，一边跟着下车。他穿着黑色披风，脚踩木屐。

"看他脚穿木屐，一副悠哉的样子，应该是不知道我们的计划。"石子刑警悄悄地走出电线杆后，一面小心翼翼地跟踪，一面喃喃自语。

他的一颗心兴奋得怦怦跳动，却仍力持镇静地逐渐逼近对方。

支仓慢慢朝向八幡神社的山门方向前进。那儿，有十多位刑警正摩拳擦掌等待着，而后面则紧追着石子刑警。他恰似网中之鱼！看起来连他都不知道浅田的信有着如此可怕的阴谋，仿佛被谁操纵着一般，飘然进入神社境内。他的命运真的已经走到尽头了吗？

支仓的脚一踩进神社境内，石子刑警终于放心地松了一口气。虽然和支仓间仍相隔三十多尺，并不知道其他刑警是否已认出支仓，但是，没多久一定会认出来吧！那么，只要他一个暗号，将可轻松逮捕支仓。无论如何，既然已追入网内，没必要再担心。

　　石子刑警缓过一口气的瞬间，支仓忽然回头，同一瞬间，石子刑警已被他发现。他发出异样的叫声，甩掉木屐。

受缚

支仓突然回头，认出石子刑警时，立刻赤足跑进山门内。

由于事出意外，石子刑警显然有点慌了，紧追于后。

支仓和石子刑警的距离拉近之后，忽然，他来个一百八十度大转身，回头，正好与石子刑警擦身而过，朝电车街方向狂奔。以为对方如袋中之鼠，将被逼入神社境内的石子刑警大吃一惊，伸手揪住对方披风。但，支仓迅速脱掉披风，让石子刑警步履踉跄了。

趁此机会，支仓拔腿狂奔。亦即，在眨眼之间已经明白一切的支仓，了解往神社境内逃是自投罗网，因此故意引诱石子刑警追近，等彼此只差一步的时候，忽然转身朝电车街跑。

说来话长，其实却是瞬间发生之事，埋伏在山门附近的田沼刑警一时也未发觉。

"糟了！"石子刑警边在心里叫道，边立刻用力吹事先准备好的笛子。

随着笛音响起，境内各处霎时冲出四五位穿着不同服装的刑警。见到石子刑警正在紧追一个怪异男人，立刻毫不犹豫地跟着往前追。

支仓摇晃着秃头脑袋往前跑。腰系的衣带不知何时已解开，长长的带尾缠在衣摆。他虽然体格壮硕，力气也颇足，但是毕竟已经三十八岁，没有办法维持很快的速度。相形之下，追他的皆是正职的刑警，而且都是二十岁出头的血气方刚、耐力惊人的人物，他当然渐渐被追上了。

在招呼站牌附近，跑在最前面的石子刑警的手搭上他的手臂。路上行人不知发生什么事，一片惊讶之际，此时，随后赶来的四五位刑警紧接着扑上，瞬间将他绑住。

就这样，怪人支仓在逃亡一个多月之后，于三月蓝天一片晴朗无云的早上，在深川八幡神社前终于可怜兮兮地被神乐坂警局的刑警们逮捕了。因涉嫌偷窃圣经而逃亡的他，在此踏出日后为可怕的罪名被关在铁窗内呻吟长达十年的诅咒赎罪之第一步。

被捕的时候，他身上的服装是戴褐色软帽、穿铺棉条纹套装，外罩前述的黑色披风，脚踩木屐。而他的怀中除了内有八十多元现金的皮夹外，还有一双簇新的麻底草鞋，一顶横条纹鸭舌帽，以及一罐硫酸番木鳖碱毒药。麻底草鞋和鸭舌帽不必说当然是为了在紧急时逃亡所用，毒药可能是打算在最后逼不得已之下使用吧！由此亦可窥知他准备的周全与心中的觉悟。

截至目前，我长篇大论地叙述支仓喜平由逃亡至受缚的历程。其经过何等的波澜起伏虽非我这支拙笔所能形容，相信诸位读者一定也很清楚才是。说到大正六年，正好是距今十年前，但是做梦也没有想到，我自己居然会创作出让小说故事主角人物像怪盗绅士亚森·罗宾般大胆妄为、却又富于奸智的恶徒实际存在的侦探小说。而，即使我不再深入叙述，读者们应该也已充分了解他是如何善用权谋了吧！

以他的受缚为界，这篇故事的前半部算是结束，接下来由侦讯至判刑的中半部，以及他的执拗诅咒之后半部，将会让更奇奇怪怪的事实展现在各位眼前。

侦讯

在叙述被捕的支仓之奇奇怪怪言行之前，有一件事我必须事先说明。或许对读者们来说这很无聊，但和以后的事有重大关系，所以希望大家能够忍耐这么一次。

那就是有关支仓容貌之事！他的脸孔讲好听点，可称之为魁伟，讲难听些则是丑陋、凶恶，反正相当不好看就是。至于身材方面，既不太高，体格也寻常，属于所谓的中等身材。另外，肤色很黑，加上醒目的一双浓眉，眼神似动物般凌厉，两颊高突，以及与生俱来的浓厚奥州腔调、光头脑袋，乍看简直就如同比睿山的恶僧，认识他的人之第一印象，几乎异口同声是"坏人"。

当然，不能因为一个人容貌丑怪就认定他的内心也是丑恶。《史记·仲尼弟子列传》中，孔子说过："吾以言取人失之宰予，以貌取人失之子羽。"宰予是《论语》中曾提及的因昼寝而受孔子责骂之人，虽是能言善辩，却是个小人，因此孔子表示自己遭其蒙骗而后悔。至于子羽本名澹台灭明，由于容貌颇丑怪，孔子私底下亦排斥他，不喜收其为弟子。此人却是个相当高明的人物，后收弟子三百人，名闻于诸侯间。因此孔子为自己以貌取人的错误判断感到后悔，与宰予的状况并列来当做众弟子之借镜。

当然，对此也有不同说法。依《孔子家语》所述，子羽容貌颇为君子，但是心性不佳，因此孔子后悔受其君子般的容貌所骗。但是，重点在于，连孔子这样的至圣先师都还会犯下以容貌取人的错误而引以为戒，常人岂非必须更加注意？

不过，支仓喜平非但容貌凶恶，实际上也在干坏事。他已经有过三次前科，如今又偷窃圣经，还强暴来家中帮佣的少女，这些全部罪证齐全不说，又有纵火杀人的重罪嫌疑，像他这种人，就算与警察无关者，也必然视他为恶徒。而且，他自石子刑警找上门开始逃亡到被逮捕为止的一切行动，几乎都是在愚弄警方，其大胆妄为、致密的准备，以及富于奸智的狡诈，着实令人惊异。

逃亡期间他前往北绀屋警局指控电力公司企图索赔；假装进入照相馆当学徒，目的是以照相馆当信件联络的转接站等等，皆不是一般人能够想得出来的手法。

他为何要如此地四处潜逃呢？为何要不断寄信嘲弄警方呢？虽然他后来有所解释，却仍是颇为暧昧，很难让人接受其说辞，据此，已足以认定他的确是性格异常之人。

也因为这样，在神乐坂警局他当然被视为重大罪犯，尤其刑警们受过其嘲弄心中皆激愤不已，所以当他被捕、送回警局时，局内几乎是高奏凯歌。

支仓一被带回神乐坂警局，立刻就被带至大岛调查主任面前。

他会受到什么样的侦讯呢？他真的会坦率自白吗？

支仓喜平站在调查主任面前，两边各有一位刑警挟住他。

若是容许运用夸张的形容，应该说从调查主任以下、与事件有直接关系的根岸、石子、渡边等诸位刑警都是雀跃地迎接他吧！只不过他们皆明白支仓并非简单人物，尽管证据已搜集相当齐全，而且每位刑警都抱定绝对要让他吐实的决心，可是不必互相明言，彼此心里皆有数，事情没那么容易。

从支仓开始答复自己的身世，刑警们很可悲地已经有这种强烈印象！

"你的姓名是？"调查主任瞪睨着他，问。

"支仓喜平。"他面无惧色，用浓浊的声音回答。

"年龄呢？"

"三十八岁。"

"住什么地方？"

"芝白金三光町××番地。"

"职业是？"

"传教士。"

"嗯。"调查主任深深颔首，小腹用力，"本局派员要求你随同前来接受讯问时，你为何逃走？"

"我不是逃走。所谓的警察常为了鸡毛蒜皮大小的事找人前来，而且动不动就任意拘留三四天。我是不愿意受到这样的侮辱，才不想来警局。"

"哦……"主任似乎因对方毫无所惧的大胆答辩觉得有失面子，显得有些不耐烦，"你知道警方传讯你的理由吗？"

"大概是为了圣经的事吧？"他扬了扬浓眉，大声回答，"如果是圣经之事，你们根本没必要如此劳师动众，因为那是别人送我的东西，我要卖去哪里是我的自由。"

"既然这样，岂不是没必要东藏西躲了吗？一定是还有什么不欲为人知的内情吧！"

"绝对没有。"

"你在逃亡期间经常寄嘲弄信件来局里或至刑警家，原因何在？"主任稍微改变语气，问另外的事。

"那是因为来找我的刑警态度过于不逊，让我觉得受到非常的侮辱，为了报复他，才故意写那种信。"

"是吗？原来是这样吗？"主任轻轻点头，忽然改变声调，"喂，事到如今，你也不必再口口声声说自己无辜了，何不痛快坦白一切呢？本局都已调查得一清二楚了。"

"我完全不懂你在讲什么。"支仓大声回答。

"真的？好，那我问你，你忘了三年前家里曾有一位女仆小林贞吗？"

"小林贞？"支仓锐利的视线动了动，"我记得。"

"你记得曾经强暴她吗？"

"不记得。"支仓当场否定。

"装迷糊也没用。"主任叱喝道,"小林贞的叔父小林定次郎已经提出控告了。"

"不可能的。"支仓显得有些狼狈,"那件事应该早就解决了。"

"你所谓的解决是怎么回事?"

"当时有一位姓神户的牧师朋友居间调解,经过一番谈判,应该约定好日后不再惹生麻烦。"

"是吗?那么你是承认强暴小林贞的事实啰?"

"……"支仓默不作声。

支仓一旦沉默不语,大岛主任立刻乘胜追击。

"你不回答,我们怎么知道你承不承认?"

"这件事请你们去问神户牧师。"支仓死心似的说。

"是吗?好,那就暂且不谈。"副探长满意地笑了笑,立刻恢复肃容,"这位名叫小林贞的女仆后来行踪不明,不过,你应该知道她的下落才对,希望你能毫不隐瞒地说出。"

"我不知道。"支仓猛摇头,"我不可能会知道这种事。"

"胡说!"主任怒喝,"别说你不知道。"

"阿贞的行踪,她的叔父定次郎应该知道。"支仓也不甘示弱地叫嚷,"定次郎多次向我要求治病的费用,还曾说过要带阿贞本人前来,所以一定是他怕阿贞若露面会拿不到钱,才会一直把她藏起来。"

"是吗？这么说你是要求定次郎将阿贞带来才付钱？"

"是的。"

"如果这样，岂非只能认为是你藏起阿贞？"

"为什么？"

"因为阿贞若不出现，你就不必付钱。"

"或许结果真的是如此，但，我不记得曾把阿贞藏起来。"

"哦？那我再问一件事。你前后总共碰上三次火灾，对吧！"

"是的。"支仓点头。

"同一个人连续碰上三次火灾，你不觉得很奇怪吗？"

"我并不觉得奇怪，只是认为自己运气太坏。"

"但是，你不能说运气坏才是，因为每次火灾你都领到保险理赔，房子也是愈住愈大。"

"我不回答这样没礼貌的问题。"支仓紧抿着嘴。

"你不回答是不行的。"主任冷笑，"你知道那三次火灾皆是起因于纵火吗？"

"三次是否都是纵火我不知道，不过神田的那次听说是纵火。"

"是你纵火的吧？"

"笑话！因为那场火灾，我很多重要书籍都被烧毁，造成极大困扰呢！希望你们开玩笑也要有个分寸。"

"住口！"主任一直忍耐的怒气终于憋不住了，怒叫，

155

"如果你以为随口瞎说就会没事,那可就大错特错了。我所讲的每一件事都是有证据的,我不会问无凭无据的事。"

"证据?"支仓不动如山,"虽然不知道是什么样的证据,不过我倒想看看。"

"你还是坚持不知道?"

"不知道,完全不知道。"

"好吧,今天就到此为止,反正我们时间多得是,你自己好好地考虑清楚。"

"没什么好考虑的,不知道就是不知道,你们经常传讯只会造成我很大的困扰。如果没有要再问什么话,希望能让我回家。"

"什么,让你回家?"主任恨恨地瞪睨支仓,"会让你这种家伙回家?别做梦啦!乖乖在拘留所里窝着吧!"

"这么说是要将我拘留?"支仓神色骤变,"你们这是践踏人权。到底凭何种理由拘留我?我从事正当工作,又没有犯法,不应该被拘留。"

支仓尖声嚷叫。

大岛调查主任斜眼望着支仓,冷冷回答:"你被依妨碍道路交通罪判处拘留二十九天的处分。"

"妨碍道路交通罪?"支仓哑然。

以当时警察的权限,无论涉嫌何等浓厚的嫌犯,皆不得为了侦讯而予以拘留,所以警方通常会对此类嫌犯冠上适当的罪名进行拘留。

面对支仓的状况，几乎找不到其他理由，只好挂上妨碍交通的罪名，这也是万不得已之策，讲白些就是蹂躏人权。问题是，如果任嫌犯回家，他们既可能逃亡，也可能湮灭证据，因此很多皆是像这样随便加个罪名拘留，司法当局也默许。

"把这家伙丢进拘留所。"主任命令一旁的刑警。

支仓被两位刑警半拖半拉地带走了。

留下来的石子刑警和渡边刑警用责怪的眼神望着主任。

"主任！"石子刑警叫道，"这样温和的方式，那个家伙是不可能承认的。"

"啊，别急。"主任制止似的说："没有必要这么心急，反正必须众人轮攻才可能成功。"

"话是这样没错，但……"

"下午再由我来一次，接下来让根岸和你负责。"

"这……"根岸稍微沉吟之后，接着说，"我还是协助主任好了，让石子和渡边可以一起好好发挥。"

"这样也好。"主任点点头。

"还有，那家伙所说的什么神户牧师也需要调查一下。"

主任也想起来了，"没错，赶快传唤他来应讯。"

"不。"根岸凹陷的眼眸闪动着深思的神采，"传唤的话，他不见得会来，我看，还是请石子跑一趟吧！"

"我去。"石子刑警当场主动应诺。

"那么，石子就去找神户牧师。根岸和渡边等下午我侦讯

157

过后，再严厉地进行一次侦讯。"

"知道啦！"

三位刑警点头回答。

"该去吃饭了。"

大岛主任愉快地说。正想站起身时，一位刑警慌张地跑过来。

"主任，支仓不知道为什么开始痛苦挣扎，在拘留房内滚来滚去。"

"什么！"

众人惊讶地互相对望一眼，主任立刻问石子刑警："那家伙身上的东西你全部搜过吧？"

"是的。"石子刑警点头。

"听说他带着毒药……"

"毒药当然扣下来了。"

"这么说大概是急病吧？"主任转头，对跑来报告的刑警说，"你立刻找医生来。"

"是。"

刑警离去后，主任站起身来，"喂，我们去看看。"

一行人来到单独拘留房前时，见到支仓脸色苍白、全身不住颤抖，在昏暗脏污的房内呻吟。

"怎么啦？"大岛主任望着房中。

"唔……"支仓丝毫不想回答地继续呻吟。

石子刑警进入房内，抱起支仓。但是，支仓只是脸色苍白、苦闷挣扎，并没有吐血。

"怎么回事？"石子刑警怒叫。

"唔……好难过，我要死了。"支仓剧喘，回答。

接获紧急通知，警察特约医生赶来了。矮个子的老医生仔细替支仓把脉后，温柔地问："怎么回事？肚子痛吗？"

"是的。"支仓有气无力地回答。

"是吗？那很快就会不痛的，没有什么大不了。你吃了什么不好的东西吗？"

"嗯，我是吞了。"

"吞了？"医生讶异地问，"你吞了什么？"

"铜板。我打算寻死。"

"什么，吞了铜板？"石子刑警惊呼，"你把那种东西藏在哪里？"

支仓痛苦地呻吟，并未回答。

石子刑警担心地问医生："不要紧吧？"

"没事。"医生点点头，"吞铜板是不会死的。他的脉搏正常，不必担心。"

"是吗？"石子刑警似乎安心了，"真是会找麻烦的家伙！稍微疏忽就被他藏起铜板，不知道另外还藏了些什么东西呢！"

说完，他气愤地摇动支仓，开始在支仓怀里和袖管内仔细搜索。

"痛死我了！你在干什么？"支仓嚷叫。

"需要给他什么药吗？"主任眼角盯着支仓，问医生。

"给他服用健胃剂好了。"

"真的不要紧？"

"没问题。"

"喂，支仓，"主任转脸望着支仓，大声斥责，"你别搞一些无聊事！想借此延缓接受侦讯是不可能的。"

听到主任的骂声，支仓回瞪一眼，不过默不吭声。

主任瞪睨支仓良久，这才带着刑警们大踏步离去。

"实在是会找麻烦的家伙！"主任还是余怒未消。

"主任，立刻拖他出来狠狠修理一顿吧！"石子刑警也激动地说。

"好呀！我这就去拖他过来。"性急的渡边刑警站起，立刻准备行动。

"喂，别那么急躁。"根岸刑警叫住他，"再怎么说现在就讯问也未免太可怜了些，而且他也不可能说实话，还是让他在拘留房里待一个晚上比较好些。不管多倔强的人，单独被关在牢房里，一定会想到很多事情而感到寂寞难耐，说不定因此自白也未可知。"

"那也得视对象而定。"渡边刑警不太情愿地边回座边说，"对那家伙来说，用软的一套无用。"

"是否有用暂且不提。对了，主任，"根岸转脸面对大岛主任，"传讯他老婆试试看吧！也许她知道些什么。"

"嗯,没错,就这么办。"主任颔首。

在根岸刑警的建议下,支仓的妻子静子被警方传讯,接受调查。

在此之前,石子刑警前往拜访芝今里町的神户牧师。

所谓的神户牧师是当时三十五六岁,刚刚要进入元熟豁达境域的年龄,曾经至外国接受熏陶的潇洒宗教家。支仓之妻当主日学的老师,由于彼此属于同一教派而认识,支仓也因此常在他家走动。小林贞会至支仓家当女仆也是透过他,所以支仓尊神户牧师为师。

石子刑警递上名片后,立刻被带至二楼的一个房间。

脸色白皙、稍厚的嘴唇紧抿的牧师进来后,朝石子刑警轻轻点头致意,坐下,沉着脸问道:"有什么事吗?"

"是的,想向你请教有关支仓的一些事。"石子刑警严肃地说。

"支仓?哦,什么样的事?"

"支仓因为某种嫌疑被拘留于神乐坂警局。"

"支仓他……"神户牧师有点惊异,但,立刻恢复淡然的神情,"这样吗?是什么嫌疑?"

"有多种嫌疑,不过很抱歉,在这儿不能说。至于我想请教的是,曾在支仓家当女仆的小林贞的事。"

"哦……"

"也就是支仓曾经强暴小林贞的事。"

"要问我这件事吗?"神户牧师声调略为提高。

"是的。支仓叫我们问你。"

"支仓要你们来问我?"

"是的。"

"是吗?"神户牧师沉吟片刻,"既然支仓这么说,应该是没什么关系吧!不过,这毕竟是与他人名誉有关,我实在很难告诉你。"

"话是这样没错,但是,如果真相不明,很可能会对支仓不利。我们也很希望能够掌握事情的真相,而且绝对不会造成你的困扰,请你告诉我你所知道的事。"

"我能够了解你的意思,但,这件事很严重,我还是希望能够拒绝。"

"不能告诉我较不涉及个人隐私的内容吗?"

"你需要知道些什么?你问问看吧!如果我能够的话,我会回答。"

"小林贞是透过你的介绍才至支仓家学习礼仪?"

"也不算是我介绍。那只是她父亲表示要送女儿至支仓家,问我意见,我回答说可以。"

"支仓真的对那女孩做了什么吗?"

"我无法说是真是假。"

"那么,支仓说她是因为生病而请假,是真的吗?"

"是的,是这样。"

"为何生病呢?"石子刑警盯视神户牧师困惑的脸,问。

石子刑警的问题令神户牧师愈来愈困惑。

牧师眉头深锁,说:"我无法答复。"

"是吗?"石子刑警沉吟,但是仿佛知道牧师的态度相当强硬,不太容易让他率直说出而死心,接着说:"你这样说我也没办法,不过我是基于职责而问,若是无法得到些许答案,回到局里很难交代。"

见到石子刑警沮丧的样子,神户牧师似乎有些不忍,语气缓和了,"若谈到职责,我也是不应该将所知之事全盘说出。这样吧!如果检察官或你们局长亲自传讯,我可以当着他们面前说出。我不喜欢随便说一些可能造成别人困扰的事。"

"那么,你愿意在局长面前说出?"石子刑警问。

"没错,如果有此必要的话。"

"谢谢你。"石子刑警低头致意,"那就这样说定了,我回警局后会立刻安排。"

石子刑警虽然为无法直接从神户牧师口中问出有力线索而感到遗憾,不过牧师已经答应接受警方传讯,可以当着局长面前说出一切,所以总算不是毫无收获地回神乐坂警局。

石子刑警回到警局已接近傍晚时分。

刑警侦讯室里已经开始侦讯支仓之妻静子。

她身穿朴素的外出和服,上面罩着黑色条纹的披肩,双膝并拢地低垂着头,对于刑警毫无顾虑的尖锐问题,只是轻轻回答"是"或"不",时而抬起毫无血色的苍白脸庞,长睫毛底

163

下的眼眸射出似幽怨又似气愤的视线，投向讯问她的刑警们。

从这天开始，对静子的讯问持续三天。警方当局是认为，支仓所犯的无数罪行，譬如前后连续三次的纵火或是杀害女仆小林贞等等，静子必定知情，只要她愿意开口，事件很容易就能够解决，所以对她的调查相当严厉。

支仓的侦讯与其妻的侦讯同时进行。他虽只是一味坚称"不知道"，可是对于妻子受侦讯似乎内心也相当苦闷，所以他后来会说出自己是大正的佐仓宗五郎之类的疯狂之语，可能指的就是这段时期的事。

对静子的侦讯如前所述持续三天，但是她还是熬过来了。她相当有教养，支仓对她也似乎十分尊敬，夫妻感情好像也还不错，因此照理支仓会告知她大部分事情，就算没有完全告知，至少她也会有某种程度的察觉，自然应该知道支仓的所作所为。

可是尽管刑警们交相严厉讯问，事实却和预期相反，无法从她口中问出任何事来。虽然警方早已料及她并非是会容易讲出丈夫所为恶事之人，但是会如此守口如瓶，只能认为她事实上毫不知情。

"啧！"到了第三天，连根岸刑警也不得不放弃了，"真是个倔强的女人。不过，她似乎真的不知道。"

"我总觉得她不应该不知道。"渡边刑警遗憾地说，"可是，好像又真的不知道。"

至此，从静子口中问出的只有小林贞遭强暴事件的真相。

事情要回溯至三年前。

当时正是黄昏,庭院里盛开的洁白沉丁花,浓烈的花香涌向书房,扇起阵阵的青春苦恼。年轻牧师神户玄次郎打开面向庭院的纸门,端然而坐,正在专心阅读。桌上从瑞士带回来的座钟,滴滴答答地静静刻画着所谓一刻千金的春宵。

这时,纸门轻轻被拉开,妻子贤惠的身影出现。

"那位支仓先生说无论如何一定要见你。"

神户牧师回头望着妻子的脸,脸上稍现阴郁神情,反问:"支仓?"

"是的。"

支仓是透过其妻静子的介绍,曾来过神户家两三次,但是可能是俗语所谓的第六感吧!神户牧师怎么都不欣赏此人。身为应该救赎罪人、导正邪恶的宗教家,与人感情交往当然必须慎重,而且既然不是神,总难免会有爱憎之别,神户牧师当然并非憎恨支仓,只不过觉得无法喜欢罢了,也因此,支仓既然亲自前来求教,他不可能予以排斥。

他"啪"的一声合起书桌上的书。

"请他到这边。"

支仓喜平脸上掠过一抹不安神色,进入书房。

"很久不见了。"他伏身叩首。

"是很久不见,还好彼此都没变。坐吧!"牧师指着坐垫。

"谢谢。"支仓并不想铺坐垫,显得有点坐立难安。

暮色悄悄地掩入室内。四周开始模糊，只听到座钟的滴答声。

神户牧师站起身，扭转头上的电灯开关。带着黄色的暖和灯光洒落，清楚照出榻榻米的接缝，昏暗被驱逐至房间角落。

等牧师回到原来的座位时，支仓似乎终于下定决心，抬起头，但，立刻又无力地垂下。

令人窒息般的沉默持续着。沉丁花香沁入主客两人鼻中，让空气更加闷重。

支仓再度抬起脸来，痛苦地叫道："老师，请你嘲笑我、责备我！我支仓是个可怜的废人。"

"怎么回事？"牧师怜悯地望着对方，问，"你说说看。"

"老师，我是卑鄙的人，是懦弱的人。"支仓停下来深呼吸，不久，满脸悲痛地接着说。"老师，请你看我的鼻子。"

神户牧师紧盯着对方浅黑脸孔正中央的巨大鼻子，仔细观察。支仓的严肃姿态让牧师没有微笑的余裕！

"老师，我的性欲旺盛，这个大鼻子就是证明。"

牧师没有回答，只是凝视着对方激动的脸孔。

"老师，请你惩罚我、原谅我、救救我。"支仓几乎是哭泣出声。

端茶过来的牧师夫人从刚刚就站立在纸门外不动。

"不必那样激动，有什么事冷静告诉我。"神户牧师宽容地说。

"老师,我犯了重大的罪,是肮脏的罪。"

"怎么样肮脏的罪都是可以弥补的,你说出来听听。"

"老师,我侵犯了女人,是天真无邪的少女。我刚刚说过,我是性欲的丑恶奴隶,约莫一个月前,内人回故乡秋田,我因为寂寞而挑逗女仆阿贞,最后终于以暴力得逞兽欲。"支仓难以启齿似的断断续续说着,说完后低垂着头。

神户牧师有些惊异于支仓的告白,说:"这可是很严重的事!"

"我的罪恶还不只这些。"不久,支仓抬起脸来,难堪地说,"我还将花柳病传染给她。"

"这……"泰然自若听着的牧师也因为事出惊人而叫出声来。

支仓居然罹患这种忌讳的疾病!似此,就算托身宗教界,还是会得到报应吧!

"我不知道说什么才好,请怜悯必须来向你说出这样羞耻之事的我。"

"你能如此坦然告白,一定可以得到救赎。"

"谢谢你。老师,我的罪孽必须受罚,因为内人和女孩的父亲皆已知道此事,而女孩的叔父是浪荡的无赖汉,不断地威胁我。"

神户牧师有着受骗的感觉,他将视线自支仓脸上移开,望向庭院。暗夜中浮现白皙的沉丁花。

牧师方才虽认为支仓是以真挚的态度告白,不过现在听其口气，似乎只是因为遭女仆的叔父威胁而前来求助，他所流下的未必是悔悟的眼泪，希望得救的也非灵魂，而是肉体。

"老师，"支仓不安地仰望着沉默不言的牧师，"我是由衷悔悟，请你救我。"

支仓的忏悔是假吗？就算他不是为了害怕神的惩罚，而是恐惧无赖之徒的威胁，也可认为是真正的悔悟。面对他的告白，应该没有人会落井下石地谴责吧！

神户牧师坐正身子，"你要我怎么做？"

"请帮我向女孩的叔父解释。"支仓松了一口气，回答，"当然，我发誓不会再犯这样的过错。"

"女孩的叔父怎么说？"

"只是嚷着要我还女孩的清白身体。"

"是吗？"牧师沉吟良久说，"我虽然不喜欢触及这种事，但是既然你找我帮忙，我就去见见女孩的叔父好了。对了，女孩的父亲呢？"

"当然一定也很生气，不过倒是没有特别说些什么。"

"女孩的父亲我应该也见过一二次。只要父亲没问题，当叔父的也闹不起来吧！反正，等我和他谈过再说。"

支仓被神户牧师充满温情的话感动得不住点头道谢，然后离开牧师家。

接下来，神户牧师开始多方面奔走，终于谈妥将阿贞交给其父亲带回，由支仓支付二百元慰问金，并负责阿贞到医院治病至痊愈的医疗费用等等条件。

但是到了要付款给阿贞的叔父定次郎时，支仓的态度令神户牧师也有些诧异了。

支仓受到定次郎威胁陷入窘境时，声泪俱下地向牧师泣诉，当时他的心情实在值得怜悯，也充分流露出悔悟的态度，应该没人会在这时继续谴责他吧！所以神户牧师也尽力居间调解。可是一旦到了要付钱的阶段，支仓的态度遽变，他很遗憾、而且无法忍受别人从他身上将钱拿走！

"要给他钱？"

当神户牧师告诉他这件事的时候，支仓的那种不甘心的反应着实让他大吃一惊。最主要是，支仓竟是守财奴！

这种人在某种情况下对于掏钱之事极端不舍，可以说其多数的犯罪行为也起因于对金钱的极端热爱。支仓由衷向牧师告白，求他帮助时那种诚挚，到了必须拿钱出来之际，立刻销声匿迹了，丑陋的另外一面赤裸裸地显露无遗，据此，可以认定此人是双重人格。

表面上事情已经解决，神户牧师也不再插手此事。

定次郎后来似乎还多次前往支仓家勒索。没过多久，小林贞在前往医院的途中行踪不明。

听说小林贞行踪不明时，神户牧师认为是她那贪得无厌的叔父将她带去哪里卖掉，内心替她感到怜悯不已，但是他没理由再深入分析这件事，也无多余的好奇心，而未向支仓询问。

支仓后来又曾数度前往牧师家拜访。

以上是神户牧师至警局应讯时陈述的要点。对此，支仓之妻静子的答讯内容也大致相同。

自从被拘留以来持续三天完全以"不知道"三个字来回答警方讯问的支仓，今天下午又被带至刑警侦讯室，接受石子刑警和渡边刑警调查。

"喂，不要再耗下去了，赶快说出你将小林贞藏在什么地方。"性急的渡边刑警怒叫。

支仓仍旧默默地冷眼看着两位刑警。

"我们已经查出充分证据了。"石子刑警咬牙切齿地说，"愈是沉默对你愈是不利，如果你坦白认罪还有斟酌情况的余地。你的倔强徒然让无罪的老婆为你受苦，你忍心吗？"

"什么？内人也受到调查？"支仓愕然问道。

"不错。你那无辜的老婆为了你接受连续三天三夜的讯问。"石子刑警故意夸张地想要威胁、嘲讽对方。

"你们这就太过分啦！内人什么也不知道。"支仓极力想掩饰苦闷的神情。

"是否知道，调查即知。"见到支仓的反应，石子刑警刻意摆出了高压姿态。

但是，支仓再度沉默。

刑警侦讯室的三尺宽房门被拉开。大岛主任和根岸刑警进入。

"还未自白吗？好，接下来换我们侦讯。"

抬头见到说"好,接下来换我们侦讯"的主任的脸孔,石子刑警吃了一惊,叫着:"啊,主任,你的脸色很差呢!"

"嗯!"主任微皱眉头,"是有点不太舒服。"

大岛主任的脸色苍白。他的外表看起来健壮,却有先天性的心脏衰弱,过度激动或过度投入调查行动时,经常引起脑贫血。

"我们还不觉得疲倦,你何不稍微休息一下?"渡边刑警担心地问。

刑警们进行侦讯感到疲倦时,会由其他刑警换班,支仓却一直未能有休息的时间,如此持续下来,就算他的体力再好,终于也会有气力放尽、无从反抗的一刻到来。

"不,没事。"主任坚称,"支仓未自白之前,我无法安心休息。"

"我也劝过主任了。但是主任不听。"根岸刑警说。

"是吗?那就由你们接手了。"

石子刑警说着,和渡边刑警一起走出刑警侦讯室。

"支仓,"主任盯视支仓,"你还不供出小林贞人在哪里吗?"

"不知道的事问一百遍我也无法回答。"支仓若无其事地回答。

"是吗?那我告诉你吧!"主任怒叫。

"哦?"支仓一副厌烦的神情,抬起脸望着主任。

"小林贞在大崎的古井里。"

171

"什、什么？"支仓跳起来。

"你以为警方一无所知吗？"

主任提到大崎的古井时，脸色霎时改变的支仓，很快又恢复冷漠，嘲讽地说："知道阿贞的行踪很好呀！既然如此，又何必一直向我逼问？"

"什么，你在调侃我？"大岛主任的愤怒达到极点，接下来的话再也说不出，身体一阵摇晃，好像快倒下。

"啊，怎么啦？振作点。"根岸刑警吃惊地扶住主任。

"没事，没问题。"主任咬紧失血的苍白嘴唇，回答。

"你还是休息吧！"根岸刑警说，面向支仓，"支仓，你激怒主任不会有好处的，我觉得你最好是坦白说出一切。"

"不知道要我怎么说？"支仓仍旧毫不在乎，但是语气有几分缓和。

关于侦讯嫌犯的法律，某册著作列举出：不得威胁嫌犯、不得对嫌犯动怒、不得让嫌犯知道涉嫌内容，等等。

眼前侦讯支仓喜平的警官们，以主任为首，皆是经验老到的人物，不可能不了解这些，所以刚开始当然是照规行事。可是支仓并非普通人，在用尽温和的方法无法奏效时，他们开始不耐烦，已经完全采取强迫自白的手段。

唯有资深的根岸刑警尚有着些许保留，还是使用水磨工夫。支仓听了他的话之后，似乎有些许动摇。

"支仓，"根岸锐利的眼神里带着阴森气息，"我们已讲过很多次，没有证据的事不会乱说。不过，姑且不谈是否有证据,我希望直接诉诸你的良心。既然你也是从事与宗教有关的工作,应该也曾告诉他人'悔改吧!',那么,你自己若是有干过什么坏事,何不趁此机会坦白说出来呢?我们的职责绝非只搜查对嫌犯不利之事,也充分调查对嫌犯有利的证据、证物,然后填写意见表送至检察庭。如果你愿意坦率自白,我们不但不会对你有偏见,还会请局长设法减轻你的罪刑。我的话毫无虚假,可是,如果你继续反抗,结果一定对你不利。"

"我完全没有反抗的念头。"根岸的苦口良言让支仓的脸色稍微缓和,回答,"但是,不知道的事我确实无法回答,而且愈是对我施压,我愈不肯退缩。"

"没错,你的话也有道理,可是,我们并不认为你真的不知道……"

"那是彼此观点不同。"

"这么说,高轮的火警事件中,你的房子半毁,却收买保险公司员工呈报为全毁之事,你也否定啰?"

"我是给保险公司职员钱没错,但那只是单纯的谢礼,并未要求将半毁伪报成全毁。"

"火警那天晚上,你拿钱给流浪汉,又是为什么?"

"不为什么。"话说溜嘴,支仓慌忙接道,"我不记得曾经拿钱给那种人。"

"就算这样,你屡次遭到小林贞的叔父威胁,应该很困扰吧?"

"那个家伙实在是太坏了!"支仓很不甘心似的说,"我吃过他很多苦头。"

"你是什么时候趁小林贞从医院回家途中带走她？"

"我不知道这种事。"支仓完全不坠入根岸刑警的套话中。

虽然说是春日迟迟，在根岸耐心的讯问中，天色不知不觉已暗了下来。

"根岸，"在一旁静听的主任脸上浮现痛苦的表情，"我撑不下了，头晕眼花，想休息片刻，接下来就交给石子刑警他们吧！"

主任说完，有气无力地走出刑警侦讯室。

不久，石子刑警和渡边刑警气势汹汹地进来。

"喂，支仓！"石子刑警一进来立刻怒叫，"你还没有俯首认罪吗？真是死也不悔的家伙！"

"继续硬撑，会有苦头吃的。"渡边也厉声斥责。

"支仓，这两个人还年轻，会如何对付你就非我所能预料啰！与其吃了苦头才说，何不现在就痛痛快快说出来呢？反正总是非讲出来不可，放聪明点吧！"根岸刑警说。

"管他什么聪不聪明，不知道的事情要我怎么说？"

夜色渐浓，空荡荡的刑警侦讯室内，只有支仓所坐的正中央顶上亮着一盏灯，灯光因他凹陷的眼睛、尖突的颧骨、大鼻子形成多处暗影，使他看起来更是丑怪。

"好，既然这样，我让你看一个东西。"石子刑警叫着，随手取出一个白色的东西。

支仓瞥了一眼，尖叫："啊！"

支仓为何一见就尖叫呢？因为，石子刑警取出的是已被曝晒成白色的骷髅。

"支仓，你仔细看看这个骷髅！"石子刑警将头盖骨递向支仓眼前。

"这是什么？"支仓大叫。

"你不知道吗？看一看骷髅上的牙齿。这就是被你杀害的小林贞的尸骸呀！"

"唔、唔……"支仓露出恐惧之色，想要转开脸。

"喂，没必要那样害怕吧？"渡边刑警从石子刑警手上接过骷髅，说，"是你曾经爱过的女孩的尸骨呀！"

虽然还不算是深夜，但是这儿是令人闻名丧胆的刑警侦讯室，周遭一片静寂，加上被凶悍的刑警们围绕住，眼前又有骷髅，即使是支仓应该也会战栗不已吧！如果他真的杀死小林贞，不难想象会有何等恐惧。

但是，胆大的支仓却只是有点慌张失措而已，很快又恢复原先的冷漠态度。

"我不知道什么女人尸骨，别乱扯说什么我杀害阿贞。"

"阿贞的尸体从大崎的古井打捞上来。"根岸静静说道，"听说当时你也去看……你是抱着何种心情去的呢？"

"大崎的古井是曾打捞起女尸，我也记得自己去看过，但，那绝对不是阿贞。"

175

"不，的确是阿贞的尸体。"

"笑话！打捞起来的尸体已经完全腐烂，无法分辨出是谁的尸体，连当时的法医也辨别不出。"

"支仓，你知道得很详细嘛！"

"……"

"你是心里有鬼，所以特别注意验尸结果吧？不是吗？"

"……"

"支仓，"石子刑警按捺不住地叫着，"你把女孩丢入古井之事再怎么隐瞒也没有用，快点从实招出。"

"不可能永远隐瞒得了的。"根岸刑警悠闲地说，"我曾侦讯过各种各样的嫌犯，其中有的很倔强，不会轻易承认罪行，但是结局仍旧必须低头，截至目前，还没有谁能到最后仍坚持不知道自己所犯的罪行。如果终于必须讲出来，倒不如愈早讲出愈好，这样即使移送审判，对你自己也非常有利，何况你将时间拖得愈久，对你的妻子也会愈困扰。"

"你的话我完全明白。"支仓点头，"只要我有记忆的事，我当然会说出，一直待在这种地方是很痛苦的事，而且想到内人，我更是心如刀割。可是，我真的一无所知，你们再怎么问，我也无从回答。赶快把我移送法庭审判吧！"

"这么说，你还是坚持自己不知啰？"根岸刑警声调遽变，瞪睨支仓。

"没错。"支仓迎着根岸刑警炯厉的视线，挑衅似的回答。

"好！"根岸刑警站起身，"我言尽于此，接下来你会尝到何种苦头与我无关，不过等到你能够考虑我说的话时，只要讲一声想见根岸，我随时奉陪。"

根岸刑警说完，径直走出刑警侦讯室。

一直忍住心中激愤的渡边刑警，单手拿着骷髅逼近支仓面前。

夜是愈来愈深了。

这儿是远离俗世的另一个世界，是胆小的人只要听到名称就忍不住颤抖的刑警侦讯室。单手拿着骷髅向支仓逼近的渡边刑警身上，散发出一股凄厉的气息。

"支仓，不论你如何假装冷静，坚持自己一无所知，还是没用的。如果你内心之中毫无愧疚，为何不从一开始就出面澄清一切？四处潜逃已是你心中有鬼的证据。再说，你明明逃亡都已经来不及了，其间的各种作为任谁看了皆只能认为你是恶徒！更何况，你偷窃圣经、纵火、强暴等罪行的证据都一一浮现。你可能企图逃避罪刑最重的杀人罪吧？但是在被害者的尸体已经挖出、罪证俱全的现在，根本就不可能。既然如此，何不干脆坦承罪行，祈求神的怜悯呢？我再问一次，你仍坚持不记得这个骷髅吗？"

从方才就因受到持续讯问、情绪激动的支仓，以独特的浓浊声音大叫："不知道、不知道，无论你们说些什么，我完全不知道。"

"你会不知道？"渡边刑警怒吼，"这可是你疼爱过的女孩的骷髅哩！你仔细看看。"

渡边刑警将骷髅抵住支仓的脸孔。

支仓正想叫出声时，房门开了，一道人影闪入。

那是庄司局长。

局长移动他饱经柔道锻炼的壮硕身体，脸上毫无喜怒哀乐之色，缓步走近，淡淡对刑警们说："怎么啦？还未解决？"

"是的。"渡边刑警僵着身子，回答，"还没有自白。"

"哦。"局长轻轻颔首，望着支仓，"喂，看样子你尚未死心哩！"

夜已深沉。虽是离花季犹早，终究已是春天，上灯时分，神乐坂街上更加热闹繁华，但是到了现在，还有营业的店面，或是路上的行人，应该都已经稀疏了吧！没有刮风，只是，彻骨的寒气沁入体内，长时间在毫无暖气的冰冷房中接受讯问的支仓，全身不停发抖，感觉上有点可怜。

"喂，我看你还是早早从实招出一切吧！"局长催促默默不语的支仓。

支仓静静抬起头，望着看起来比自己年轻七八岁的局长。

支仓后来在狱中写的日记，回忆起在神乐坂警局所接受的侦讯，写道："钟响十二时，局长似罝责死者的地狱之鬼般悄然出现。"

对此，神乐坂警局向法院提出的报告中则写着："配合侦讯的方便，有时持续至夜间，曾经至十时过后。"

两者之间何者正确无从得知，但是，在当时的神乐坂警局，似乎有持续侦讯至深夜的事实。

支仓写道"钟响十二时"应该是修辞上的用语，局长未必配合着钟声出现。支仓是否真的犯了杀人罪，只好等待神圣的审判结果，但是，他干出坏事几已殆无疑问，因此警方对于傲慢的他会采取极其严峻的侦讯，应为不得已之举吧！

那么，局长的讯问方式如何呢？

"你还没有想到把阿贞这个女孩藏在哪里吗？"庄司局长略带红晕的脸上，高度近视眼镜镜片下的小眼睛不停眨着，不疾不徐地开始悠然讯问。

"我不记得藏起她，不可能想得到。"由于面对的是局长，支仓的遣词用句也客气许多。

"虽然你说不记得，但是，讲不通吧！因为你为了那女孩曾被人敲诈，心情又烦又乱，这已经是无法掩饰的事实。那么，你知道女孩为何行踪不明吗？"

"这我也不太清楚，不过，有可能被她叔父怎样了吧！"

"你所谓的'怎样了'是什么意思？"

"可能被卖到什么地方去了。"

"哈、哈、哈，你的话很有意思。那个叫定次郎的男人因为女孩好不容易有了一棵摇钱树，会只为了些许小钱而把她卖掉？事实上，对你来说，女孩才真的是烫手山芋。所以，一定

179

是你趁她从医院要回家的途中将她绑架，卖去什么地方吧！"

"绝对没有这种事！"

"你仔细想想看。"局长盯视支仓，"在你未将所知道的事情完全说出来之前，是没办法离开这儿的。盗窃圣经之事已经证据确凿，只凭这点，将你移送检察庭，你就绝对会被起诉。既然如此，何不干脆些将其他事也坦白说出？反正预审法官也不可能忽略掉这些嫌疑，不如在这里说出还比较像男子汉。"

"我有犯下的罪行当然会说出，可是不知道的事还是没办法。"支仓大声回答。

"哦，那可由不得你！"局长稍微加强了语气，"因为你不可能会不知道。在你如此顽强的期间，你那无辜的妻子也同样遭受严厉的讯问，毕竟如果你不开口，只好请你的妻子开口了。"

"内人一无所知。"支仓叫着。

"你刚刚是说'内人一无所知'吧？"局长仿佛是在提醒对方，"或许吧！不过既然你会说'内人一无所知'，岂非表示你知道某些事，那就快点讲出来啊！这样，你的妻子就可以立刻回家了。"

"……"支仓紧抿着嘴，神情恐怖。这么一来，想要他开口就没那么容易了。

"喂，你不回答的话我们怎能知道？赶快实话实说，就不需要再受到如此啰唆的讯问了，同时也可以尽快移送审判，干干脆脆地服刑赎罪。当然，在我的职权范围内，也会尽量设法帮你减轻罪刑。反正你拥有相当财产，也不需要担心妻子的生活无着。怎么样？"

局长谆谆劝说。虽然有些话一听就知道是半哄半骗，不过，对于像支仓这种顽固执拗倔强之徒，非得这样应付不可。为了让支仓开口，局长必须采取如同对付小孩子般的手段。

虽然当时支仓仍旧推称一概不知，但是从他日后的自白中也可窥知，他对于局长的讯问态度相当感激。不过日后变成诅咒之鬼的他在接受局长的侦讯中，一时不慎所说出的只言片语，会被警方如何利用？相信诸位读者们一定也会大为吃惊吧！

"你的话我很明白。"支仓猛然抬起脸，"我会仔细考虑。但，今天让我休息吧！"

"嗯。"局长考虑一下支仓说的"今天让我休息吧"之语，便说："好吧！今天的调查就到此结束，明天我会继续讯问，你最好先考虑清楚。"

就这样，从下午延续至此时的漫长侦讯终告结束。

支仓在寂寞的单独囚房里做着脱困之梦。

翌晨也是个晴朗的春日蓝天。人们开朗地笑闹着寻访郊外残留的梅花，以及花蕾犹含苞的樱树，就连原本脚步匆促逛着商店街的人们也有了几分悠闲。

但是对于被囚禁于拘留室里的支仓喜平而言，春天并未来临；同样的，急于想让他自白的警官们，也没有领略春日气息的余裕。警察局正方形的灰色建筑物里，仍旧是一片忙碌气象。

这天早上，神乐坂警局内部笼罩着忧郁之色，调查主任大岛副探长突然病倒了。

前已述及，他是强忍痛苦挺身讯问支仓，昨天，他虽身体不适仍勉强来到局里，一到局里，又忍不住想侦讯支仓，不听刑警们劝阻地开始讯问，却很快情绪激动，因老毛病心脏疼痛而结束，一回到家立刻倒下不起。

"大岛主任好像不行了。"石子刑警脸色苍白地进入局长室，凝视局长的脸孔，说。

"什么！"一向冷静如山的局长也浮现惊骇之色，站起身来。

大岛主任陷入无意识状态，借着注射点滴彷徨于生死之间的这天下午，石子和渡边两位刑警又从拘留室带出支仓。这是哀悼主任之战，两位刑警首度全身散发着腾腾杀气。

"喂，支仓，你无论如何都不吐实吗？"渡边刑警怒叫，"既然如此，只好大家比耐性了。看是你先投降或者我先倒下。我打算每天连续不停地讯问。"

"支仓，我说过太多次了。"石子刑警同样咬牙切齿地怒斥，"你的所作所为已经很清楚了，嘴里一直坚称不知情也没用。"

但是，支仓并没有这么容易就自白！

午后的阳光逐渐倾斜，慢慢又到了薄暮，而侦讯仍旧持续着，透过刑警侦讯室紧闭的房门，时而可以听见刑警的怒叫声传出。

天完全黑下来时，刑警侦讯室的房门开了，脸色苍白的支仓走出，背后紧跟着两位刑警。他是被允许上厕所。

支仓这时候的心情是怎么样的呢？

他此刻蒙受恐怖犯罪的嫌疑，日夜接受严厉侦讯。他的行动的确足以受到此等怀疑！

诚如诸位读者已经知道的，警方已查出无数证据。可是，这些证据只是具有加深其嫌疑的力量，并不能说是不动如山的确证，正因为这样，才需要他的自白。但是，他大概也知道证据薄弱吧？并不轻易开口。如此一来，以往视强徒如孩童般控驭掌中的警官们也束手无策了，只能互相较劲比耐性。

支仓精疲力竭地进入厕所。

石子刑警和渡边刑警在外面警戒。

支仓进入厕所后久久没有出来。

由于拘留中的嫌犯经常会有从厕所逃走的情形，所以窗户完全用铁丝网包裹住，而且支仓是重大嫌犯，两位刑警眼光炯炯地监视着，根本不可能有机会逃走，所以他很可能只是想在厕所里多休息片刻吧！但是，即使这样，时间也太久了些。

渡边刑警等不及地在门外叫唤，但里面并无回应，只听到呻吟声。同时，门开了，支仓脚步踉跄地走出来。他的嘴角沾

183

着鲜血，右拳上鲜血不停渗出，滴在衣服上。

"怎么回事？"

渡边和石子两位刑警同时叫着，从两旁挟住他。

"唔……"支仓痛苦似的剧喘。

自从他上次吞铜板企图自杀以来，为了防止再度发生类似之事，警方一直严密警戒，因此刑警们见到这种情形大为震惊。

接获紧急通报，特约医生立刻赶到。

经过调查，发现支仓是打破厕所的窗玻璃，吞下玻璃碎片。

医生诊断后，和以前支仓吞下铜板时同样，断定不会有问题。

但是，刑警们却受不了支仓的这种行为。

"可恶！"渡边刑警怒叫，"那家伙又在演自杀戏码了。"

"吞玻璃死不了的。"石子刑警也很气愤，"他只是想借着这种无聊的动作拖延侦讯罢了。像这种人，不管谁怎么说，我都认定他绝对曾犯过纵火和杀人罪行，一定要让他自白！"

但是，两位刑警这天却无法再继续讯问了，一方面是支仓身体虚弱，另一方面则是这天晚上，大岛调查主任终于病殁。

大岛调查主任的死或许不能完全归咎于支仓事件，但是，这桩事件绝对是其重大原因，所以主任因为讯问支仓途中病倒、最后导致死亡之事，让整个警局内部激愤不已。

被派来接替大岛主任的是佐藤副探长。此人善于以谆谆温情劝导,而且完全不知事情的始末经纬,对支仓未存有先入的偏见甚或反感,是以有如一张白纸的状态面对支仓,因此在促使支仓自白上,的确相当有效。

佐藤主任和根岸刑警很耐心地向支仓说明自白的利益,劝他凭此要求局长设法减轻罪刑。当然,在此期间,石子刑警、渡边刑警和局长也轮流继续讯问。由于对支仓的侦讯拖延时日已久,警方会如此严厉地进行也是情非得已。

不过,在这里不能省略掉的一件事就是,原本那样顽强的支仓为何会突然想要自白的问题。

这应该是因为警方以其妻为着力点,谆谆劝说的缘故吧!若真是这样,则和后来的事有关,自然无法省略掉局长最后的侦讯了。

"支仓,你何不干脆死心觉悟呢?"支仓所谓的"钟响十二时就出现"的局长说,"你不疼惜妻子吗?我自己也有子女,所以很了解疼爱孩子的心情。你呢?难道你忍心让妻子长时间这般受苦?你自白的时间拖得愈久,你的妻子也就愈是担惊受怕,不是吗?这点,我希望你能够好好想清楚。"

"你应该也无意让妻子饱受折磨吧!"局长继续苦口婆心地说服,"我并非要你自白自己没做的事。既然你曾做过这些事,总归到最后还是必须自白,如此,当然是愈早说出来对你愈有利。你可能是担心妻子以后生活上的问题吧?但是,你有费尽百般心思弄来的家产，我也会尽可能帮忙，所以，妻子的事你应该可以不必担心。与其继续顽强地忍受难熬的侦讯，像个男人模样爽快自白反而对你有好处。"

"喂，支仓，"根岸刑警接着说，"我想你大概已经明白了吧！如我们一直反复对你讲的，只要你痛快自白，我们绝对会帮你想办法减轻罪刑。何况局长也说要帮忙照顾你妻子，如果你再继续令我们困扰，只是让自己的立场更加不利。"

佐藤主任和根岸刑警是以夫妻恩爱为诉求点进行心理战，至于石子刑警和渡边刑警则是正面进逼，其间，还穿插着精力绝伦的庄司局长不知疲倦的讯问。所以连一旦决定不说就不会开口的支仓这号倔强人物，到了眼前这个阶段也开始露出疲态，更何况，妻子的事也着实令他牵挂！

同时，他也深深感受到，情势已经到了不是一问三不知就能逃避得了的地步。

局长当然不会忽略对方此种微妙的心理变化。

"你从实招出绝对有好处。小林贞究竟在哪里？"

"给你们带来麻烦真的很抱歉。"支仓低头致歉，"阿贞其实是被我绑架。"

"嗯。"局长双眼圆睁，"绑架后呢？"

支仓喜平被逮捕、拘留于神乐坂警局迄今，即使夜以继日接受讯问，也完全坚持他"不知道"，直到此刻，他才首度开口提及小林贞的去向。因此，庄司局长和根岸刑警几乎高兴得跳起来，但是他们仍极力忍住，静静等待支仓的回答。

"对不起，我把她卖掉了。"支仓脸上浮现凝重的表情。

"什么，卖掉了？"局长反问，"卖去哪里？"

"上海。"

"上海？"

"是的。"

"嗯，是吗？但，不可能是你亲自卖去上海的吧！应该是透过什么人，那个人是谁？"

"我忘了。"

"什么，忘了？不可能的，你仔细想想。"

"都已经是三年前的事，我完全忘了。"

"岂有此理！你的记忆力比一般人更好，不应该会忘记如此重要的事。既然要讲，何不明白讲出来呢？"

"实在想不起来。"

他又再度恢复以前的支仓，无论被问及什么事都只说"不知道"。

但是，凯歌已在警方这边响起。如果连一个字也不肯开口，那是另一回事；而既然已讲出与犯罪有关的只言片语，就是胜利在望了，只要从前后矛盾之处深入追究，抽丝剥茧，不论何等狡狯的嫌犯一定会被抓住狐狸尾巴。

"喂，支仓，"根岸刑警补上一击，"你只说卖去上海我们怎么会知道真相呢？既然决心要自白，就别再拖泥带水了。"

自白

历经局长在内的众多刑警们轮番讯问，支仓已经是非开口不可了，终于回答说将小林贞卖至上海。但是，接下来由石子刑警和渡边刑警接手，丝毫不放松地追根究底时，支仓的回答却含糊不清，而且许多事情无法解释，让人忍不住怀疑他说的"卖至上海"纯属瞎扯。

最后，又轮到根岸刑警讯问。他抓出所有矛盾处之后，再度劝对方最好赶快自白，诉诸局长的慈悲时，支仓似乎非常感激，俯首认罪了。

"很对不起！我已不会再有所隐瞒，愿意招出一切，请让我见局长。"

所谓嫌犯的自白心理很难以捉摸，不过，据说嫌犯通常希望能够在官阶较高的人面前自白。这到底是阶级意识作祟呢？或是认为至少能比较正确传达自白内容呢？无论如何，总是很奇妙的一种心理。

根岸刑警听支仓说要当面向局长告白时，本来就经验丰富的他，不但没有丝毫不快，反而内心大喜，立刻报告局长。

局长也雀跃不已，迅速赶至刑警侦讯室。

支仓既然已经彻底觉悟，再也无所保留地逐一叙述犯下的罪行。他那可怕的犯罪过程，如果加以润饰，绝对会是一篇动人的小说，但是现在只依其自白内容予以记述。

大正二年秋天，一个天高气爽的早晨，因为支仓而染上讳疾的小林贞抱着羞涩之念在伊皿子的某医院接受过治疗，正颓丧地走在回家的路上。忽然见到伫立路旁的男人，惊呼一声，愕然停下脚步。

支仓喜平微笑站立着。

"阿贞，我等你很久了呢！"支仓端详着她惊异的脸庞，"我是想带你去找更好的医生，以便能尽快治好你的病。一起走吧！"

前面已经多次提及，阿贞这个女孩当时年仅十六岁，有点笨拙、个性又内向，所以根本不知道旧主人会有什么可怕企图，也不敢反抗，只好默默跟在支仓身后。

为了让她安心，支仓先带她到赤坂的顺天堂医院。但是，他根本没有让阿贞住院接受诊疗的意念，让她在挤满人的候诊室暂时等待片刻，就表示今天医院病患太多，不再接受挂号，带她离开医院。

接下来他带少女前往新宿。两人进入某家电影院打发时间。

阿贞完全不知道魔手已从背后逼近，即将引导她走向死亡深渊，充满少女情怀地看着爱情文艺片，这又是何等讽刺的命运呀！

走出电影院时，由于秋天天色很快就黑，四周已是一片昏暗。支仓表示要请阿贞吃晚饭，带她去吃排骨饭。看着高高兴兴吃排骨饭的少女，支仓当时是什么样的心情呢？

从新宿回家时，他故意选择搭乘山手线电车。当时阿贞暂时居住的朋友家距离目黑车站不远，所以支仓能够不引起她的怀疑。

在目黑下车时，天色已经完全暗了。

在目黑车站下车的支仓，故意选择走巷道，带着少女往池田之原方向走去。

现在的目黑车站，下车乘客成群，相当拥挤混乱，但是在大正三年的当时，还是一个没有多少乘客上下车的车站，即使是在大白天，上下车乘客往往也只有四五人左右，更何况入夜后，几乎没人上下车。这是因为，通往大崎的道路并不像现在那样住家林立，只是大马路上有着几户人家，而大马路背后就是现在所谓的池田之原。虽然只是刚入夜，就已经没有行人来往。

支仓只是径直朝着茅草丛生的原野中前进，阿贞静静跟着。不久，在接近原野中央的古井时，支仓故意放慢脚步，和少女并肩走着，然后扑向她，用事先准备好的毛巾将她勒毙，再将尸体丢入古井中。

尸体再经过六个月后被打捞上来，成为无人指认的自杀尸体，埋葬于大崎的公墓，直至三年后的大正六年二月，才又被神乐坂警局挖掘出。如前所述，靠着残留的一部分衣物，以及犬齿的特异发达，被确认为小林贞。

阿贞的父亲当然满眼血丝地四处寻找女儿行踪，同时，之前也提过，她的叔父定次郎认定支仓可疑，也再三向支仓纠缠要人。但是，支仓完全推称不知，毫不理会。这点，由当时支仓写给神户牧师的信中即可窥知一二。

"这次的事情承蒙费心帮忙，敝人由衷感激，不知该如何致谢，相信主耶稣基督一定会对您有所回报。（中略）虽然牧师先生如此帮忙，可是对方非但不继续上医院诊治，兼且避不见面，这是何等不敬啊！只不过先生既然已经提出，我也只好忍痛拿出一百元来，再多的话就无能为力了。贤明的牧师先生，希望你就不要再计较了。"

关于此信，神户牧师对于支仓为何反复述及已经解决之事，而且口口声声累述不知小林贞的行踪虽觉可疑，却万万没料到当时支仓已杀害这位可怜的少女。

另外，根据小林定次郎的指控，当时的高轮警局虽派出两位刑警调查，也传讯支仓，不过完全只是形式上的调查，简单地制作笔录后，立刻让支仓回家。

由于后来支仓在狱中屡屡反复提及这点，所以必须在此事先说明。

除了杀人之外，他也自白了可怕的纵火罪行。他首先在最初居住的横滨为了诈领保险理赔而纵火，没想到顺利地成功；尝到甜头后，在迁居神田时，他又再度企图纵火。他在某天晚上，假装整理书籍地将棉屑沾挥发油，丢在书箱后面，然后利用半夜点火。

烧毁自己的房子后，他玩弄可怕的奸计。亦即，他偷偷写信向锦町警局密告，说可能是邻居谷田义三为了诈领保险理赔而纵火。这样一来，就算被查出是纵火，也可以将嫌疑转移到邻居身上。这是何等可怕的计划啊！倒霉的是谷田。

失火与纵火的区别，有时候即使是经验丰富的警官也不容易分辨。而就算判定是纵火，想要找出嫌犯也相当困难，所以警方接获密告时会首先怀疑谷田也是情非得已。

也不知谷田正好是居于易受怀疑的位置呢？或者是他的答话引起怀疑？遭警方传讯后一直未能获释，被拘留将近一个星期。

一星期后，支仓装出若无其事模样前往警局替谷田说情。这也是极端巧妙的方法，充分利用了自己的立场。警方信任他的传教士身份，对他毫不怀疑，所以当他一脸同情地热心辩称谷田绝非会做出那种事之人的时候，警方完全被他骗过了。

第三次纵火较前两次又更巧妙而且大胆，地点是在品川警局辖区内。他雇用了一位流浪汉在自己的房子纵火，本人则若无其事地与妻子同床共枕而睡。品川警局同样完全被骗过，对支仓毫无怀疑。

这次虽只是半毁，支仓却以贿赂品川警局的警员十元更改调查记录，又给了保险公司调查员三百元，要求报告房子全毁，顺利领取全额保险理赔。像这样屡次重复进行恶性欺诈，着实令人惊异。

强暴小林贞以及导致被追查出本事件的偷窃圣经之事，他当然也完全自白了。

虽然他的罪行不可恕，四处逃窜令人气愤，执拗的持续拒绝态度让警方头痛不已，一旦自白，却立刻毫无踌躇、明白说出一切的态度，也让包括局长在内的全体警员佩服。

等他漫长的自白告一段落，庄司局长放下了心头重担，脸上绽露喜色，说："嗯，太好啦，如此一来我的职责也达成了，你应该也会轻松许多，接下来只剩下接受法官的神圣审判。你所犯下的罪行，只要真心悔改，相信神一定会宽恕你。不过，基于国家的法律，你必须接受惩罚，对此，你应该已经有所觉悟吧？"

"是的。"好像完全变成另一个人般，低头哽咽的支仓终于抬起脸来，"我已有所觉悟。对不起，这段时间替你们带来很多困扰。你的关怀，我不知如何表示内心的感激，以后仍请你继续关照。"

"没问题，我说到做到。那么，等你的自白书写好后，请在上面按上指纹，这样本局的职务就告完成，会立刻将全案移送检察庭。不过，如果你希望的话，可以让你见妻子一面。"

"谢谢你。"支仓脸上浮现感激之色，抬头望着局长，"我是想见妻子一面，但是……"

停顿片刻，他结结巴巴接着说："我不想见儿子。"

"哦，是吗？"同样已为人父的局长也被亲子恩爱之情打动，黯然说，"那么我会尽快找你妻子前来。"

"还有一个不情之请，希望能够安排让我见神户牧师，我想在他面前真心忏悔。"

"可以。"局长爽快答应支仓的请求，"我立刻安排一切，你可以休息了。"

在此之前，支仓由于内心的不安与良心的苛责，夜里根本无法安详地入梦，但是这天因为已经完全自白罪行过后，终于能够毫无牵挂地熟睡。

翌日，他起床后，立刻被带去沐浴，并在局长善意的安排下，请来理发师帮他修剪蓬乱的头发。因此，他可以神清气爽地静待忏悔的时日来临。

这时，接获局长通知、心中抱着疑念赶到警局的神户牧师，在局长办公室听过局长详细说明支仓的无数罪状，内心非常震惊。

"昨夜，他完全自白了。"局长静静说道，"而且表示希望在你面前忏悔，你愿意让他忏悔吗？"

回顾当时的事，神户牧师这样说：

"……这是庄司局长的说明。

听着每一桩事实，我内心极度震惊。前已述及，至当时为止，我都是认定支仓没有必要藏起阿贞，所以将这整个事件视同警方炒作新闻。但仔细回想，的确是有着相当迹象存在，尤其支仓昔日的所作所为、其狭窄的心胸，历历浮现眼前。庄司局长决定在这天下午将支仓移送检察庭，要我见支仓一面，我虽然不太愿意，还是勉强答应。"

或许读者诸君会对神户牧师的最后一句"我虽然不太愿意，还是勉强答应"感到疑惑，因为，所谓的牧师是以拯救世人为职志，况且支仓又尊他为师，既然支仓想要忏悔，应该主动听其忏悔才是。

不过我是这么认为，牧师的"虽然不太愿意，还是勉强答应"乃是一时疏忽所写，事实上他想表示的只是很普通的"提不起劲"。

读者们皆知神户牧师对支仓的第一印象并不好。小林贞的事，他是情非得已居间协调，但是对于支仓不适合置身宗教界的各种行径，以及事件前后所表现的态度，他非常不以为然，内心一定有着不希望再与支仓扯上关系的念头。毕竟，从事拯救世人大业的宗教家绝对不能有感伤情怀，不，毋宁说，宗教家需要有卓绝的理智、理性。

谈这种话题，读者们一定觉得很无聊，不过由于与日后的事件多少有关联，所以不得不稍微述及。

无论如何，神户牧师得知支仓自白之事时，心情并不激动，同时也不会因为怜悯而耽溺于感伤，能够充分理智地见证支仓忏悔，这点，既可窥知他个性的一面，也成为日后法官对支仓判处罪刑的有力因素。

即使这样，神户牧师也很可怜，仅仅为了和支仓的这半个小时会面，以后长达数年之久，必须遭受到难以言喻的不快与骚扰。或许他之所以"提不起劲"，正是潜意识中有所预感吧！

局长悠然自得地坐在桌前的扶手椅上，并排的另一张扶手椅上坐着神户牧师。一旁的普通椅上坐着被以证人身份传唤前来、困惑蹙眉的外国籍传教士威廉森。即使只是这三人，这间狭窄的局长办公室已无多少剩余空间。

春天的午后阳光暖和地照射在窗上。窗外有小小的庭院，矗立着几株摇曳的庭树，小鸟在枝梢上飞来飞去，时而，啁啾叫声传入室内。

三人皆沉默不语。

没多久，房门开了，神情憔悴的支仓之妻静子在刑警陪同下，脸色苍白地低头进入。一进入室内，她就这样在木质地板上坐下，头也不抬，仿佛傀儡般动也不动，雪白粉颈后的汗毛微微颤动。

神户牧师无意识地凝视着。

陪同的刑警立刻离去。过不久又匆匆进入，环视一下里面的情形后，再度离去。似乎在暗示着即将发生的事一般，异样的静寂让全部的人产生窒息般的紧张。

滞闷的沉默持续数分钟后，一阵轻微的脚步声传来。

不久，房门倏然打开，腰间绑着绳子的支仓悄然进入。石子刑警和渡边刑警跟在后面。

支仓在局长和神户牧师面前的椅子坐下，低垂着头。

"支仓，"局长柔声叫他，"能见到你平素尊敬的神户牧师，你应该很高兴吧！心里有什么话尽管说出来。"

随着局长说话，神户牧师将椅子稍微往前挪，盯视支仓。

当时的情形，神户牧师回想时这样写道：

"小小的局长办公室中央有两张安乐椅，庄司局长坐其中一张，我坐另一张，我隔壁坐着被传唤为证人的威廉森传教士。隔着桌子，支仓之妻静子也在场。不久，一位刑警进出办公室，几分钟后，支仓喜平背后拖着绳子进入室内。当然，有两位刑警跟在他后面。喜平在一张椅子坐下，庄司局长立刻晓以我们这些多年之友前来面会的善意，然后首先由我向他训诲。"

神户牧师盯视支仓，谆谆说道："你可能从今早就在担心没脸见我，但是，无此必要，听说你已坦白陈述自己往昔的一切罪状，这样非常好，既然讲出隐藏胸中多年的罪行，就不需要再顾及有无面目见人的问题，心情应该很轻松才是。尤其你信奉基督教，更应该了解这点。耶稣基督降临尘世乃是为了与有罪之人共死，赎其罪使能获得永生。所以，你就抱持纯洁的信仰前往检察庭吧！"

威廉森也接着说："连耶稣基督被钉的十字架两侧的强盗都能获得基督的救赎呢！希望你好好想清楚。"

接受神户牧师和威廉森传教士晓谕，既然因为忏悔而得救，应该进入纯洁的信仰生活，坦然面对法律制裁，支仓一直低垂着头，两眼不断流出泪水，忍声啜泣。

静子忽然抬起被泪水濡湿的苍白脸庞，强忍住齐涌而上的哽咽，绞尽似已肝肠寸断的声音，面向丈夫，倾诉似的、鼓励似的，开口说："亲爱的，你听到刚刚牧师和传教士先生的教诲吗？的确是这样没错。我没有什么话对你说，只希望你能秉持他们所说的心情去面对，至于家里的事你不必担心，我会好好抚养儿子，也会诚挚地替你吊唁阿贞，一切请你放心。"

支仓终于抬起脸来。不断洒落的泪水濡湿双颊，表情因悔恨、惭愧和感谢交错而异样扭曲，身体剧烈颤抖，声音悲痛地说："很抱歉替大家带来困扰。特别是局长的盛情，我一辈子也无法忘记。我犯了无可挽回的重罪，实在对不起各位。"

四周一片静寂。

灿烂的阳光仍旧映照着玻璃窗，小鸟悦耳的叫声悠闲。但是在这狭窄房间内的人们，恰似处于另一世界之人，超越时空，远离丑陋的肉体，静静体验着灵魂与灵魂的结合。

支仓继续哽咽，但，像是忽然想到，转脸面对妻子，"静子，原谅我，我是无可救药的大恶徒。你一定恨我，对吗？一定后悔有我这样的丈夫，对吗？"

绵绵不绝持续着、宛如哀鸣的啜泣，让满座之人仿佛陷入无止境的哀愁与异样的恐惧之中。

静子想要回答丈夫，却被意志力无法控制、有如泉涌的歇欷之声遮蔽，很难发出声音。

严肃的警官们也都不由自主地转过头。

好不容易终于平静下来，静子剧烈摇头说："不，没有这回事，我一点也不后悔。"

支仓似乎因妻子的这句话受到强烈冲击，身体颤动不已。他的脸上溢满感激之情，"你真的这样认为？"

"是的。"静子的答复虽短，却有着不可抗拒的力量。

"太好了。你的一句话让我无比振奋，我太幸福了。"支仓的两眼炯炯发光，凝视妻子，不久，似突然想起："对了，往后的日子你可能会不好过吧！我目前身上约有八十元现金，应该是由局长保管着，其中我只需要二十元就够，剩下的六十元你就拿去好了。"

"不、不必了。"静子用手帕按着眼睛，剧烈地摇着头，"你没必要担心，我不需要钱。你才需要使用，不是吗？你就带在身上吧！"

"不。"支仓阻止妻子继续说下去，"我已经不需要用钱了。对啦，如果你真的不需要，就用这笔钱替阿贞盖建坟墓好了。"

"啊，说得也是。既然你有这种想法，我就收下吧！我完全不需要，就如你所说，替死去的阿贞盖建坟墓供日后凭吊吧！"

"啊……"支仓终于大哭出声了，"我什么都不需要，也没有任何遗憾了。局长保管的钱全部给你，以后的事麻烦你了。"

在场所有人皆感受到一种难以言喻的压迫。

户外，不论有罪者或无罪者，都沐浴着难得的春光，用高兴自由的脚步轻快漫游。但是在这狭窄的房间里，众人却目睹丈夫因可怕罪名受绑，为悔悟之泪哽咽；妻子双膝并拢坐在未铺褥垫的木质地板上，为不幸的命运而泣的人类生活黑暗面，又有谁能够不受感动呢？

见到双手置于膝上、边忍住啜泣边肩膀剧烈颤抖、无尽悲叹的静子，连局长也情不自禁眨眼了。

神户牧师完全感动莫名。对于当时的情形，他这样写着：

"当时在局长室里约莫三十分钟，我们几个人所见到的情景之严肃庄重与满足，是我迄今仍旧无法忘怀的美好记忆。"

神户牧师被支仓的真挚态度打动，已经忘掉一切困扰，面对支仓说："如果有什么事需要我帮忙，不必客气，尽量说出来，我绝对会设法替你完成。"

支仓望着牧师，眼眸泛出新的泪光，回答："谢谢你，牧师先生,我不会忘记你的恩情,不过已经没有事需要你的帮忙了。我如果在天国重生,再来报答各位的恩义。"

支仓美好的告白场面就这样结束。

他立刻被移送检察庭。

在此,最大的遗憾就是,当时的庄司局长还是太年轻气盛,虽然查出如此重大案件,可惜尚缺乏经验,没有根据支仓的自白深入搜集有力证据,早早就将支仓移送检察庭。

这也难怪!因为支仓的自白实在太完美了。如同在场见证的神户牧师适才之言所述,支仓的自白绝对是真挚、不容怀疑。不仅这样,他还再三表达对局长的感谢之意!这是因为局长的侦讯极尽情谊之理、巧妙冲击人情焦点,令支仓深刻感动,任谁做梦也想不到他后来会试图反噬局长。因此庄司局长并未再进行搜证,只以支仓的自白为基础将其移送检察庭。

这是事件日后长达数年之久陷入混乱,支仓变成活生生的诅咒之魔,让很多人战栗的重大因素。

有人攻击庄司局长汲汲于功名利禄,陷害无辜,让支仓成为牺牲者,对此是非曲直,以下将详述。

庄司局长真的强迫支仓做出无罪之罪的自白吗?

揭发三年前发生、却几乎被埋没的恐怖犯罪事件,身为警察局长,他绝对会引以为傲,尤其嫌犯是极尽狡猾能事的人物,在费尽千辛万苦、夜以继日讯问之后,好不容易让其自白,他心中的雀跃不言可知。日后法官判处支仓罪刑时出现证据不够充分的破绽，可以视为他在喜悦之余所产生的百密一疏，更可因此见证他的善良人性。如果他是毫无温情的冷漠人物，对支仓的自白显露出多少强迫痕迹，或许会考虑到对方事后可能翻供否认自白内容，当然会全力搜集不可动摇的证据，甚至在搜集证据时玩弄更毒辣的手段。

但是他没有这么做，也无此必要。这是因为支仓是由衷忏悔地自白，丝毫没有遭强迫的痕迹，不仅这样，还反复对局长表示感激之意。

神户牧师后来对于支仓自白当时的场景叙述如下：

"……的过程与谈话内容日后造成事件的困扰，反而更令人历历回想起当时的情景。为何他那时美好的忏悔会急转而变呢？让人不得不怀疑，难道他当时的忏悔另有其他意义？

尤其是他所说的'对啦，如果你真的不需要，就用这笔钱替阿贞盖建坟墓好了'之语，既能解释为是替自己并未杀害的人付出如此牺牲，也可解释为虽未杀害对方，却因心生怜悯，加上想博取妻子的同情，而故意讲出这种话。尽管这件事目前已成谜团，但是若依我们当时的印象，应该是如俗谚所说'鸟之将死其声也哀，人之将死其言也善'，视之为犯有盗窃、纵火、欺诈、强奸、杀人等罪行的他，在短暂几分钟内声泪俱下地表示忏悔与感激，证明其也有人性。难道这是错误？就算他在法庭上并未一一坦承罪行，由其灵性深处涌出的真挚自白，岂非是更肯定的声明？"

由此可知，支仓自白的场面严肃感人，应视之为由衷的真挚自白，绝非受到强迫的虚伪自白，所以当时的局长才会完全相信。

但是读支仓日后在狱中所写的日记或控诉神户牧师等人的信件，几乎是字字含血、句句逼人，令人无法卒读，若是完全不了解事情前后因果之人，或许真的会如他所述，相信他是受到冤屈也未可知。

这些事以后再详细叙述。反正，这时的支仓喜平依欺诈、盗窃、伪造文书、强暴、伤害、贿赂、纵火、杀人等八项罪名被移送检察庭。

依杀人纵火等八项罪名支仓喜平被移送检察庭。

在此，稍微令人感到意外的是，庄司局长和手下的刑警们，在催促支仓自白时，反复说要设法帮他减轻罪刑。一旦纵火和强暴杀人并列，即使犯了其中之一都免不了会被判处重罪，何况再加上其他各项罪名，根本毫无减刑的希望。也许局长自始至终就不认为支仓的罪行有酌量状况的余地，那么，局长是欺骗支仓吗？

但是，为这种问题谴责局长可能稍微苛酷些吧！既然居于保护社会安宁秩序，又必须检举、控告罪犯的职务，面对顽强的凶嫌或具有明显反社会思想之人，不但有需要以温情谆谆劝说，有时虽明知毫无可能，却仍劝说只要自白将可减轻罪刑，应该也是情非得已吧？

不过在控告支仓之际，列举全部查出的八项罪状，还是稍嫌遗憾。这当然是一方面支仓予人是极凶恶之人的心证，另一方面当然也是害怕如果不完全列出，若是检察庭或预审法庭追究出一切，有可能变成警方失职。但，无论如何，也不能因而批判警察当局汲汲于功名。

查获支仓，使其自白可怕的犯罪事实，不论如何都是警察当局的一大成功，而且说是因为当时庄司利喜太郎担任局长，才有可能做到也不为过。他那壮硕的体格、钢铁般的神经、不屈不挠的意志，完全震慑住凶恶的支仓。

可以说，如果没有庄司局长，支仓的犯罪事件或许永远不会被揭发。

基于此种意义，庄司局长乃是司法警察的殊荣，他是应该得意，那么，他控告支仓是穷凶极恶之徒，当然并非为了功名利禄吧！

事实上，在局长眼中，支仓绝对是穷凶极恶之徒。而且，说支仓是穷凶极恶之徒，应该也无人会有异议吧！

庄司局长如果在让支仓自白之后，稍微冷静思考，再采取适当处置，由于支仓当时对局长的温情流下感激之泪，当着任何人面前皆反复称颂其事，后来将绝对不会随口反噬，局长也将完成其有始有终之美。却因为一时稍微欠缺防备，导致日后惹出极大麻烦，遭极少的一部分人士批评是牺牲支仓作为自己的晋身之阶，未免也太可惜了些。

关于有人批评庄司局长为一己的荣华富贵牺牲了支仓，在此不得不说几句话。

凡是身为警察局长者，皆以查缉罪犯为重要职务之一，所以若说每一位局长皆是以罪犯为垫脚石往上爬，应该也不为过，但若因此即受责难，警察局长将处处受到掣肘吧！最主要是，调查侦讯的方式是否心狠手辣？是否强迫无辜？是否使用卑鄙手段？等等，而支仓事件有上述情况吗？

毕竟是那样的事件，嫌犯又是那种人物，或许讯问方法方面存在着少许遗憾也未可知，但是看嫌犯自白的场面如此光明正大，应该就无所怀疑了，任谁也想象不到支仓日后会全盘颠覆自白内容。

虽然尽谈一些无趣的论述，但是若在过程中不稍做叙述，将无法对日后发生的复杂事件下正确判断。

问题在于支仓的自白是真实或虚伪。当然各位读者已经知道，他的自白场面感人，任何人皆不会认为那是虚伪，主要是后来他颠覆自白，才会受到怀疑。但也不能因为这样就说他在神乐坂警局受到严刑拷问，或是被冠以欲加之罪。虽然支仓后来述及他受到各种折磨逼供，可是事实上当时他曾经泪流满面称颂庄司局长之德，所以即使后来说出那种话，对他还是非常不利。

以庄司局长而言，再怎么说当时也才只是三十岁出头，正值壮志凌云的时期。彼时的日本教育自孩童时代就积极培养强烈的战斗意识，教导孩童要以立身出世为目标，而要达成目标，自然态度必须稍微积极，有时不得不排挤他人，一旦站在前面的人倒下，更是绝佳机会，可以踩过尸体往前迈进，像宇治川的争先上阵或佐佐木的蒙骗尾原之类，根本是司空见惯。

现在虽已非那样，但在距今十年前，属于公立大学的帝国大学毕业生，其气势可谓咄咄逼人，一心一意想出人头地，这一方面也是因为他们刚脱离纯真的学生生活，不了解世态的复杂，看不惯前辈们的做事方法，对社会上的尔虞我诈恨得牙痒痒的，认为自己绝对不会这么做，而且只要一出手，高官显爵唾手可得。何况，他们多少已经厌倦学生生活，对于出社会工作抱持无限的兴趣与期待，所以刚毕业的学生意气轩昂，充满职业良心。这点，不管是谁，只要回想自己刚毕业就职当时的情景，一定都会有同感吧！

这种轩昂的意气与职业良心极其可贵，如能善用，力量非常强大，但，很悲哀的是，不论政府机构或是公司，由于组织上的缺陷存在，无法坦然接受，导致新鲜人的意气逐渐沮丧，精力消耗萎缩，最后被下届学生视为没有企图心的前辈。

至于庄司局长，他当时刚刚毕业不久，因此笔者相信他不但有轩昂的意气，更有充分的职业良心，不，甚至庄司这个人与众不同，不管到了多大年纪，都绝对不会舍弃良心，而且永远充满蓬勃的意气和斗志。

支仓事件的送检方式是否错误？讯问方法是否失败？乃是次要问题。另外，也不要说无论任何事只要诚心诚意以对就是正确，至少，庄司局长在这次事件中并未昧着良心。

不过，从另一方面来说，支仓喜平在狱中叙述冤屈的心事也实在可怜，如果没有眼泪也不会战栗，可能无法阅读他的狱中记吧！也难怪会出现多数同情他的人。

虽是累述太多无趣的话，可是若不详述事情始末，读者们对于接下来将展开的支仓与庄司局长的抗争，还有另一位东都律师公会的代表性人物能势的出现，所形成的本书最有趣的三雄相争，将会无法理解。

事件会有什么样的转变呢？

判断罪行

在神乐坂警局爽快自白的支仓,欣欣然被移送检察庭。或许用欣欣然形容略嫌夸张些,但是,至少他的心情完全得到解放。这种心情是来自能够逃避在神乐坂警局连日接受讯问的痛苦呢?或是因为自白出积恶,得以免除良心苛责的安心感呢?那必须问支仓本人才知道。反正,此刻的他就像恶作剧的小孩挨骂,沮丧过后转为喧闹一般,明明被依可怕罪名移送检察庭,却无丝毫怯惧,反而有几分亢奋。

承办的检察官是夙有令名的小冢。小冢检察官温文儒雅,半点也不像是从事多年刑警裁决之人,用似乎看透对方内心的眼神凝视支仓,缓缓讯问。

支仓毫无踌躇地自白他的罪恶。

他在不到一个月的边嘲讽警方边四处逃亡后,遭神乐坂警局拘捕,若借用他所言是"即使连续七天七夜惨遭疲劳轰炸也不开口"。但是等他在三月十八日说出将小林贞"卖到上海"后,十九日即毫无保留地自白一切犯罪事实,二十日接受小冢检察官侦讯，当天即被起诉，据此可知他是何等地哽咽着悔悟之泪陈述事实。

他对小冢检察官这么说："我绝对毫无谎言，而且因为还犯下其他重大罪行，也绝对不会隐瞒其中一二。当然，我被拘留在神乐坂警局期间曾经有过谎言，但那时是因为不想自白自己所犯之罪企图自杀。我曾尝试吞石块、玻璃、铜板，或用旧铁钉刺破头盖寻死，却无法达到自杀的目的。不过，今天我已经下定决心坦白陈述事实，免得妻子明明毫无关系却要一再遭传讯出庭。因为昨天十九日我已经拜托局长照顾妻子，也向中野的威廉森传教士托付后事，更获准面会神户牧师与妻子，得以毫无牵挂地前来这儿，绝对不会再有任何谎言。"

接下来他详细自白盗窃圣经和前后三次的纵火，另外，对于杀害小林贞之事，他陈述如下：

"……时间应该是傍晚吧？到底是大正二年九月二十六日或不是，我已记不清楚，如果阿贞是同一天失踪，那么就是那一天，反正，阿贞失踪的当天下午九时左右，我杀害她后，将其推入上大崎的空地内的古井里。"

小冢检察官静静观察支仓，然后将视线移至神乐坂警局随同被告送来的户籍调查报告和前科调查报告上。报告旁堆放着证据物件。

小冢检察官沉思不语。

窗外，一群有钱人家小姐模样的少女沐浴着春光，透明的披肩在春风中飘飞，默默走过庄严的砖造建筑物前。

不久，小冢检察官拿起笔来，在预审申请书上签名，同时批注上"起诉全部司法警察调查书上所记载的犯罪事实"。

支仓喜平被小冢检察官起诉后，当日即接受预审法官古我清的第一次讯问。法官循惯例问过住址、姓名、职业等等之后，要求支仓陈述前科。

关于支仓的前科，由于已有正式调查报告，在此只做简单叙述。

他已经累积四次前科。第一次是明治三十六年被山形地方法院鹤冈分院依盗窃罪判刑监禁三个月，当时他二十二岁；第二次是明治三十七年同样因盗窃罪被山形地方法院判刑监禁三个半月；第三次是明治三十九年被奈良地方法院同样因盗窃罪判刑监禁六个月；第四次也是因盗窃罪被京都地方法院判刑监禁两年，却不知何故，京都地方法院视之为初犯。依此可知，支仓几乎是每次才刚出狱又立刻犯罪。

接下来关于偷窃圣经之事，法官讯问时他也肯定私自从公司窃出圣经的事实，却表示与秘书有默契，不能算是盗窃。至于纵火事件，他倒是承认一切事实。

问：大正三年十月四日凌晨四时左右，被告在该空屋纵火？

答：不是被告，是一位不知姓名的工人放火。这人年纪约莫三十岁，住在附近开垦地的山谷小屋，被告是在放火的三四天前找上他。

问：被告有教他纵火的方法吗？

答：没有。只是问他愿不愿意在空屋放火，还说明如果延烧到被告家就能够领到保险理赔。不过被告并未亲眼见到他放火。

问：知道发生火灾的时间吗？

答：被告和内人睡在二楼，假装不知道火已延烧，直到隔壁的夹板工人打破门墙将被告夫妻救出，时间是凌晨四时或五时吧！

问：是用什么方法纵火呢？

答：不知道。被告家是有挥发油，但是并非我自己放火，所以不知道是否使用挥发油。

问：烧毁多少东西？

答：被告的整栋房子都烧毁了。

问：领到保险理赔了吗？

答：领到一千八百多元。

纵火事件讯问结束后，法官的讯问转移至杀害小林贞的事件。一开始，支仓否定强奸的事实，表示虽然侵犯对方，却并非使用暴力。

问：被告曾委托他人调解吗？

答：曾经委托神户牧师以一百元调解，不过已忘记交钱给牧师的时间。

问：被告有下定杀害小林贞的决心吗？

答：是忽然才下定决心的。付了一百元之后，因为阿贞罹患淋病，本来打算让她住院治疗，但是转念一想，此事必须做个解决，就带她前往新宿，再从新宿搭山手线电车至目黑车站，途中，在距离被告家约三百公尺的原野，将她推入无盖的古井。

似此，在预审法官面前，支仓也详尽地自白犯罪事实。

古我法官立刻签发拘留令，写下"依纵火杀人等八项罪名，将被告支仓喜平羁押东京监狱"，最后签下自己姓名。时间是晚上九时二十分。

同日晚上十时，支仓进入东京监狱。

东京地方法院预审法官古我清在自己家中书房，专注地从头开始阅读牛烯神乐坂警局附送的有关支仓喜平的调查报告。

愈是深入调查愈是发觉，报告内容中充斥着一种怪异气息。支仓喜平偷窃圣经和强暴少女小林贞使之感染淋病，应该是无可怀疑的事实，但是其他重大犯罪的纵火和杀人，尽管他已有了完整的自白，却犹弥漫着一抹疑云。如果他的自白全部属实，那他实在是古今罕见的凶徒，不过不能如此轻率断定。需要相当慎重地审理。这是古我法官的第一见解。

虽然支仓喜平有四项前科，但，法官审判被告却有必要不拘泥于前科的有无，特别是支仓目前已皈依基督教，以一部分人的观点来说，可以视之为牧师，必须尽可能认同他的人格。可是反过来说，他在明治三十六年至明治四十年间，几乎是连续犯下四次盗窃罪，最后接受两年徒刑，在明治四十二年出狱，明治四十四年成为基督教信徒。可是他这次被起诉的盗窃罪是在大正五六年连续犯下，杀人则是在大正二年，第一次纵火为明治四十五年，其间可说是完全没有间断，实在无法认为他有丝毫悔改。

古我法官经过深思熟虑，拟妥审理本事件的计划，松了一口气，喝了口置放一旁、已经冷掉的茶。

翌日，一到法院，古我法官立即命书记官传唤被告之妻静子为本事件参考人，小林定次郎和神户牧师两人为证人出庭应讯。同时，另一方面进行搜索支仓喜平位于芝白金町的宅邸之手续安排。

大正六年三月二十六日下午，载着预审法官、书记官一行人的汽车突然停在支仓家门前。

静子带儿子外出，家中只有静子的母亲，以及支仓的外甥，不过法官仍请神情紧张的两人当见证人，搜索整栋房子，扣押一本圣经明细表和一本抵押物账册，一封离婚协议书和一份与建筑物转让有关的文件，以及其他几封书信。

搜索时间约莫四十分钟。

随后，古我法官一行人立刻转往应是小林贞遇害地点的古井实地勘验，制作调查报告并绘制详细地图。在调查报告中有如下记载：

一、由同处再往小林贞被杀害、推落的古井，是从前述支仓家门前通往五反田桐之谷的道路南行，过了中丸桥前行约三百公尺，抵达东西相通道路的交叉点，再由此左转向东行约一百八十尺，即抵达位于道路左侧的古井所在地点。

二、依见证人所述，该古井附近旧时有松杉等密林和竹丛，中间有少许田地，井水原是供草棚之人饮用，其后逐渐采伐开垦，到了大正二年左右成为池田新生地。该井四周已腐朽，木柱仅以铁线环绕防止崩塌，在大正三年浚渫之前一直就这样放置，被挖掘出的树根散落处处，井旁有一条小径南北纵贯杂草之间。

这篇调查报告文笔风雅，叙述清晰，一读就能令人想象出茫茫草原中的古井，凄怆之气逼人。

三月二十九日，支仓之妻静子被依参考人身份传唤至预审法庭接受古我法官讯问。

在神乐坂警局听闻丈夫恐怖的犯罪自白，静子虽然已经有所觉悟，但是再度被传唤出庭时，她的泪水还是忍不住泉涌，咬牙忍受上帝给自己的残酷考验。

问：你是支仓喜平的妻子？
答：是的。

问：什么时候成为夫妻？

答：明治四十三年十一月成为夫妻，翌年办理户籍登记。

根据此一回答可知，她是在支仓第四次服刑出狱后不久与对方结婚。当时她十九岁。

问：在哪里成为夫妻？

答：秋田县小矿山的我家。支仓当时在横滨市的圣经公司任职，为了销售圣经兼传教来到小矿山，透过教会信徒的介绍，家父答应婚事，当时我十九岁。

问：你听说过支仓曾因盗窃罪入狱吗？

答：他有前科之事我直到此次在神乐坂警局才首度知道。介绍的那位信徒并未告知他有前科。

啊，多可悲的女人呀！未满二十岁就奉父母之命结婚，完全不知丈夫是恶人而坚守贞节。从她在神乐坂警局接受讯问至见证丈夫自白为止的一举一动，真的是思念丈夫想念儿子，连警官们都感动落泪。

问：目前所住的房子是支仓扩建的吗？

答：是的。购买旧房子增建，同时北侧还盖了房间出租，总共花了一千元左右。另外，在旧房子旁，有加盖偏院。

问：建筑费用来自何处？

答：我想是贩卖圣经所赚的钱，以及高轮的房子被烧毁所领到的保险理赔。

古我法官接着详细讯问前后三次火灾的经过，之后，急转为女仆阿贞的问题继续讯问。内容主要为阿贞行踪不明，以及当日其叔父定次郎前来寻找阿贞行踪的始末。

问：定次郎是什么时候前来？

答：日期我已经记不得了，只知道是黄昏时刻。当时他说阿贞今天表示要去医院，出门后却再也没有回家，问我知不知道人在哪里。我回答他说我不知道阿贞何时离开医院，也不知道她人在什么地方。

问：当时支仓喜平在家吗？

答：当时不在家。

问：当天支仓喜平何时离家？何时回来？

答：早上八时或九时左右出门，阿贞的叔父走了之后才回家。他回来的时候我已经吃过晚饭，所以应该是七时或八时左右。

问：支仓喜平有讲过他当天去什么地方吗？

答：他平常一向默默出门，我也从未问过，所以并不知道。

问：支仓喜平回来的时候，神情没有什么不对吗？

答：没有。

静子从容叙述自己知道的一切。

对丈夫绝对服从的她，与丈夫的犯罪毫无关系，知道的仅仅是表面上的事。

古我法官凝视着脸色苍白、顺畅回答完所有问题的静子的可怜模样，不久，温柔地说："好，今天就到此为止。接下来请你仔细聆听今天的答讯记录。"

静子听完书记官所读的记录内容后，默默低头。由于她未带印章，只能在讯问记录上签名，无法盖章。

"你可以离开了。"法官说。

她松了一口气，走出侦讯室。

古我法官静静目送她的背影，久久，才再度紧张地传唤已经等待着的证人小林定次郎。

脸孔被阳光晒成黑色的定次郎露出不安的神情，怯怯进入。

法官要他发誓之后，先问过基本的姓名、年龄、身份、职业等等，立刻进入讯问。定次郎的讯问颇为寻常，没有问出任何新奇内容，在此只列出和鉴定小林贞尸体有关之事。

问：小林贞的身材如何？

答：虽然年纪不大，可是中等体格，相当高。

问：你知道大正三年十月从上大崎打捞上来的女尸之

事吗？

答：当时并不知道。

问：证人见过从埋葬地点挖掘出的尸体吗？

答：见过两次。第一次是挖错尸体，第二次还见到残存的布片和骨骸。

问：你认为那是小林贞所穿衣服的布片吗？

答：布片方面我完全不懂，但是骨骸方面，阿贞平常笑的时候很清楚可见到两颗犬齿，而警方让我看的骨骸，头盖骨的牙齿部分也有两颗犬齿，所以我认为是阿贞的尸骸没错。

　　隔天，三十日，古我法官毫不休息地继续传讯证人神户牧师。

　　神户牧师是因为支仓之妻是自己教会的姊妹，所以当支仓进入神学校就读时当他的保证人，因而开始交往，不得不在小林贞事件时帮忙调解，也因为这样，后来才能够见证支仓的自白，却又因而必须被传唤出席预审法庭接受不愉快的讯问。若说此人掌握着解决本事件的重大关键应不为过，但是他因此需要以证人身份数度站上法庭。

　　他于人有恩，却为此与人反目成仇。

　　神户牧师紧抿着大嘴，眉头一带怏怏地隆起，坐在古我法官面前。

　　问：证人曾受小林贞的父亲委托与支仓交涉？

答：是的。将受托之事告知支仓，问他要如何处置。

问：支仓如何回答？

答：表示他要道歉并负责将病人治愈。小林贞的父亲是个老实人，最初也只是要求支仓道歉和治病。

问：其后的过程如何？

答：小林贞的父亲表示，他弟弟是工人，尽可能不想让其知道事实，若是知道，很可能提出无理要求。不过我还是对他弟弟说了，于是他弟弟经常独自一人或与哥哥同来找我。

弟弟定次郎依其在外鬼混的经验察觉支仓恶行，应该是这次事件的起因。支仓极可能是害怕遭他威胁勒索才杀害小林贞。

神户牧师继续娓娓叙述其证言。

答：我找来支仓，告知小林先生的要求。支仓表示可以拿出一点钱，但是太多就没办法，并且说，如果小林先生一定要钱，只好法庭见。我劝支仓，与其做那种傻事，不如调解和谈。结果，支仓表示愿意拿出一百元。我将支仓的意思告知小林先生。

问：小林定次郎陈述说最初支仓答应的是三百元，后来改成两百元，你认为呢？

答：如前所述，小林先生最初是要求两百元左右。不过事情经过太久，我也记不太清楚。

问：证人见过小林贞吗？

答：见过。大概是定次郎带阿贞来找我吧！是个瘦小的女孩。

证人有的说小林贞身材高大，有的则说她瘦小，原因何在呢？这是相当有趣之点。

三月三十一日，当时让小林贞暂住在家中以便前往医院就诊的中田镰老婆婆，被以证人身份传唤出庭。

问：证人是怎么认识小林贞的呢？

答：大正元年中，阿贞来到东京时就认识了。她父亲以前寄宿在我家通学，虽然后来搬去和弟弟同住，不过因为是基督徒，一直保持互相往来。我也知道阿贞来到东京之事。

问：证人是否曾经由小林贞口中直接听说她被支仓强奸之事？

答：我虽然听她说过因为生病连走路都很困难，却未直接听她说过被支仓怎样。

问：在证人家住多久呢？

答：直到住院为止，记不得是几天了。

问：小林贞至医院就诊到什么时候？

答：我想应该是九月二十六日。早上八时或九时告诉我说要去医院之后出门。

问：小林贞当时十六岁？

答：是的。身材与一般人差不多，不过因为生病，感觉上有一点瘦。

问：小林贞失踪那天是穿什么样的服装出门？

答：和服我是完全不知道，衣带却记得。亦即衣带的一侧是用黑色毛织一片片织合，颜色不知是紫色或深鼠灰色，宽度比男用衣带稍宽，约有五六寸左右。和服可能是有图案的单层和服也不一定。

古我法官让中田镰退庭后，传唤小林贞前往接受诊治的高町医院院长高町应讯。主要是追问与服装有关的部分。

问：小林贞最后一次去接受证人诊治时，穿什么样的服装？

答：不记得了。

问：证人在神乐坂警局见过头盖骨吗？

答：见过。颊骨不高，骨骼肿弱，可以认定是十五六岁的少女之头盖骨。我心想，如果是小林贞的头盖骨，应该也是约莫如此吧！

间隔一天，四月二日，古我法官又如疾风迅雷地传唤浚渫古井的工人、承包的工头、验尸的医师和静子的母亲四人出庭应讯，同一天，也对被告支仓进行第二次侦讯。

在证人的调查方面，读者们或许已经感到厌烦，但是仍请大家对法院的缜密调查表示敬意地稍加忍耐，静待支仓千奇百怪的应讯内容出现。

对于发现尸体当时的情景，挖井工人岛田某答讯古我法官如下：

"受山谷工头所托浚渫位于上大崎的古井的工人总共虽有六人，但是进入井内的只有我一人。井的大小为直径三尺五六寸，距水面高度约三丈，愈往井内愈宽，到了井底直径已经有十五六尺，水深约莫七尺左右吧！井的四周有四五棵树，井所在的位置附近长满杂草。

我进入井内，先砍除妨碍汲水的树根，这才开始汲水。不久，水桶忽然碰到某样东西，我一看，是个大树干，伸手想拿起时，见到一只人脚露出，大吃一惊，却仍力持镇定仔细看，确定是尸体后，再也忍不住大叫地仓皇爬上来，然后向品川警局通报，请警方派人前来。打捞起尸体的是去年过世的先父。

尸体头上只剩下没几根头发，眼耳鼻也腐烂了，不见手腕和脚踝，身体上黏附着衣带以及和服破片，所以知道是女人，却无法辨别年龄。

尸体上的衣带是不宽的黑色毛织物，和服衣摆同样是黑色毛织物，与刚刚让我看的黑色布片应该相同。至于织法我就完全不懂了。"

承包浚渫古井的工头山谷某则回答如下：

"如您所说，打捞起尸体的是岛田父子。尸体双手平伸、双腿笔直，呈十字形，几乎是一丝不挂，只有衣襟部分留有衬衣和和服衣摆缠住，腰间系着宽约七八寸的衣带。

衣带是毛织物。衬衣衣摆好像是红色，和服衣摆为黑色毛织物，从内层布片看来，应该是绫织的和服。当时在一旁的人都说是十八九岁的女性。

您给我看的布片与当时从井中打捞起来时不同，当时比较完整，而且也没有沾这么多泥巴，不过颜色应该差不多。红色是衬衣衣摆，蓝色是衣带背面。

支仓先生当时的确来看过，但是没说话。"

对于古我法官的讯问，当时负责验尸的吉川医师回答：

"会推定年龄为二十至二十五岁，主要是根据身高和一般身材推测。而由骨骼的构造和乳房线条可推定为女性。若考虑到异例，推定是十六岁左右并非不可，但是在验尸报告上，我是如上述填写。死亡应该已经过六个月至一年之间，无法判断是自杀抑或他杀。你刚刚所出示的布片中，虾褐色者有可能是当时之物，其他我则无法断言。头盖骨因为已经放置多年，我没办法确定，不过似乎比当时所见的尸体之头盖骨小了些。"

根据以上几位证人之言,大略可确定从古井打捞起来的尸体应该是行踪不明的小林贞无误,因此古我法官认为已逐渐朦胧掌握事件的真相。

四月六日,他以参考人身份传唤静子的母亲应讯,调查纵火事件,同一天也传讯居住在广岛县的小林贞之父,却皆只是印证已查明的事实罢了。

对于事件稍微有了自信之后,古我法官在隔天也就是四月七日,第二次侦讯自上个月二十日侦讯一次后就未曾再传讯的支仓。

但是,支仓的态度骤然改变了。

支仓从预审法官第一次侦讯的三月二十日至第二次侦讯的四月七日,被羁押于东京监狱的二十天里,究竟想了些什么事呢?

这二十天之中,古我法官或搜索他家,或实地勘验,传讯了超过十位证人,有的甚至还特地从遥远的广岛县传唤前来,处心积虑地终于逐渐接近事件核心,才会在今天第二次传讯支仓。

但是,与上次连头都抬不起来相比,支仓今天仰着他那张招牌黑脸,两眼炯炯有神,坦然面对法官。

古我法官注意到支仓令人意外的态度,缓缓开口:

问:被告家中有这么一份离婚协议书,是什么时候写的?

答：不知道。被告已忘记是否和内人谈过离婚的话题。

问：那么，这份建筑物转让证明书呢？

答：被告不知道，不知道是谁弄出来的，也不记得是否曾和内人谈及转让建筑物所有权的话题。

问：收到定次郎给的一百元的收据呢？

答：好像收到又好像没有。

问：神户牧师转交这笔钱给定次郎时，被告不在场吗？

答：不知道。

问：转交这笔钱是在大正二年九月二十六日晚上呢？或是隔天呢？

答：不知道是晚上或早上，也不记得神户牧师是否告诉过被告。

问：二十六日晚上，被告去过神户牧师家见过小林兄弟吗？

答：在警局时，因为大家都说见过，所以被告也陈述说见过，但是事实如何被告并不知道。

问：为何不知道？

答：被告也不知道为什么。

支仓喜平彻头彻尾地否定。但是如支仓最后的回答，神户牧师和小林兄弟异口同声证言该日在神户牧师家见过支仓，必须说支仓的否认毫无理由。支仓是在二十天的羁押期间，悲叹前途的暗淡命运，忽然想到要否定一切的吧！以他的立场，只要稍微运用理智，该否认的否认，该肯定的抱持肯定的态度，设法打动法官的心证，或许事件会很容易解决也未可知，这以他无所惧的个性而言，一旦下定决心是不易动摇的。虽不知是他的善心或佛性，反正是他内心中善良的部分在神乐坂警局的局长室促使他自白，不过在大白天也是昏暗的单独囚房被羁押二十天之间，极可能是他内心邪恶的部分再度涌现，终至完全征服肉体，使他又恢复成昔日的支仓喜平。无论如何，采取彻底否认实在太不可思议。

问：被告没有因未获小林贞同意而强奸对方，写道歉函给小林定次郎？

答：被告不知道是否有这回事。

问：被告是强制侵犯小林贞，对吧？

答：是否强制随便你们说。

问：被告是想带小林贞至赤坂的顺天堂医院住院就诊吗？

答：这是警方的人讲的话，被告不知道。

问：那么，关于上一次被告陈述将小林贞推落井中之点呢？

古我法官提出尖锐的质问。

对于古我法官提出的将小林贞推落井中的自白之尖锐问题，支仓毫无怯色地回答。

答：没这回事。只是因为在警察局遭到不眠不休的讯问，对方说是被告推落，被告只好依言陈述。而第一次接受法官讯问时，虽然依在警方所陈述的叙述，实际上并未做过那种事。

问：这么说，上次被告陈述的其余事实呢？

答：全部是谎言。被告没有在高轮的家中纵火，也未曾找工人放火，更不知道火是出自何处。虽然被告多次碰上火灾，却从来不曾纵火。

问：被告在这次逃亡期间偷偷与妻子见面，而且撕毁照片之事呢？

答：被告没有撕毁照片，应该说是浅田撕毁才对。

支仓在接受第二次侦讯时以否认开始，也以否认结束，他这种始终一贯的否认犯罪事实的态度，听在古我法官耳里，会有什么样的反应呢？

古我法官在截至目前的侦讯调查中，尽管尚未明确化，但是脑海里已经有了某种结论，只是因为身为法官不得有特定的先入为主观念，才努力保持慎重的态度，因而对于支仓今天彻底否认犯罪事实之举，并未感到多狼狈，而且他也未忽略支仓的否认中存在的许多矛盾。

但是，在这儿，古我法官必须采取较以前更慎重数倍的态度。在第三次侦讯支仓的五月二十三日的四五十天之间，他传讯包括已经传唤出庭一次的神户牧师、小林定次郎，并且新加上浅田摄影师等合计三十五位证人，另外，以参考人身份被传唤出庭的静子之母和中田镰，每次皆必须出庭，连续接受三十六次侦讯。这些人的调查报告如果——列举实在烦人，只好省略掉，但是，几乎以对支仓不利者居多。

在法治国家，由于法律的适用会造成颇重大的结果，尤其是刑法，大多有关个人利害，因此法官通常会尽可能慎重审议，导致在定谳之前需要耗费相当时日，屡屡造成问题。莎士比亚的戏剧中，哈姆雷特因厌世而企图自杀时，也将延迟断罪视为诱发厌世的一项原因。

但是，在此面对古我法官周详的侦讯态度，却不能对延缓司法断罪有所不满。本来，不只古我法官，所有的法官皆必须经过像他一样的侦讯调查，才有可能正式判断罪行。

言归正传。五月二十三日，支仓喜平接受第三次侦讯。

此时的支仓已无第二次接受侦讯时旁若无人的冷漠态度。据此分析，第二次侦讯时，他可能是因为自白后内心的反作用力导致情绪激动吧！

侦讯从盗窃圣经之事开始慢慢转移至纵火事件，最后才触及杀人事件。当然，对于读者们最感兴趣的杀人事件，依例稍加述及。

问：被告曾向神户牧师自白强暴小林贞吗？

答：只说过侵犯阿贞，并未说是强暴。

问：被告九月二十六日见过小林贞是事实吧？

答：那天完全没见到阿贞，也没有在清正公坡道等她。虽然在警方陈述是从清正公坡道搭乘电车前往赤坂，但是当时该处应该没有电车，没有电车自然不可能搭乘。

支仓的回答让古我法官不禁脸色大变。

支仓的"当时清正公坡道前应没有电车"之语，令古我法官大为吃惊。

各位读者。

支仓接受古我法官侦讯是大正六年五月（很不可思议的，距今正好是十年前）之事，而杀人事件发生于大正二年九月，亦即几乎已经过四年，由于电车当时正好铺设新铁轨，无论是谁应该都不可能正确记得清正公坡道前是否有电车通行。但是，如果当时没有电车通行呢？

各位，所谓审判是连非常细微的事也必须调查清楚，即使只是小小一点矛盾，都可能推翻整个判决。如果当时清正公坡道前没有电车通行，支仓在该处搭车的自白岂非完全失去价值？因此，神乐坂警局的侦讯调查报告也就彻底丧失可信度。所以，问题虽小，却极端严重。

当支仓盛气凌人地说出"当时该处应该没有电车"时，古我法官立刻宣布停止预审，因为他认为，倘若支仓所言属实，那么整个预审或许就必须从头开始，所以需要紧急求证。

古我法官立刻命令书记官向市立电力公司查询当时电车是否已经通行至清正公坡道前。

但是，支仓并非简单人物！他很快就发觉古我法官的狼狈之色，认为应该趁机采取行动，立刻从狱中呈递请愿书，企图打动古我法官。

当时支仓很后悔在神乐坂警局的自白。他非常了解周遭的情况对自己愈来愈不利，已陷入无法逃避的窘境，而主要原因皆因自己的自白。他发觉这样下去的话，肯定会被送上绞刑台，生命终究会成为泡影，所以急着杀开一条血路，期望能从此摆脱不利形势。今天刚好有机可乘，当然不可能放过。

他写的请愿书内容如下。

"法官阁下：

被告眼前因可怕的罪名被拘留，但是，在神乐坂警局陈述的内容皆无事实根据，只不过无能辩解，况且被告又有前科，再如何解释分辩也无人肯相信。被告做梦也不敢想能够无罪出狱，又不愿被送进丰多摩监狱服苦刑，当然更不希望因为冤罪被送上绞刑台，只盼能够像现在这样长时间羁押审判。

此后被告将多读与基督教有关书籍，全力引导人们向主皈依，专注于精神的修养。至于被告迄今受冤的纵火杀人之罪，被告内心虽然情愿以死来证明。却仍希望英明的法官阁下能够不厌其烦地查明事实真相。"

读完这封请愿书，只感受到支仓对于冤罪的陈述内容何等地薄弱无力，仅仅是想借法官心中偶然产生的疑念为机会，哀叹诉愿地试图动摇法官的心证。

值得注目的是，此后他的这种态度逐渐强硬！

接获这封请愿书，古我法官微微蹙眉。他无法理解支仓希望长时间羁押审判的真正心意为何？

支仓呈递请愿书给古我法官虽说不是想获判无罪，只是不愿意因为冤罪被处死刑，所以希望长时间羁押审判，原因何在呢？

如果他事实上并未犯罪，这样未免像女人一样太没有骨气了，何不强力坚持自己的无罪呢？只能认为他明知自己的罪行，却仍试图减轻其罪地乞求法官怜悯。但是，从另一方面来分析，很可能是已经了解周遭情势急迫，坚持自己是冤罪根本行不通，所以为了暂时逃避而陈述暧昧之事，试图让法官心中产生些许疑惑，期能慢慢挽回形势。

然而，重大案件毕竟就是重大案件！此刻正是可能被依杀人纵火罪名判处死刑之际，如果真的是含冤被屈，支仓不应该会讲出希望长时间羁押审判之类的话，因此也很可能只是基于自暴自弃的反讽意义，表示希望长时间羁押审判也未可知。

古我法官似乎认为电车的问题相当重要，所以在先前仅仅三四十天内传讯证人三十六次，非常热心地调查，可是在第三次讯问支仓，亦即支仓回答"当时清正公坡道前应该没有电车"的五月二十三日后，至电力公司答复，六月一日第四次侦讯支仓的一星期间，只传唤了西装裁缝师丹下银之助一人，形同完全未继续预审。

丹下银之助是犯盗窃罪被监禁于东京监狱时,因为曾短暂与支仓同一囚房,而被问及有关支仓曾经企图自杀之事。

"我因为盗窃罪被地方法院宣判三年六个月的徒刑。"丹下怯怯地陈述着,"监禁于东京监狱期间,在本月一日至十五日和支仓同一囚房。当时支仓就说,他是基督教的牧师,受到这样的屈辱没有脸再面对社会,只好自杀结束生命,希望我能够假装不知道。我回答说那可不行,如果是睡觉时不知道他自杀还情有可原,但是当着我面前自杀,不可能视若无睹。

当时事情就这样过去了。可是,后来他又再三提出同样要求。约莫是十天后吧,他拜托我替他处理后事。我知道这么做是罪上加罪非常严重,当场拒绝。但是支仓表示,他有一两万元的财产,如果我答应,要分给我四分之一。我答应后,他立刻交给我遗嘱和委托函。但是,第十五天早上就被监狱管理员发现了。

支仓经常反复地说,他的确是犯了盗窃罪,可是完全没有纵火杀人,一切皆是警察局长诬赖,所以非常不甘心。他好像内心极端苦闷,不论提到什么事,脱口而出的一句话就是想死,和他关在同一房间,我都感到害怕了。

不过,虽然他嘴里不断地表示想死,内心是否真的有此打算,我就不知道了。我觉得他说的话不能相信。"

关于企图自杀之事,支仓在请愿书上声称情愿以死来证明,而且后面还有如下的一句话:

"当时所写的一封遗嘱和一封委托函完全是瞎扯。被告虽知这么做不应该,却因为深知成为囚犯后会变成贪得无厌,才想借此达成自己的目的。如今回想起来,深觉愧疚。"

五月三十日,古我法官等待已久的市立电力公司的答复终于来了。

本月二十八日,贵庭以审理支仓喜平刑案所需,要求照会的电车开始通车日期,本公司提出如下答复。

大正六年五月三十日

东京市立电力公司　致

东京地方法院预审法官古我清先生

(左记)

自四之桥至一之桥——明治四十一年十二月二十九日开始通车

自一之桥至赤羽桥——明治四十二年六月二十二日开始通车

自古川桥至目黑停车场前——大正二年九月十八日开始通车

备注:为明确标示位置,另外附上电车运输系统图

此致

这是送达古我法官手中的电力公司复函的全文。依此观

之，电力公司也视此为相当重大的事件，几乎可说在当天就迅速调查，而且还附上电车运输系统图。法院似乎是在对支仓进行第三次侦讯后，因支仓企图自杀而提讯参考人银之助后，立刻要求照会。

而从古我法官接获复函立即展开第四次侦讯来看，也可知他是何等迫切等待此封复函。

但是，复函内容实在太讽刺了！

支仓处于穷途末路之下，企图打开一条逃生之路的苦肉计"电车尚未开始通行"被粉碎了。亦即，支仓带走小林贞是在大正二年九月二十六日，而电车是同年同月十八日通车，也就是在仅仅八天之前通车。

就算是八天，电车既然通车，则支仓所谓的应该没有电车可搭乘已经毫无意义，不，反而会给予法官在心证上有恶劣影响！

六月一日的第四次侦讯，古我法官逼问支仓。

问：经向电力公司查询的结果，由古川桥至目黑停车场的电车是大正二年九月十八日通车，被告有什么话说？

支仓颇难回答此一问题。

答：那也是无可奈何的事。被告因为没搭乘电车，才以为尚未通车。

这件事似乎让支仓相当意外。他在六月四日呈递、长达五张信纸的第二封请愿书中，开头就这么写着：

"当时应该尚未通车的电车、当天自己并未搭乘的电车，居然已经通车了，实在太令人意外，简直就像做噩梦一般。（中略）对被告而言，电车乃是致命伤。"

无论如何，不得不说在此电车问题中，支仓的伎俩被拆穿，完全一败涂地。

但，支仓并非三岁孩童，不，他的智慧更超乎常人。对于只要向电力公司查询立刻知道的问题，为何要说"当时清正公坡道前应该没有电车"呢？他是认为这样瞒骗法官，就算事后被发觉，至少也能够延缓审理吗？

无论如何他也不该会做出此种像欺骗小孩的行为吧！只能认为，他会说"当时清正公坡道前应该没有电车"并不是突然脱口而出，而是在牢房里经过多日沉思默想之后想出的点子，目的是为了让自己在神乐坂警局的自白失效。他是多方考虑之后忽然想到，当时电车也许尚未通车。

除非极端重大之事，否则对于四年前、而且实际天数只相差十天的，诸如电车是否已经通车之事，大多无法清楚记忆，所以支仓会以为当时电车犹未通车也是难怪。问题是，那天他犯下杀人的重大罪行！当然，这并非已经毫无怀疑的余地，但，假定他真的犯下如此重罪，只要他没有罹患失忆症，绝对应该记得。可是，支仓不但没有失忆，甚至是博闻强记，连一些极琐碎的事情皆清楚记得，会强辩说不知道电车通车与否之类的事，简直就愚蠢透顶，他绝对不是会这么做的人。

因此笔者认为，从结论来说，支仓对于当时电车是否通车，记忆已经暧昧模糊。支仓是在狱中思索，心里想着当时应该没有电车，结果想着想着逐渐对于没有电车通行产生自信，认为这下子搞定了而用力一拍膝盖。因为，根据此一矛盾就足以推翻整个在神乐坂警局的自白。

可是，犯下杀人罪行当天的事为何会记不得呢？是他的自白完全瞎扯，硬说自己搭乘并未通车的电车？而且当天实际上并未带出小林贞？

在此不能骤然下定论，有必要稍微运用侦探的推理手法予以分析。

根据他陈述搭乘过的电车当时犹未通车之语，可视同支仓所谓的电车应该尚未通行乃是完全丧失记忆，同时他所谓的不应该记不得犯下杀人罪行当天之事也是事实。这么一来，此矛盾如何解决呢？只能说他或许犯下杀人罪行，但是所说的从清正公坡道前搭乘电车根本就是谎言。

凶手通常都会想要隐瞒自己的罪行，因此被深入追问时会做出各种各样的答辩，可是因为前面皆是以谎言缀饰，立刻就产生前后追撞的矛盾，当然又更加受到追究，如此一来，尽管自白出根本的犯罪，中间的过程部分免不了就有充分可能残存着谎言。

以支仓喜平的状况而论，他一直被追问杀害小林贞当天如何骗走对方的过程，处心积虑地挖东墙补西墙，到了终于自白后，自然而然会留下未被订正的部分谎言。

如果支仓真的没有犯下杀人罪行，应该能够不是如此暧昧，而会提出更有力的反证，没必要拘泥于电车是否通车之类的小事，而且也不会因为电车确实通车就造成其致命伤。毕竟他若是真的未搭乘电车，可以更堂而皇之地据理力争。

不过，支仓欲论及的并非当天有否从清正公坡道前搭乘电车，而是是否曾经杀人的问题，亦即，他想借当日未搭乘电车来否定杀人事实。但，这可错了，就算没有搭乘电车，就算说他自白搭乘电车是谎言，若无并未杀人的直接证据，电车问题终究只是旁枝末节，他不应该以此为着力点。

人们常会在根本的论点赢不过对方时，找出旁枝末节，企图以此攻陷对方。支仓应该也是出自同样心理，这却造成他的失败。

然而，支仓说他并未搭乘电车，似乎可以认为是事实。

一旦在电车问题上失败，支仓终于露出本性。

在预审法官尖锐的讯问下陷入窘境的支仓，终于露出本性。这点，只要读他的第三封请愿书即知。

依照顺序，从第二封请愿书开始吧！

前曾稍述，第二封请愿书长达五张信纸，始于前曾略述的"……已经通车，实在太令人意外了，简直就像做噩梦一般"。

支仓的文笔颇佳，很少错字或笔误，也几乎没有擦拭过再重写的痕迹，由此也可知他的教育程度。

"……在神乐坂警局接连七天七夜受到刑警们轮番苛酷折磨，不得不将没有杀人当成杀人的虚伪事情形同事实般的陈述，以为被移送法院、逃离虎口即可安心乃是被告一生的大错。电车对被告而言更是致命伤！

这一切皆是被告造成尾岛太多困扰，也替圣经公司带来麻烦，导致神对被告施加惩罚，终至不得不在冤罪之下步入死亡。但是，当天被告事实上并未在清正公坡道前搭乘电车，也没去赤坂，更未前往新宿的川安吃排骨饭，被告没有杀害阿贞。如果被告想杀害阿贞，不可能会带她至可说是自家屋檐下的附近下手。假定那天被告前往新宿，真的想要杀人，新宿有很多河川和水井可供下手。

被告有什么理由必须杀害阿贞呢？神户牧师已经帮忙解决问题了，而且被告自己更随时将六法全书带在身边，根本没必要犯下会被判处死刑或无期徒刑的重罪。离开京都监狱后，被告待在东京八年，也和内人去过三越或松屋百货，从来未曾偷窃或是顺手牵羊。会从圣经公司取出圣经，完全是获得该公司在日本的负责人尾岛许可，早知道会演变成现在这种结果，当初被告也不会答应了。

正因被告有过四次前科，自己亦知已成为高轮警局特别注意的对象，因此家中遭火警之际，曾被该警局传讯两次接受调查，不过由于当时被告完全清白，才能够坦然出面应讯，否则，警方传讯时绝对不敢出面。

此外，那天被告既未前往赤坂的顺天堂医院，也没有去高町医院，希望法官先生能够仔细调查。在神乐坂警局陈述的内容，除了第一次的调查报告外，其余皆不足取。当天被告是从明治学院经三一神学院前往浅草，逛了花店后，在米久牛肉店吃晚饭，然后就回家。

既然神户牧师已经帮忙解决问题，被告自己又何必再陪阿贞上医院呢？如果调解人是俗称的敲竹杠者还有话可说，但是牧师乃是有身份地位之人，任谁都不会担心日后会再度被敲诈吧？尤其内人也知道一切，被告又向她道过歉，当然不可能再做出杀害阿贞之类疯狂的行为，也做不到。

人生无常，有人年龄十几岁即死亡，有人二十几岁遽逝，被告已经五十有六，自不会再惋惜性命，却慨叹在冤罪之下带着恶名死亡。被告并未如在神乐坂警局所述，找工人放火，自己也没有纵火。

英明的法官阁下，希望您能依事件前后经过进行判断，证明被告并未犯罪。"

以上是请愿书的内容。

支仓六月四日呈递古我法官的请愿书如前所述，颇充满哀凄，等于所谓的哀叹诉愿，可是六月十七日和十九日所呈递的请愿书，态度却骤然改变，首次控诉在神乐坂警局受到严刑拷问。

支仓最不好的习惯就是，当事情进展得不顺利时，立刻就会完全改变态度，也因此，原本可以达成之事反而遭挫，实在非常可惜。譬如，他在此提出的受刑求逼供，若是刚出庭接受预审法官侦讯时即提出，情况或许完全不同，但是在古我法官苦心调查已过两个月的今日方才提出，却已太迟。不仅这样，在此两个月间，他屡屡改变供述，又指称电车尚未通车，还企图否认自白的事实，当一切归诸失败后，对他自然更不利。

但是，这两封叙述遭受到刑求的请愿书，却是在大正十三年六月十九日二审宣判之前，他在狱中不断咒骂庄司局长至缢死为止，约莫长达八年之久反复进行的起点；也是他为求逃避长期的狱中生活，从孤独地狱的艰苦中挣脱，绞尽全身气力，痛苦产生诅咒，诅咒产生恶念，恶念更招致恶意，让他变成恶魔，咒骂世人的苍白脸上眼眸绽射凶光，厉声疾呼，令观者栗然，成为世所罕见的恐怖人物之出发点。

也因为这样，在此不得不述其概略，以之来结束本章。

请愿书内容长达二十二张，内容的委婉曲折，在在显露他的精力与记忆力的旺盛，以及深不可测的执拗。

信纸上贴着另一枚半纸（译注："半纸"即习字、写信用的一种日本纸），上面用毛笔写着"请愿书"字样，其旁用稍微细的字写着"一位被视同杀人犯者的申辩书",最后则是"被告支仓喜平"。

"法官阁下:

当此圣代仁慈的大正时代,人们皆认为警察内部已无严刑拷问之行为存在,可是事实并非如此,目前在神乐坂警局内仍存在着旧幕府时代的刑求阴影,实在是可悲至极。

被告支仓喜平就是因为受其刑求而做出虚伪供述,陈述自己杀害并未杀害之人,目前被移送法院。

距今四年前,在被告家附近的井中被打捞起来的尸骸真的是小林贞吗?若真是小林贞,到底是自杀呢?或是他杀呢?而且又是何时、如何死亡呢?被告认为不是小林贞,因为如果是小林贞,身材必须更瘦小些才是。虽然在神乐坂警局曾听说有关该尸骸的各种描述,但是至今被告仍疑惑不已。

神乐坂警局的石子刑警说:'是你杀害小林贞吧?'

'不知道,我没有杀害她。'

'胡说!这就是小林贞的骸骨。你的妻子已经证实了。而且,你见过当时的木屐吧?'

'见过。但是,不知道是谁的。'

'不可能不知道!你妻子说那是小林贞的木屐。'

他甚至还说:'是你杀害小林贞,赶快自白。'

'内人怎么说我完全不知道。'

'你不可能不知道,推说不知道也无用,我们不会让你称

241

心如意。既然你这家伙那样倔强，只好严刑逼问了。'"

支仓在请愿书中娓娓述说。

"此后被告每天被拖进刑警侦讯室，由不同刑警轮流通宵达旦地严厉讯问、拳打脚踢。"

支仓在请愿书上如此诉说。

"飞拳如雨从上下左右往身上降落。在那二月的寒天之下，只穿一件囚衣，玻璃窗全部敞开……但，如果只是这样还能忍受。刑警更拿出不知是谁的头盖骨，硬说'这就是阿贞，快亲吻她，摸她的头'，若只是一两次还情有可原，但是，连续不断要被告亲吻不知多少次。同时言下之意更会让人联想'在你没有自白之前，将会被无止境地拘留，折磨致死'，或联想'明天就把你拖到后面的剑道练习场，用绳子绑起来灌水'，不仅这样，还联想到'明天一大早就到你家，把你老婆拘来拘留个二十天，像折磨你一样地好好折磨她一番'（在此之前，内人已经常遭传讯，饱受百般折磨，每次听到她的哭声，被告内心痛苦不已）。

刑警还说：'你不疼爱老婆吗？不疼爱无辜的儿子吗？难道你是畜生？你这混账，简直比禽兽还不如，连老婆儿子都不懂得怜惜，已经无药可救。亲吻吧！'

接下来又是无数次地亲吻头盖骨。

被告至此已是身心俱疲，心想如果继续这样下去，不如死掉算了，而企图第二次自杀，可是，拘留所管理员严密看守，连寻死都不可能。

被告犯罪是无话可说，但是何能忍心无辜的内人眼看明天就要开始受折磨呢？纵使这样，被告仍旧讲不出杀害未曾杀害的人之类的话，没办法，只好陈述谎言，希望能够尽早逃离当场，逃避头盖骨的折磨，拯救内人逃出虎口。加上根岸和石子两位刑警的暗示，才会陈述出第二调查报告中所述的事实上并不存在的工人阿助。

可是，并非这样就能了事。刑警一直硬说：'你必须杀人，不能把罪行推给别人。'被告虽然不断要求将我移送审判，对方非但拒绝，反而更想尽办法继续苛酷刑求，彻夜被逼与骸骨亲吻。终于，被告醒悟了，事到如今，唯一的办法就是将自己送上绞刑台，借杀死自己来救内人。于是，被告下定最大决心，大胆叫出是自己杀害其实并未杀害的阿贞。

被告在局长面前做出虚伪的自白，说：'我也是男人！请你帮助内人，我愿意自白。'

'好，如果你能像个男人一样，我就算拼着不干局长也会帮助你老婆。放心，我会设法不让圣经公司抵押你的房子；还有，你有什么事想交代吗？如果有，看你希望见谁，我明天帮你安排。'

'那么，请让我见妻子一面吧！还有，我也想见府下中野

町的威廉森传教士和神户牧师（为了慰藉此刻觉悟赴死的苦闷身心）。'

'没问题，我明天就帮你安排。'

于是，就这样出现第三次的调查报告书。

被告很清楚这样的调查报告书内容的严重性，等于承认杀死自己并未杀害之人，因此困惑得不知该如何陈述，完全依警方所言为之。

啊，为了帮助内人，被告为何就必须因为冤罪而被送上绞刑台呢？世事无常，人生如梦，还是死了心吧！现在何必还像女人般不甘心？身为耶稣基督信徒，就这样为帮助妻子走上绞刑台吧！"

支仓极尽委婉之能事地列举在神乐坂警局受到严刑拷问的事实。如果那是事实，当然是不可原谅。笔者虽不知受到刑求所为的自白在审判上是否具备效力，却认为不能说因为受到刑求，其自白就一定是虚伪，倒不如说，在饱受痛苦之下所陈述的内容，绝大部分乃是事实。

支仓此际虽诉说在神乐坂警局的自白是出自刑求，因而是虚伪，但是，他的自白是真实抑或虚伪，应该与有无受到刑求分开讨论，亦即，曾否受到刑求属于神乐坂警局的责任问题，犯罪事实的有无仍应成为法官的心证。

支仓的自白是真是假呢？观看他自白当时的情景，应该是由衷所言。另外，有关严刑拷问方面，神乐坂警局曾被调查并无其事，这点也对支仓甚为不利。

还有，他也失去了控诉遭受刑求的最佳时机。本来在刚开始接受预审法庭讯问时，他就应该提出，却为了想逃避罪刑，玩弄各种计谋，而予人是到穷途末路才刻意提出之感。另外，他声称自白的原因是为了救无辜的妻子，然而，支仓并非舞文弄墨之士，请愿书又是在狱中匆促之间一气呵成，满含难以道尽的怨恨，若真为了救妻子而情愿含冤受罪，未免也太不符合常理，毕竟在圣代仁慈的大正时代，丈夫有罪应该也不会及于一无所知的妻子，神乐坂警局的刑警们不可能会借此威胁他。

支仓的请愿书继续着。

"被告不停地思索，难道没有办法既能免于被送上绞刑台，又可以救妻子吗？终于想到，有了，可以看局长和根岸、石子两位刑警接下来的行动，以其人之道还治其人之身。如果计谋被看穿，被告也不会上绞刑台，宁愿自杀。先前进监狱时，有一段期间被告也曾装疯卖傻假装罹患精神病，被当成精神病患。只要能够将家产全部转让给妻子，让她没有生活顾虑（我死而妻子活着），则等精神病痊愈（当然能痊愈），被告又能重新复活。若是计谋被拆穿，顶多也只是自杀而已。就是抱着这样的心理，才会在一夜之间让警方完成第三次调查报告。"

这部分的意思有些不太通畅，不过，主要应该是说，为了让妻子生活没有顾虑，希望将全部财产转让给妻子，自己则假装发狂来逃避讯问折磨，延缓受审时日，直到财产完全转让给妻子为止，如果事情无法顺利进行则准备自杀。他以前的确曾经这样做过，而由此也能体会他是如何替妻子设想。神乐坂警局的刑警利用他对妻子的迫切思念促使他自白，确实是棋高一着，但同时也是最受支仓怀恨之点。

为了顾及妻子而陈述虚伪的自白是常有的事，不过那大多是妻子犯罪，丈夫为庇护妻子而自愿承担其罪。但是，支仓之妻并未犯罪，丝毫没有庇护的必要，警方顶多也只是侦讯上态度稍严厉而已，根本没什么好担心。至于若为了转让财产，令妻子日后生活无虑，更没必要自白莫须有的杀人罪名。

神乐坂警局的警员应该是有利用支仓思念妻子之情强迫其自白。这点，继续看请愿书内容即知。

支仓的请愿书如下写着：

"A.根岸刑警恳托被告的事项

'你承认杀害小林贞，扛起这个罪名，否则我无颜面对局长。拜托你扛起来吧！就当做是在帮我。你也是男人，对不对？只要你扛罪，我同样是男人，说话算话，绝对不会让圣经公司抵押你的家产。而且，那么一栋房子，最少可卖三千元，我会帮忙用两千元在小坂买田地，剩下的一千元存入银行当做孩子的教育基金，这样的话，只是靠利息也能够维持生活。我会帮助你妻子，反正你已经不可能无罪获释，如果你死了，我

会帮助你妻子。'

他还这么说：

'我已经相当尽力替你做了很多事。上次你家厨房烟囱破掉，你太太说没钱修理，却不敢告诉你，还是我从你身上带着的现款之中偷偷挪出十元给她。还有，前不久有人伪称受你之托企图向你太太诈骗十一元广告印刷费，当时也是我帮忙解决的。我如此尽心为你，你是一个男人，又是宗教家，对吧？就干脆扛起一切罪名吧！只要你答应，我绝对会帮你太太保住房子，而且今后永远帮助她。'

B.石子刑警恳托被告的事项——

'我至你家要求你随同前来警局时，如果你乖乖随同前来就好了……当时我很尊重你的人格，特别递上私人名片，不是吗？可是，你却逃掉了，让我在局长面前抬不起头，差点就被免职。你就承认杀害小林贞吧！就算你没杀她，还是承认吧！这样，我就不会遭免职。你是个男人，又是宗教家，对吧？请帮助我。'

他无数次地这样拜托被告。"

以上仅只是请愿书中的极小片段，而且不和根岸刑警和石子刑警对质尚未能确定是否属实，但是应该有某种程度的真实性存在。两位刑警如何想要让支仓自白，是威胁他，或是利用其妻打动他，无人知道。当然这也是侦讯嫌犯的技巧之一，尽管并不足取，还是不得不玩弄诡计。而嫌犯会因此而自白，表

247

示自己心里有数。

这种手段远比派眼线混入牢里，设法亲近嫌犯，取得对方信任后套出犯罪事实，还来得光明正大。

支仓所述的两位刑警不断向他低声下气求他帮忙扛起罪行，事实如何还是疑问，但是利用"你是男人"、"你是宗教家"之类的话刺激支仓，希望他能帮助自己而认罪自白，或许真有其事也未可知。

当然，两位刑警所说的乃是真正的自白，可是听在支仓耳里会有什么样的反应呢？依照请愿书所述，他是自认为也是个男子汉才挺身认罪，若是这样，对支仓的观点又必须略为改变了。

支仓到底是什么样个性的男人？

从他的言行观之，他在做坏事时相当谨慎小心，而且像容易犯罪之人一样善变，另一方面却又有着无可撼摇的执拗，也许对方早就在不知不觉中忘记为何被怀恨，他却仍旧持续记恨不忘，也就是说，他会采取失去目标的行动，固执地反复做一件事。这种人表面上看起来是非常胆大妄为的恶徒，实际上彻悟时却又会痛哭流涕。支仓难道不是这样的人吗？

他在请愿书中不厌其烦反复哀叹诉愿一件事，文笔和叙述都条理清晰，内容却有些不得要领，感觉上他似乎正是所谓冲动型的男人。

特别是请愿书上，下述有关与警官的问答，颇有些潇洒的地方，感觉上并不像正面临会不会被判处死刑，是否被冤屈或有罪的生死关头。从一方面来看，他因为容貌颇为丑恶，看起来像是漠视法院的狂徒；可是从另一方面看来，却又仿佛头脑某处有缺陷一般。

将支仓视为大胆愚昧的狂徒，或视为容易冲动的男人，在确定其自白的虚实上具有重大影响，因此对他完全不了解的笔者无法轻易下论断，希望诸位读者在读完他的请愿书全文之后，做一公平的判断。

"被告没有犯杀人罪，却因为硬被警方要求以没有犯罪的犯罪者身份自白，其虚实之间的陈述令被告百般困扰，只好配合对方所问的问题回答。

警方：你是在什么地方等待小林贞上医院？

答：不知道。

警方：不可能不知道！是在清正公前面一带吧？

答：应该是吧！我是在清正公前面坡道下等待。

警方：等了几小时吗？

答：是的。

警方：有一个多小时吗？

答：是的，约莫一小时。

警方：是吗？当时小林贞穿什么样的衣服？

答：这个嘛……我记不太清楚。

警方：不应该没有注意吧？是斑点或绫织？

答：这……我想是斑点。

警方：不是斑点，是绫织才对吧？

答：或许是这样。

警方：绫织的图案是什么？

答：图案我记不得了。（没见过当然不知道）

警方：好。然后带去哪里呢？

（困惑）

被告心想，当时清正公前应该电车尚未通车，一旦能够移送审判，就可借此打开一条生路，于是决定回答是搭乘根本未搭乘的电车。

答：我搭乘电车。

警方：带去哪里呢？

答：带她去赤坂的顺天堂。

被告在大正二年九月二十二日交给神户牧师一百元，二十五日傍晚在神户家拿到收据，完成和谈，这么一来，根本没必要再带小林贞上医院，如此，移送法庭之后，就有生路可走了。

警方：离开医院后又去什么地方？

答：（稍微困惑、短暂思索的结果）去新宿。"

支仓的请愿书是用四百字稿纸写满四十四五张，再用毛笔誊写于半纸上，可说是非常麻烦，而且首尾一贯，从字体至行间的配置整整齐齐，如前所说，几乎没有笔误或遗漏。身处羁押监中，却仍能好整以暇地书写，让人不得不惊讶于其耐心。更何况，他将在神乐坂警局接受侦讯的过程完完全全记下！

请愿书继续着。

警方：去新宿后，在哪里吃饭？
答：在新宿二丁目的某面馆吃一碗二十钱的排骨饭。

事实上没有那家面馆。神乐坂警局立刻前往调查，却并未查到。尤其当时罹病之人，不应该会吃排骨饭，因为油脂是淋病的大敌。

警方：然后呢？
答：带她去新宿停车场。

被告本想回答是去川安，可是又怕回答去川安不符合侦探游戏的原则，立刻又会被迫和头盖骨亲吻，只好说是去新宿停车场。

警方：是吗？带至停车场后又如何？距离回家时间还太早，不是吗？

答：是的。我让她在停车场等着，自己去上厕所。

如果被告打算杀她，不可能留她独自一人在停车场。

警方：接下来呢？

答：我回停车场后，就搭乘前往目黑的山手线电车，然后回家。

警方：你是什么时候产生杀害小林贞的念头？

答：在电车上起了杀意。

又不是三岁小孩，谁会莫名其妙在电车里想到杀人之事呢？这点，任何人应该都可以了解。这些陈述极其幼稚，一望即知是虚伪的供述。

警方：为什么想杀她呢？

答：那是我经过深思熟虑所做的决定。内人在家，我不可能带她回家，但是又不能让她回自己家。

就算内人在家，事到如今被告又有什么好害怕的？因为内人已经知道一切。而即使从阿贞上医院途中带走她，让她回自己家又有什么关系？二十五日傍晚已经完成调解和谈，带她出来逛逛应该没什么不得了吧！

警方：是绑着石块推落呢？或是灌她药物之后装入袋内丢下井里？

答：不知道。

警方：不应该会不知道！是绑在树干上吧？

答：不知道。

警方：不可能！井内有两截树干，不是吗？

被告没推阿贞下井，当然不可能会知道什么树干。

答：我没有，但，就算是有好了。

警方：好。为何要绑着树干呢？是防止尸体浮上来？

答：没办法，就算是吧！

描写接受警方侦讯问答的过程长达十一张稿纸，内容有趣可笑，在困惑于回答的部分，行文夹杂着"困惑"云云，或者"与头盖骨亲吻"，或单只是"亲吻"云云，轻松至极，让读者不禁莞尔一笑。也不知是所谓的应付自如呢，抑或自暴自弃，怎么也不像是已无退路、正被追究杀人罪行之人。

如前所述，支仓在大正六年六月十九日倾其全部精力呈递古我法官的请愿书，历历哀诉他在神乐坂警局受到刑求，并反复诉说自己完全没杀害小林贞（在此，令人觉得奇异的是，后来支仓在狱中郁闷不堪，终至自缢死亡，是在大正十三年六月十九日，亦即与呈递这封请愿书同月同日）。

请愿书中有部分是无法完全排斥，让法官不能视若无睹，可是，支仓在监狱里假装疯狂之事，以及写赠送五千元证明给同房囚友、拜托对方杀死他之事，还有不断扬言要自杀之事，以及屡屡改变供述内容之事，都未能给预审法官好感，眼看预审结果已难有转圜希望。

而且，他在请愿书中反复述及，自从大正二年九月二十五日调解成立后，就绝对没再见过小林兄弟，可是呈递请愿书的八天后，小冢检察官检附证据诘问他时，他又立刻惶恐地改变供述。

"至目前为止被告坚持金钱的交付为九月二十五日乃是基于误解，事实上应是九月二十六日没错。"

结果，他不得不立刻订正在第二封请愿书中所说的，小林贞行踪不明的九月二十六日当天"被告从明治学院经三一神学院前往浅草，逛了花店后，在米久牛肉店吃晚饭，然后就回家"的行动。亦即，他如下回答小冢检察官：

"被告会说交付金钱日期为二十五日并非故意借此为脱罪材料。被告说过二十六日因为前一天晚上已经解决阿贞的事，所以放心前往浅草，悠游整日之后才回家，虽然那似乎与事实不符,却并非故意做虚伪的陈述,一切只是出于误解。"

也就是说,支仓一旦自白杀害小林贞之后,为了翻供,证明自白全属虚构所陈述的三项重点,一是当时电车尚未通车至清正公坡道前;二是小林贞的事情是九月二十五日解决,此后再也没见过小林兄弟;三是九月二十六日他整天在浅草悠游,至此已经完全被推翻。

支仓很可能是陷入无法摆脱重罪缠身,在狼狈至极的状况下试图借此脱罪也未可知,却反而让法官有了不好的心证。

小冢检察官最后传唤神户牧师询问支仓自白当时的情形。

"支仓被移送检察庭之前,我曾被传唤至神乐坂警局。"神户牧师答,"我和支仓面会。他表现出真实悔改的样子,委托我帮忙处理后事。我告诉他,只要真心悔改就好,若是没有人能够托付处理后事,我会负责帮忙,结果他泪流满面感激不已。"

最后的调查结束,小冢检察官的决心仍旧没有丝毫改变,他向古我法官提出"有关预审决定的意见书",依纵火杀人等八项罪名,要求移送东京地方法院公开审判。

大正六年七月二日,支仓喜平获判有罪,预审也宣告结束。

虽然是杀人纵火的重大罪行,可是除了本人的自白以外,缺乏其他的物证,而且本人又企图推翻自白,支仓果真会被判处有罪吗?公开审判又会如何展开呢?

宿孽

支仓之妻静子望着熟睡的儿子，静静沉思。泪水早已流尽，干涸的眼睑丑陋浮肿。感觉上今夜特别昏暗的电灯从空荡荡房间的天花板照出她寂寞的身影，在微脏的榻榻米上形成影子。

这是个闷热的晚上。

就在她终日以泪洗面之间，时序已经进入夏天。从只打开一扇的遮雨窗缝隙，透过挂在檐前的旧帘，梅雨过后的晴朗天空，可见到一两颗闪亮的星星。

自从今年二月，刑警突然闯入家中以来，在不到半年之中，发生了多少不幸的事呢？仅仅是这段时间，她觉得自己仿佛苍老了十岁。

和喜平的七年婚姻生活恍如一场梦。自十九岁那年听从父母之言将处女的纯洁献给对方至今，尽管不能说充满幸福，至少能爱着丈夫，同时持续信仰生活，而且丈夫对她的爱情，虽然时而令她感到执拗，时而又感到空虚，却也非比寻常，总括来说，她在婚后不久得子，能够和丈夫共同走在相当幸福的人生旅途上。

但是，想不到经过七年以后，幸福却在一朝之间粉碎。

丈夫在和她结婚之前就有四次前科，这是她连做梦都想不到的事。虽因为他是基督徒而没有深入调查，但纵然有前科，既已悔改还是可能重生完美的人格。不过在神乐坂警局被告知丈夫有前科时，她还是觉得比自己赤身裸体被看见更为羞耻。

婚后，她立刻明白丈夫的品行并非端正。在因为求学而短暂分离时，或是她回娘家时，总会听说丈夫与一两个女人扯上关系，尤其是知道丈夫罹患讳疾，又传染给年幼的女仆小林贞时，即使不认为丈夫如女仆叔父所说的那样卑鄙，她仍觉得相当不堪。但她也没忘记丈夫会这样，自己也必须负起一部分连带责任，在宽恕丈夫的同时，她更费尽苦心不让事情曝光。

但，怎么会这样呢？丈夫竟然带走阿贞，杀害之后推落古井！

在神乐坂警局受到魔鬼般的刑警讯问令她非常痛苦，即使这样，听到对丈夫的各种恶评，她还是信任丈夫，不认为丈夫会犯下如此滔天大罪。

从局长口中得知丈夫已经完全自白时，她全身的血液霎时冻凝了，能够免于当场倒下，对她而言，完全是靠着超人般的努力。不过，从听局长说丈夫自白至获准面会丈夫的那段期间，她已彻底恢复冷静。

她完全觉悟！和丈夫已育有一子，不论丈夫是何等的大恶徒，她下定决心，身为基督徒若是手足无措未免遭人耻笑，就尽量安慰丈夫，让他无后顾之忧吧！也正是因为这样，她才能平静地抬头望着流下忏悔之泪的丈夫。

静子像是傀儡般动也不动地继续沉思。

自从丈夫被羁押以来，她的辛苦可说是笔墨难以形容。既多次被传唤出庭，接受预审法官辛辣的讯问；又必须面对邻居们嘲笑的眼光；另外，还得面对假装亲切的骗徒或恶狠狠的敲诈者。没有任何亲戚朋友愿意帮忙，就算难得有一两个，也没办法给予物质上的实际援助。只有摄影师浅田时而会前来安慰，但是由于曾经发生过那件事，总觉得如鲠在喉，无法坦然面对。

因此，她最大的困难就是金钱方面的筹措。每天的生活所需还算小事，送东西给羁押中的丈夫、支付代书和律师的费用却非易事，凭她一个女人，而且值此舆论攻击，亲朋无人愿意接近之际，又如何能够筹得呢？唯一的办法就是不断变卖身边的首饰或有价之物。

她最大的依靠是目前居住的房子，只要卖掉房子拿到一笔巨款，就可以委托名律师。因此她暗中找中介公司商量，对方表示，如果价格在一千五百元左右，应该会有买家。所以在面会丈夫时，她试着提出这件事。

"是关于房子的事，如果是一千五百元就能卖出……我希望卖掉它以便帮你付律师辩护费以及其他费用，你认为呢？"

"把房子卖掉倒无所谓。"支仓骨碌碌地转动眼珠，回答，"根岸刑警曾说要帮忙协调以三千元价格卖掉那栋房子，不过我未答应。我不打算将钱用在自己身上，而希望你能以那笔钱为资金，可以一辈子无须烦恼生活，好好教育儿子。但是，一千五百元太便宜了，如果有个两千元就卖掉。你可以找浅田商量。"

静子虽不想找浅田，却没有拂逆丈夫，回答："好的，我试试看。"

静子走出面会室。

但是，两三天后，发生一件出乎意料的变化，房子被东洋火灾保险公司申请假扣押了。

支仓遭起诉，在预审被判决有罪后，有两家公司以其刑警记录为证据，对支仓提出控告。

一是圣经公司提出的遭窃圣经价值约七千元的损害赔偿控告，另一就是前面提到的保险公司提出被诈骗大约三千元的保险理赔的损害赔偿控告。保险公司控告是理所当然，至于圣经公司，则因为是贩售博爱主义的基督教宝典——圣经的公司，只憎恨罪恶而不憎恨人，本来没有打算提起损害赔偿的诉讼，让支仓增加痛苦，后来眼看不这么做会失去求偿保障，于是立刻提出控告，却未申请扣押家产。可是保险公司就不一样了，一旦提出控告立刻申请假扣押。

在浅田的奔走之下，这栋房子应该已经转移至静子名下，但，可能是手续不完全，或是另有申请假扣押的方法，反正，想要卖掉房子已不可能。

唯一希望的房子遭假扣押，静子茫然不知所措了。

下一次面会时，她黯然地对丈夫说："我想卖掉房子，可是保险公司已经申请假扣押。"

"什么，被假扣押？"

支仓神色遽变，眉毛往上翘起，眼露凶光，连静子看了都吓一大跳。

"这、真的吗？"

知道房子被假扣押，支仓的愤怒非比寻常。在此情况下，静子更无法隐瞒了。

"是的，前天被申请假扣押。"

"嗯。"支仓的眼中闪动怪异的神采，"我被骗了，完全坠入局长的圈套。"

静子见到丈夫过度激动，本想安抚，但是从刚刚就一直注意此异样情景的看守管理员却立刻将两人隔开，面会就这样结束，静子连想安慰丈夫一声都没办法。

站在保险公司立场，由于遭到诈骗，当然必须设法取回。但是，扣押支仓唯一指望的家产之举，确实是使他态度恶化的原因之一。对于此事，他在请愿书中如下写着：

"两天后，内人再度前来面会，此时她神情憔悴，忧心忡忡地说房子被东洋火灾保险公司申请假扣押，然后沮丧而归。

啊,被告会做出虚伪供述,承认杀害未杀害之人,无非为了帮助内人,如今却还是让她生活无着落……被告遗憾至极,难道在受骗之下,被告必须就这样被送上绞刑台?"

支仓否认自白、假装发疯,似乎皆是在这件事以后,由此观之,房子遭到假扣押应该是他推翻自白的最大原因。但是,后来在第二次公开审判时,审判长问及"为何在预审庭上推翻已经供述的自白呢",他的答辩是"当初是为了帮助内人而做出虚伪的自白,但后来考虑到,若是完全不陈述事实,将对日后的审判不利,终至丧失逃离冤罪的机会,才推翻虚伪的自白",并未提及因房子遭扣押,方才知道在神乐坂警局受骗,而推翻虚伪的自白。很显然的,房子之事又不像是重点。

但是,最为眼前问题痛苦的人是静子。丈夫身系牢内,自己身上毫无积蓄,唯一家产的房子又遭扣押,如前所述,暂时的生活虽可靠着变卖随身价值物件撑过,可是,能够变卖的东西差不多也卖光了,丈夫公开审判之日又逐日接近,必须正式委聘辩护律师。问题是,此刻别说委聘律师,连隔天的食物皆无着落。何况,再过不久又得被赶离这栋房子,届时连栖身之处都没有,只好餐风露宿。

静子脑海里思绪如潮,望着儿子熟睡的脸庞,本来以为已经干涸、再也流不出来的泪水又盈眶而出。或许,这就是所谓的血泪吧!

啊,明天该怎么办呢?怎么样养大儿子呢?更重要的是,怎么去救即将面对公开审判的丈夫呢？丈夫口口声声说自己是无辜的，看他在神乐坂警局自白当时的样子不像是假，可是现在似乎也是说真心话，真希望能够找一位著名的律师，救出痛苦无比的丈夫。

静子心乱如麻，但是，白天累积的疲劳已让她身心俱疲，终于躺在儿子枕畔睡着了。

忽然，一阵冷风吹过，她惊醒过来。心想，现在是什么时刻了呢？夜应该更深了吧？从敞开的遮雨窗往外看，不知何时，天空乌云密布。她慌忙起身，正想关上遮雨窗时，庭院里忽然出现朦胧的人影。

见到庭院里怪异的人影，静子惊呼出声："啊！"

她愣立当场，全身无法动弹。

人影摇摇晃晃地接近。

"啊，是你！"静子再度惊叫了。

以为是怪异人影，其实却是丈夫喜平。他默默进入家中，与平常一样，精神显得相当不错。静子有些讶异地蹙眉，丈夫应该是在监狱里，怎么能够回家呢？不过也并未特别惊奇，迎向他。

"你居然能够回来？"

"嗯，受到相当折磨。"支仓悠闲地说："你也很可怜。"

"不，我没什么。"

"可是，在神乐坂警局受到相当欺负吧？"

"是的，有一点。"

"岂只是有一点？我很清楚的。我多次听到你的哭声哩！"支仓用力说着，然后放低声调，"我也一样。刑警们轮番上阵，彻夜严厉讯问，而且还要我亲吻不知是谁的骸骨。"

"什么？"静子怯生生地抬起脸望着丈夫。

"我本来决定无论如何也不会自白没做过的事，但听到你的哭声，我的心比刀割还难受，再加上无止境的讯问已让我精疲力竭，终于心想，算了，就牺牲自己。而且，局长也说：'会帮你卖掉房子，让你太太不必愁虑往后的生活'，我想，这样就可以无后顾之忧，终于做出虚伪的自白。这是我此生最大的错误决定，我完全被局长所骗。如今，怎样辩驳都没用了。"

"你真的没有做过那种事吗？"静子用询问的眼光凝视丈夫。

"没有，真的不记得有过。"

"既、既然那样，为……"静子无法忍受地啜泣出声，"为什么你要自白呢？"

"我刚才讲过了……"

"不、不！"静子激动地打断支仓的话，"不管有什么样的理由，自白杀死并未杀害之人，太愚蠢了。你、你……"

静子接不下去了。

"是我不好！所以我已经觉悟要上绞刑台。"

"不、不，没有这种必要。若是真的没杀人，一定会获判无罪。"

"我已经没办法辩驳了。我被局长所骗，已经无路可逃。我一直认为与其因冤罪受罚，倒不如一死了之，所以不知道企图自杀多少次，但每次都失败。还有一次，打算拜托同囚室友的西装裁缝师杀我，却同样失败。我死不了，怎么都死不了！所以我下定决心，既然死不了的话……"

说着说着，支仓的形貌愈来愈恐怖，他握紧双拳，牙齿咬得吱吱作响。

"亲爱的……"静子难过得想抱住丈夫膝盖。

支仓推开静子，继续怒吼："我死不了，绝对死不了！我会诅咒，诅咒全部让我受苦的人。就在今天，我的灵魂要变成恶魔！天地间所有的恶鬼妖精，还有其他各种邪恶之徒听着，我支仓发誓，从今天开始除了坏事以外什么都不会做，我要借此报复到今天为止不断折磨我、令我无法翻身的这个可恨的社会，这个充满权谋骗术、奸诈与陷阱的世间。"

支仓圆睁的双眼愈来愈往上吊，嘴巴裂开至耳边，鲜红的舌头仿佛滴着血。

静子恐惧得全身颤抖，趴在地上。

变成厉鬼的支仓犹在怒叫："我死不了，绝对死不了！我要活生生地化为恶魔，诅咒所有让我受苦之人。"

"亲、亲爱的，"静子拼命挤出声音，叫道，"请别做那样恐怖的事。如果你没杀人纵火，终有一天能够水落石出。

就算因冤屈而死,也能够毫无痛苦地去到主耶稣身边。请你千万不要与恶魔同行!"

"不行!我要诅咒。庄司、神户,还有神乐坂警局的刑警们,接受我的诅咒吧!静子,这也是我们最后一次见面了。"

说着,支仓忽然转身想离开。

静子拼命抱住丈夫。

"等一下,请你再仔细想一想。儿子要怎么办呢?在那边熟睡的儿子要怎么办呢?"

"什么!儿子?我往昔就是受恩爱羁绊,才会变得懦弱无骨气。现在的我已经不需要这种东西。对了,今天我发誓要活生生变成恶魔,就用孩子当活牲吧!"

怒发冲冠、眼露凶光,张开血盆大口的支仓立刻大步跑过去,抬腿踢向儿子。

静子大惊失色,抱住他的腿,大叫:"快来人啊!"

但是,也不知道为什么,却发不出声音。她拼命挡住丈夫,但,很可悲的,身为女人,她的力气逐渐消失,眼看就要和儿子同时被踩烂。她只能蠕动身体,低声呻吟:"唔……"

"喂喂,夫人,你怎么啦?"

耳里传入熟悉的粗厚声音,静子忽然惊醒,睁开眼睛,发现浅田站在面前。

原来刚才是在梦中!

她吃惊地跳起来,慌忙整理凌乱的衣服。

"怎么回事？是噩梦吗？我在玄关叫了很久，都没有回应，所以才上来看看。"浅田微笑道。

"好像是想着各种事情，因为白天疲倦，不知不觉睡着了。而且，还做了可怕的梦。"静子边驱走脖子间的寒气，边回答。对于不断帮忙自己的浅田，她实在无法责怪对方无礼地径直进来房间。

"是吗？"浅田颔首，"像目前这种情况，也是难怪。对了，支仓先生应该立刻就要公开审判了吧？"

"是的，好像没多久了。"

"预审没办法免于控诉吗？"

"是的，还是被认定有罪。而且——"静子恨恨地望着浅田，"保险公司提出控告，这个房子已经被申请假扣押。"

"什么，假扣押？"浅田浮现惊骇神色，"这、不可能啊！"

"没办法，这是事实，前天已经被假扣押。"

"这……"浅田盯视天花板，"我认为不可能，但……我会立刻调查清楚。如果房子被扣押就麻烦了，支仓先生也非常重视这栋房子，要我尽快转移到你手中。"

"我知道。"静子俯首，"如果不能处理这栋房子，就没办法委聘律师替他辩护。"

"也对。"听了静子的话，浅田似乎才注意到这点，"一旦移送公开审判，就必须尽快聘请律师。好，这件事由我负责。"

"什么事都要你帮忙，我会过意不去。"浅田的亲切让她的心情宛如溺水者连一根稻草也会抓住般，忍不住想将孤独无依的身体投向对方，但是，她极力抑制了，静静地说。

"没必要这么客气，夫人。现在讲这种话岂非太见外了些。"浅田微笑道。他的脸孔看来比平常更猥琐了。

如果可能，静子很希望拒绝接受此人的帮忙，可是，除了他，实在想不出还有谁愿意帮助丈夫。她苦恼地低头沉默不语。

"找能势律师可以吧？"浅田毫不在乎静子的态度，继续说，"此人我认识，是最适当的人选，而且也不会斤斤计较费用，最喜欢帮助弱者。"

"支仓也讲过希望找能势律师帮忙。"静子好不容易抬起脸。

"是吗？那么支仓先生一定也听过有关能势律师的风评了。好，我就找能势律师帮忙。"

所谓的能势律师是众所周知对官权横暴强烈反感的人物，只要有官权施压的事实，他会以一流的韧性彻底纠举。年轻法官会因他那充满讽刺的辩护姿态情不自禁愁眉苦脸，但对战斗意识强烈的受虐阶级而言，他却是最有力的战友。不过另一方面，他有时会为反对而反对，因此被一部分人士批评为沽名钓誉。

事实上，以帮助弱者出名而被批评为沽名钓誉也是无可奈何，但是，在目前的社会上，以帮助弱者当作出名的手段，实在是愚蠢至极，还不如勤交白领阶级，以求名利双收者较为聪明。做不出此种聪明事和性情有关，只能说能势律师对于某些事还是相当执着。

特别是他会仔细阅读相关记录，完全记入脑中，这点和一般律师只是叫别人念记录、自己记下重点，或是在火车上匆匆浏览记录完全不同。

支仓是否了解这些而希望找能势律师辩护，无人知道，可是，能势律师插手本事件，反而让事件更为复杂、张扬，对于没预料到支仓日后会翻供、导致事件纠葛纷起的庄司局长和神乐坂警局警员而言，又形同厄运缠身。

静子对于律师方面的事情一无所知，即使想委托，仍旧需要浅田帮忙，所以虽然不太愿意，还是只有同意。

"一切拜托你啦！"

"没有问题，我负责。"浅田说。

"对了，支仓能够获救吗？"静子怯声问。

"这……"浅田摇摇头，"会变成如何我也不知道，先听听律师的意见再说吧！"

如果丈夫被判决有罪……静子不知道该如何是好。她身上不但没有分文积蓄，而且身边带着儿子，眼看也无法再当主日学教师，只能够流落街头。一想到自己即将面临的悲惨命运，静子的眼泪又不禁夺眶而出。

"夫人，你一定要冷静。"浅田担心似的靠近静子。

夜已深，好像不知何时起风了，庭院里的树叶沙沙作响。

公开审判

大正六年九月二十五日，东京地方法院刑事法庭进行支仓喜平的第一次公开审判。

审判长是少壮派法官宫木钟太郎，检方检察官是小冢，辩方辩护律师是能势。此外还有提出私人控告的两家公司代理人等，各居其席位。支仓喜平则是一副毫无所惧的模样，坐在被告席。当时他三十六岁。

审判长静静开始讯问。先是依法问明身份、职业、姓名等，然后才进入犯罪事实的审理。

支仓喜平似已有所觉悟，口若悬河地回答审判长的质问，彻底否认一切犯罪事实，并极力申述在警方的自白乃是虚伪。审判长边颔首边穿针引线继续讯问后，宣告休庭。在那之前，辩方律师能势提出申请，要求检方准备证据后再继续审理。

十月四日第二次开庭，自审判长以下，列席人物皆同。

审判长详细讯问支仓与小林贞的关系。之后，能势辩护律师提出上大崎空地古井的勘验、同址公墓挖掘出的头盖骨之鉴定、调阅支仓的旧宅发生火警当时辖区警局的调查报告、传唤神户牧师以下八位证人接受讯问，以上四项申请。审判长经与合议庭开会后，允许头盖骨的鉴定、调阅调查报告、传唤神户牧师以下八位证人接受讯问等，其他则予以拒斥后宣告休庭。

宫木是当时少壮有为的司法官。审理过本事件之后，他长期游历欧美，亲自研究当地的司法制度，回国后，目前在司法部（司法院）内担任要职，并兼任外务书记长官。其人英姿飒爽温容以待人，不浮于辞令之巧，兼且头脑清晰，眼光如能透入纸背般精明，但是承审刑事审判则是以此支仓事件为始终。唯一一次的承审就负责像本事件这种自有刑事审判以来屈指可数的难决事件，也不知是他的幸运或不幸？

另外，本事件的揭发者——神乐坂警局的庄司局长是其多年知交，在审理上更是必须慎重又慎重。事实上，宫木法官在本事件上已倾尽其刑事审判方面的智慧，得以进行判决完全靠其明晰头脑与充沛的精悍之气。

不论是庄司局长或是宫木审判长皆是公正无惧的司法界勇猛之士，支仓会碰上，应该说是他的气数已尽。

宫木审判长日夜都在思索该如何解决本案。支仓所犯的罪行中，最严重者是杀人，但在确认这点之前，须先确定被害尸体是否为小林贞。被害尸体若非小林贞，问题根本就从中心被推翻。而就算确定是小林贞的尸体，还是有着是自杀、他杀或失足致死的问题存在，不过，主要还是以确认尸体为优先。而，依预审调查报告所见，很难说已证实。这是宫木法官的法，加上能势辩护人似乎也有相同心思，因此他立刻允许辩护人提出的鉴定申请，同时指定头盖骨由一位鉴定人负责，一部分衣物破片由两位鉴定人负责。

十月二十五日第三度开庭，立刻传唤上述的鉴定人。

一位是受命鉴定头盖骨的帝国大学医学系助教友长医学士，对这门学问有丰富经验。另一位是本乡的裁缝女学校校长田边，他是此道的专家，声名远播，受命鉴定布片。

头盖骨的鉴定事项如下：

▲鉴定事项

一、关于大正六年在押第二八八号二十八项的头盖骨，鉴定此人之性别、年龄、容貌特征、营养程度和可能死因。

特别是上颚门牙是否几分前突，下颚犬齿是否较普通人为长，犬齿是否为俗称的鬼齿。

下颚、犬齿咬合时，上颚齿列是否突出？智齿是否存在？

以上

裁缝女学校校长受命鉴定的事项如下：

▲鉴定事项

一、关于大正六年在押第二八八号十五项的布片之质料和底色。

是否为衣带使用之物？

若是衣带，由布片观之，衣带宽度如何？

若是衣带，是否为腹合带？

如果是，其所能想象的原形如何？

是否能够算是毛织片折叠其上、一侧缝合（不知是否一侧的全部）的破片？

以上

鉴定人承诺之后，立刻退席。

另一位鉴定人是高工教授佐藤，他虽是在晚了四五天的十月二十九日第四度开庭时被传唤出庭，但是为了方便起见，在此并述。

其鉴定事项很简单：

一、关于大正六年在押第二八八号十五项的布片之质料、染色、图案如何？

在十月二十五日的第三庭，鉴定人退席后，接下来依序传唤证人出庭。

首先入庭的是古井浚渫工人，审判长讯问时，他答讯的内容与预审法庭时大同小异。随后入庭的是尸体打捞出井时，负责验尸的医师，他的陈述也和预审法庭时相同。

接着出庭的人是神户牧师。神户牧师紧抿着嘴，两道浓眉高耸，站上证人席。

被传唤出席公开审判庭，他绝对不会觉得愉快。当然，他与被告不同，并未犯下任何罪行，是丝毫没有羞耻感，但依我国的民情，上法庭本身就非愉快之事，何况还得受到审判长充满权威的讯问，只要有一点错误，立刻被严厉追究，有时候更必须受到居于反对立场的辩方律师讽刺的质问。身为牧师，这样的遭遇让他觉得是一种侮辱。而且证言涉及的尽是支仓的私行，还牵扯到是否强奸女人，实在是非常令人不快！

可能没有人像神户牧师这般因本事件而受到严重困扰吧！有不少人因支仓事件而苦恼，但他们都是基于职务或是直接与事件有关系者。只有神户牧师是单纯因小林贞的事介入支仓和小林贞的叔父之间，受托调解纠纷。

可是站在审判的立场，神户牧师的证言却非常重要。即使确定从井里打捞起来的尸体是小林贞，接下来的，是否支仓杀害她之后推落井中呢？却欠缺不可撼摇的有力证据，而且，支仓是否真有必须杀死小林贞的迫切需要？也变成重点，这么一来，详细了解支仓与小林贞关系的神户牧师的证言就非常具有分量。何况，他还见证支仓的自白！

以神户牧师而论，他既然身为证人，不可能扭曲事实的陈述，而且以他的为人也不会扭曲事实。问题在于，神户牧师的每一句话都会对支仓的命运造成重大影响，因此，应该没有像他这样困扰的证人吧！

神户牧师咽下一口唾液，小腹用力，抬头面向审判长。

审判长依惯例询问后，转为严肃语气，问及证人与被告的关系。

神户牧师如在预审法庭陈述的述及和支仓的浅交关系，继而述及小林贞的事，以及调解支仓与小林定次郎的经过。

"刚开始时，支仓一直不愿说出与小林贞的关系，后来才当着我面前羞耻忏悔地逐一申述。"说着，神户牧师闭上嘴，低头沉默不语。

审判长紧接着问："当时被告向证人坦白使用暴力侵犯小林贞吗？"

此一回答相当重要，法庭上所有人的视线全部集中在他身上。

支仓可谓始终一贯地否认强暴凌辱之事，坚称乃是彼此情投意合之下所为。是情投意合？抑或强暴？乃是掌握支仓死命的关键！支仓对神户牧师自预审法庭以来的证言深感怨恨，而在往后长达数年间，对他曾尊之为师，也在小林贞事件充分帮过他，让他在请愿书上特别强调"靠可敬的牧师调解，将事情解决"备感恩义的神户牧师，极尽咒骂能事，咒其为假牧师，是与庄司局长同流合污意图陷他于死地，到了最后更是恐怖诅咒。

支仓会诅咒并呐喊说"庄司局长与神户牧师联手企图陷害我"，其中有些许理由。那是因为局长和牧师同样毕业于北国某高等学校，神户是学长，彼此虽非同届，却在东京的同学会上经常碰面，有着相当交情。

听说此事后，支仓忍不住怒叫说神户牧师为了庇护庄司局长而做出对自己不利的证言。

再怎么说都是有关一个人生命的大事，仅仅只是因为曾经就读同一所高等学校，就在法庭上扭曲证言，何况又是身为牧师，绝对没有这种道理，应该只是支仓偏激的想法吧。

不过，关于两人就读同一所高等学校，在此略述一则有趣的插曲。支仓事件稍后不久，某部会官员山田健以棒球棒殴杀御用商人的事件，相信诸位读者应该记忆犹新吧？山田也是与庄司利喜太郎同一所高等学校，只是晚了好几届。山田个性豪爽、乐于助人，学生时代经常替朋友背黑锅，某次，一位同学喝醉酒闹事被警方拘捕，事情相当棘手，山田找上母校前辈、当时担任警视厅官房主事的庄司，请他帮忙。庄司也因为事情仅是起因于酒醉闹事，找当地警察局长游说，释放了该学生。

其后不久，山田又脸色苍白地前来警视厅求见庄司，说是朋友杀了人，事情即将曝光，想逃往满洲，希望警方能睁只眼闭只眼让对方逃亡。

庄司当然摇头了，"不可能！"

后来，庄司曾经告诉别人，"酒醉闹事和行凶杀人岂能一概而论。"

可以相信，神户牧师也是如此，陷人于杀人罪和庇护同一母校的朋友，两件事根本不可同日而语！

对于审判长问及的被告是否强暴之点，庭上所有人专注全神等待牧师回答。但是，他说出的却是令人出乎意料的回答：

"这件事我无法回答。"

满庭哗然。

在公开审判庭上,证人堂堂拒绝证言,可谓史无前例!

宫木审判长对神户牧师之言深感意外,立刻严肃地提高声调,"是有什么理由吗?"

神户牧师毫无怯色,"支仓因为我是牧师才会说出其秘密,亦即,他并非自白,而是忏悔,我只不过是他向神告白过程中的中介人,我不能随便在公开席上陈述已经向神忏悔之人的罪行。"

"这么说……"审判长为牧师的理由堂皇之言而面露难色,"证人打算在法庭上拒绝证言?"

"我既是神的仆人,"牧师回答,"同时也深知应该尊重法律。如果法令强制,我一定遵从。"

"原来如此。"审判长沉吟片刻后,立刻宣布休息,朝着陪审法官们眨眨眼,缓步退庭。

没过多久,合议似乎有了结论,审判长和刚刚一样缓步出现。入座后,立刻传呼证人。

"本席再问一次,证人真的拒绝基于法律的证言吗?"

"不。"牧师回答,"未必如此。"

"那么,本审判长依职权要求证人在本庭陈述支仓向证人的告白。"宫木法官宣告。

神户牧师紧咬下唇,脸色苍白地沉默不语,不过看似很快下定决心,开口说:"既然如此,那也是无可奈何的事。支仓当着我面前告白以暴力侵犯小林贞。"

"嗯，"审判长满意地颔首，"他是怎么样告白的？"

"支仓述说在家中二楼趁妻子不在时要求小林贞按摩，不知不觉间勾起情欲，终于违反小林贞意志地进行侵犯。证人也知道支仓向小林贞的父亲道歉之事。"神户牧师额头冒出冷汗，脸上浮现苦闷的表情，回答。之后，又和方才同样低头默然。

对于支仓相信自己所做的告白，自己却不得不在公开审判庭上申述，神户牧师的内心一定忍受相当煎熬。数年后，他回顾当时的情景，说：

"基于我的立场，我希望当着社会公众面前申述一件事，那就是，法院是否能够强制要求牧师以证人身份讲出被告向牧师精神告白的内容？在初审法庭上，面对当时的审判长，我曾经拒绝，但是庭上合议的结果，挟其权威强制要求我证言，导致必须当庭详述被告支仓有关奸淫事实的告白。这是我身为牧师迄今仍旧感到不服之点。"

从上述文章和当时在法庭上所说之语可知，神户牧师的个性相当强硬。他的拒绝证言绝非为了庇护支仓，只是展现身为牧师的良心之一。当然，如果成功地拒绝证言，对支仓来说，其秘密不会被揭开，绝对有很大的好处，也就是说，即使牧师并非积极想庇护支仓,还是能够减轻支仓的困扰。

但是,结果牧师仍旧非说不可,而且反而因他曾经拒绝的事实,加重了证言的分量!

代表被告利益的能势律师,当然不可能漠视这样的变化。

发现神户牧师证言的加重分量对被告权益构成严重影响,能势律师当场站起来,向审判长提出质问证人的要求。

"若真是如证人刚才所陈述的内容,问题非常严重,所以,证人能够说明所谓被告道歉的方法是怎么回事吗?"

这是能势律师提出的第一个问题。

"那是……"牧师瞥了律师一眼,"第一,要写道歉函给小林兄弟;第二,负责治愈小林贞的病。"

"证人有对小林兄弟说过,如果被告坚持是通奸,就要对被告提出控诉吗?"

"因为被告已经向我自白是暴力侵犯。"牧师冷冷回答。

"那不是问题重点。不过被告似乎一直向小林兄弟坚持是通奸。"

能势律师停止质问。追问太多并没有用!虽然证人陈述被告强暴侵犯,只要让法官了解小林兄弟并不太在乎这个问题,就已经算是成功了。

神户牧师的讯问到此结束。

审判长接下来继续传唤小林兄弟、高町医师和其他几位证人出庭。

最后，审判长则问被告，对于之前证人们的陈述内容，是否有意见、辩驳、反证等等，被告支仓回答没有，于是审判长宣告当日闭庭。

十月二十七日，宫木法官对有纵火嫌疑的支仓旧宅进行实地验证。

十月二十九日和十一月八日分别继续开庭，主要针对与盗窃圣经相关的证人进行讯问。

其间，中央气象台对于有关小林贞行踪不明的大正二年九月二十六日当天天气的答复也送达。内容洋洋洒洒地写了一堆，但，最后一行却是"没有月光"几个字。有月光的话，还能当成消极的反证，亦即，就算在原野里，月光之下也是很难行凶，可是"没有月光"的话，什么都不必再说了。

进入十一月，前述的鉴定结果纷纷出来。每份鉴定结果皆是精细入微，描述详尽，不过在此只列举结论。

有关布片的鉴定如下：

▲鉴定

第一要点：一侧是深蓝底、有褐色图案的友禅毛织质料，另一侧是黑色毛纺编成的昼夜（译注：不同色泽的两面）女带的一部分。

第二要点：与第一要点的深蓝底、有褐色图案的友禅毛织质料相同。

第三要点：肉色或白褐色底，上有红色或金茶色图案的友禅毛织质料。

第四要点：桃色底，上面有红色图案的友禅毛织质料组成的缝线之一部分。

第五要点：与第三要点的布片相同。

第六要点：毛织质料与黑色毛纺交叠缝合的一部分。

大正六年十一月七日

以上是高工教授佐藤的鉴定部分。裁缝女学校校长田边的鉴定如下：

▲鉴定

如以上所详述，推定主要是黑色毛纺搭配蓝鼠色鹿子形捻染毛织的腹合带，宽九寸，内外长八九尺，一侧全部为黑色毛纺，另一侧将黑色毛纺折叠，不足部分缝上毛织质料接合而成，通常是将黑色毛纺朝内对折系上。

大正六年十一月十日

从死亡经过六个月后，由井里打捞起来的尸体，再埋葬土中三年后挖掘出，所穿着已经褪色破烂，完全不知原形的衣物破片，居然能够推测出原来的状态，只能惊异于科学的力量。而且，推测出来的服装和小林贞离家当时所穿着的服装完全一致。所谓因果，其可怕之处在于，如果小林贞是穿很寻常的服装，可能很难以断定吧？但是从田边校长的鉴定可知，她当时系着很特异的衣带，所以借着残存的衣带破片能够确认她的身份。这大概只能说支仓气数已尽吧！

尸体打捞起来之际，陪同验尸的品川警局桦太探长，三年后的现在虽调任真冈分厅，仍在东京地方法院的请托下，接受当地地方法院的调查。对于小林贞系着怪异衣带之事，他如此陈述："衣带当然并非普通的女用衣带，也非细绳带，而是稍微宽一些、女人应该可以使用的细带。由于经过太长时日，其他大部分过程皆已忘记，却清楚记得并非普通的女用衣带。"

友长医学士的鉴定书是在十二月十九日送达。循例，只列举结论。

▲鉴定

依前述检查记录说明的理由鉴定如下：

一、本头盖骨为女性。

二、本头盖骨的年龄推测为十六岁至二十岁。

三、本头盖骨的头盖为中高型，颜面稍微长，鼻梁为中型，下颚为前翘型。

四、本头盖骨的性年龄已相当发育。

五、本头盖骨的死因不明。

六、本头盖骨的上颚切齿看起来或许有几分前突。

七、本头盖骨的下颚犬齿比普通人长。

八、本头盖骨的下颚犬齿能称为鬼齿。

九、本头盖骨的下颚犬齿咬合时突出于上颚齿列前。

十、本头盖骨的智齿下颚有存在齿槽内，上颚则不明。

根据上述诸位专家的鉴定可知，被挖掘出的尸骸乃是小林贞无误。

接下来的问题是，支仓是否真的杀死她？

这点完全要看他在警局的自白之真实性，再综合各证人的证言，然后根据法官的心证予以判断。

持续开庭、讯问证人、听取鉴定人答询之间，支仓多事缠身的大正六年终于过去了。

大正七年一月十九日，公开审判初审第六庭开庭。此时，能势辩护律师提出实地验证"号称埋葬小林贞之人遗骨的坟墓"和鉴定遗骨身体部分的申请。他的想法应该是，如果携回神乐坂警局首度挖掘时挖错的骨骸，或许能够从中找到有利于被告的辩护材料也不一定。

审判长当庭允许，遗骨的身体部分立刻再度交由友长医学士鉴定。

但是鉴定结果，遗骨的身体部分为四尺二寸，乃是十六岁至二十岁女性的正常骨架，证明是先前带返的头盖骨之身体部分。

二月十六日、五月六日、六月十日、同月二十五日、同月二十六日连续地开庭，进行证人的传讯和被告的讯问，又历经检察官和辩护律师的交叉质问，到了七月九日，合议庭终于做出判决。

所下的判决是冷冰冰的两个字"死刑"。

三封信

盛夏午后，阳光虽已稍微西斜，却仍然在庭院投射灼热的炫眼亮光。神户牧师端坐在书桌前，让看书看累的脑筋稍微休息。若有似无的和风吹响挂在檐前的旧风铃后穿透窗帘，轻抚一下被汗湿单衣透湿的肌肤，然后逸失无踪。

神户牧师忽然想起今天早上收到的法院传票，眉头立刻深深皱起。他的脑海清晰浮现不愉快的回忆。

大正六年冬天，也就是前年，他第一次被传唤至神乐坂警局，听到支仓喜平各种恐怖的罪状，也见证其自白，直到去年夏天初审结束为止，无数次被以证人身份传唤出庭，那种痛苦的内心折磨实在终生难忘。

去年夏天初审结束的翌晨，他的妻子以分不清是不安或是心安的神情，问他说："支仓终于被判处死刑了？"

"嗯。"牧师无精打采地回答。

"会再上诉吧？"

"当然啦！"

"这么说你又要被传唤为证人出庭了？"

"当然会吧！"

妻子不再开口，望着丈夫。牧师也望着妻子关怀的脸庞。妻子明显地叹息，丈夫悄悄在内心叹息。

支仓果然提出上诉。审理又再度反复展开。由于被告的身体状况、辩护律师的时间配合、法院的庭讯安排，公开审判延期又延期，一年又如做梦般地过去，审判却未能顺利进行。

神户牧师虽认为延缓审判是辩护律师的策略，却也无可奈何。随着审判的延搁，被告仅止于调查报告的犯罪事实印象逐渐薄弱，证人们开始厌烦，法官也开始失去热心。辩护律师如果趁此机会巧妙运作，结果应该能让本案变成证据不充分吧！

况且一再延缓审判，对于每次皆必须以证人身份出庭的神户牧师来说，承受的痛苦程度也愈来愈大。

对于五六年前发生的事，而且是每次都要反复提及的证言，随时皆得准备重新陈述，若不算是痛苦是什么？问题是，神户牧师的痛苦并非仅止于此！

支仓提出上诉后当然仍得回监，但是他在狱中几乎可说每天——实际上或许每个月四五次，不过对牧师而言已感觉像是每天——寄信给他，内容千篇一律是："神户先生，请说出事情真相，不要和庄司同流合污欺负我，请说出真相。"

而且，刚开始时虽是哀叹恳求的语气，却逐渐带着恶意，最后变成侮辱咒骂。

神户牧师尽量不予理睬，但久而久之，对支仓的执拗做法开始气愤了,每次见到信就忍不住心烦气躁。

"又来了呢!"他的妻子也是每次见到信就脸色大变,抱怨着。

"别管它,把信丢掉。"

牧师大都是尖叫回答。

支仓充满怨恨的信一直未停歇地持续寄来。不,毋宁说是更加频繁。

神户牧师一面想着这些事一面凝视庭院时,妻子拿着一张名片进来了。

"这个人想要见你,说是为了支仓的事。"她不安地窥看丈夫的脸。

名片上印着"救世军上尉　木藤为藏"。

神户牧师完全不认识什么救世军的木藤上尉,注视着名片良久,不过,对方既然说是为了支仓的事,也无法避不见面,只好要妻子请对方入内。

后来他才明白,这个姓木藤的人物是废娼运动的急先锋,经常在青楼艳窟进行废娼演说,援助娼妓的自由废业。他受到青楼老板们强烈压迫,但是毫不屈服继续行动,也曾经被暴力组织分子包围饱以铁拳,更曾经遭无赖汉持刀追杀,诚属遨游于生死之间的壮烈之士。

此人五短身材,看起来颇壮硕,不合身的士官制服紧绷住身体。

"初次见面,请多多指教。"木藤一坐下,立刻大声打招呼。

"不敢当,请多指教。"牧师恳切地回礼。

"天气相当热,牧师先生的工作如何?像我们,在这种大热天里,可真是难过。"

"当然啦,你们一定很辛苦吧!我们虽说是在工作,很惭愧,和平常并没有什么不同。"牧师谦虚地说。

"不,我们也是一直不太顺利。"救世军士官不住地拭汗,"对了,今天冒昧前来,是为了想请你帮忙支仓喜平之事。"

"哦?"牧师看着对方因暑热而通红的脸。

"我为了别的事前往东京监狱,忽然被支仓叫住,告诉我他的遭遇。虽然我不知道他所说的话是否全部是事实,却觉得他是个可怜人,才会前来找你,希望牧师先生能够想办法救他。"

"原来如此。"神户牧师颔首,"你所谓的救他是该怎么做呢?"

"我也不知道怎么说。"木藤上尉摸摸头,"也就是,希望你可怜他,陈述一些对他有利的证言。"

"提到对他有利的证言。"神户牧师肃容道,"也就是不能照以前所说的,必须为了庇护他而扭曲事实?"

"不,也并非那么严重。牧师先生的证言最主要是心证的问题,就算没有扭曲事实,凭着观点的改变,也可以做不同的解释，对吧？"

"或许吧！"牧师严肃说道，"所以我就是依自己的解释在法庭陈述。当然，我曾经表示拒绝，但是既然已经说出，我的观念就是完全负责，今后也不会再有所更改。"

"那当然！不过，先生如果能够同情他……"

"且慢！"神户牧师打断对方的话，"从你方才至今说的话中，好像认为我恨支仓，不过，如果你这样认为，那就大错特错了。我绝对没有恨他，甚至对他还充满怜悯之情，但是身为宗教家，我认为无法干涉他乃是法律上的罪人之点。或者，你有他真的是冤罪的确实证据？"

"不，不是的，我也充分承认他是恶徒。可是，正因为是恶徒才更需要拯救，不是吗？"

"拯救恶徒的说法我没有异议，不过那是在宗教有关的范围内，无法及于法律之上。"神户牧师不知不觉狂热起来。

"但是……"木藤上尉也不屈服，"法律上的罪人也应有拯救之道吧！譬如，雨果的小说《悲惨世界》中，米里哀主教不也救了主角冉阿让？"

"你可能是误解了吧！"神户牧师注视上尉的脸，"支仓在狱中无数次写信给我，说什么：'神户先生，你是牧师，请说出事情真相'，或'如果因为你说出事情真相让我能够得救，我愿意为你做任何事'，我想，他对你应该也是讲相同的话吧！也因为这样，你才会要我在法庭陈述虚伪的谎言，对吗？你或许是最近突然遇见支仓，听他说是被冤屈入罪，而完全相信也不一定。可是我认识他已经很久了，也见证他的自白，所以，如你现在相信他说的话一般，我也不得不相信他的自白。就像你，既然相信他现在说的话，应该不能不相信他以前说过的话，不是吗？"

"那当然。"木藤点头，"但我也并非完全相信他冤罪，因此，重点不是他说的话正确与否，而是他现在已流着悔悟之泪，何不怀着侠义心肠救救他呢？"

"原来如此，我能理解你的想法。身为宗教家，皆必须有拯救可怜的囚犯、落难的娼妓，或是贫民窟的穷人之侠义心肠，但是，那也需要视情况而定。像眼前这样已经成为法律上的问题，我无法基于侠义去拯救正在法庭上争是非曲直的他。只要站上法庭，在强权之下，我就必须陈述我认为真实之事。"

"牧师的意见我很了解。那么，能否在法庭的证言以外，对他多少表示好感呢？"

"如前所述，我对他并未抱持恶意，所以如你所说，今后就尽可能继续对他抱持好感吧！"

"这是我最高兴听到的话。还有……"木藤犹豫一下，接着说："关于小林贞的事，支仓当时应该写过几封信给你，现在他认为信的内容与自己的利益有关，希望向你全部借回，不知意下如何？"

"信？"神户牧师脸上掠过不快的阴影，"我并没有保留信件的习惯，所以支仓当时寄来的信件也不知是否保留下来。

不过，那真的有关他的利益吗？"

"这我就不得而知了。反正他表示想借回，所以希望你能够找找看。"

"借给他倒是无所谓。那么，请你等一下！我这就去找。"

神户牧师站起身，走向角落的书柜前，拉开抽屉翻找，没过多久，手上拿着一束信回来，坐回原处。

"支仓当时寄来的信只留下这些。"神户牧师将信推向木藤面前，"我想这已经是全部了。当时我做梦也没想到会碰到这种麻烦事，可能没有一一保存。如果对支仓有帮助，你就拿去吧！"

"是吗？谢谢你。你的盛情，支仓一定会很感激。"

木藤随手将信塞入口袋。

神户牧师听信救世军的木藤上尉所说的"支仓的希望"，将支仓以前写给他的信交给木藤。

木藤上尉讲了一些感激之语，并说今后仍请多多指教，告辞了。

上尉离去之后，牧师觉得有点倦意，同时又想起支仓怀恨自己的那种神情，仿佛头顶覆盖着灰色的不快云朵般，心情抑郁。

妻子担心见面的结果，前来询问。

他只是淡淡回答："没什么。"

神户牧师并未注意到，因为借出这几封信，日后反而替自己带来极度的困扰！

在此，话题转到支仓身上。支仓自从初审被宣判死刑以来，他耿耿于怀的无非如何能够逃离死神的手。因此，包括律师在内，只要见到人就诉说自己遭受冤屈。他写信向审判长反复申述自己是在神乐坂警局遭受刑求而不得不虚伪地自白；另一方面，他也每日寄信至神乐坂警局，内容写满对庄司局长和手下的刑警们的恐怖威胁言词。这样他还意犹未尽，既不断向各方面放出对庄司局长的恶意批评，还每天寄明信片给司法当局，要求将庄司局长免职。

当时的支仓头尖如针，一心一意只专注于如何脱罪。由于他本来就有过人的智慧，每当夜阑人静在牢房里辗转反侧时，头脑反而更加空灵，绝对时刻进行着种种谋略的策划。

他搜寻以前的记忆，在脑海思索各种反证材料，忽然想起昔日写给神户牧师的信。认为在这些信里应该有自己针对小林贞的问题，谴责小林兄弟的行径，详细申辩自己立场的内容，若是握有这些信，应该可以打开有利的局面，于是他拜托对自己甚表同情的救世军士官木藤，终于拿到这些信件。

接到信件时，他嘴角浮现阴森的微笑，仔细看着自己写的每一封信。但是读着之间，他脸上的笑容消失，转为遗憾的表情，因为，信上无法如预期找出有利的内容。

他盯视昏暗的牢房一隅，不久他发现，依自己的记忆，写给神户牧师的信还差了三封。他两眼圆睁，剧喘不已，神情恐怖地呻吟出声："唔，一定是被藏起来了。"

缺少的那三封信对他真的那样有利吗？恐怕还是一大疑问。但是对于目前集中全力想要脱罪的他而言，发现少了三封信，绝对会像钓鱼人认定逃掉的都是大鱼一样，不，这样的比喻太欠缺严重性，因为事关生死存亡，他一定认为这三封信能让自己死里逃生！

"可恶的神户牧师，一定是受庄司所托藏起对我有利的三封信。"

支仓再度大叫。

翌日，他立刻提笔疾书，寄明信片给神户牧师。

"神户先生，请你不要与庄司串成一气地欺负我，请你不要把我的信藏起来，赶快将三封信还我，否则我会对你提出控告。"

大正八年二月七日第一次公开审判二审的审理，至同年五月三十日为止总共开了四庭，之后，能势辩护律师申请："被告支仓喜平从以前就记录本事件的真相，上卷已经完成，中卷应该近日内会完成，至于下卷则尚需一个月左右，因此希望延期审判至记录全部完成。"

所以，公开审判就这样延搁下来，其间，只有圣经公司撤销控诉时短暂开庭。转眼间，这一年又结束了。

在大正九年二月二十日的第五庭，能势律师提出支仓在狱中详细记录的上中下三卷六册作为参考文件。审判长和列席的法官、检察官阅读之后，表示有进一步详读的必要，宣告当庭保管。不过，这也是后来每次开庭时，支仓随身携带的包袱中必备的文件。

审判长当时威仪并重地问："刚刚呈上的书册所记录之事都是事实，而且没有遗漏？"

"是的，完全是真实记录，也无遗漏。"支仓神色自若地回答。

支仓一方面向审判长提出如此浩瀚的记录文件，另一方面也不怠于寄出满怀恨意的信件给庄司局长和神户牧师。

当时神户牧师接到的信有着如下内容：

"神户先生，你若是真正的牧师，请不要说谎，如果因为你说谎而令我更加困扰，我将绝食而死，诅咒你的子子孙孙。"

"我为何要杀害阿贞呢？请你仔细想一想。先前事情犹未解决时都没有杀她了，何况是已经解决呢？而且，阿贞又不是在和我仍有关系之间行踪不明。"

"神户先生，当时我寄给你，详细叙述小林贞与我的行为，以及我何月何日付给高町医院医药费和住院费，并且说明并非强奸等等内容的信，请你交给法院吧！还有，详述我二十六日早上何时出门，前往何处做了些什么事，几时几分回家的内容之信，也请你交给法院吧！二十六日早上至回家为止的一切行动，当时我都详细对定次郎和你说过，而且应该也在书面上详细述明，请你赶快交出吧！"

支仓认定神户牧师受庄司局长所托藏起了三封信，内心愤

293

怒如狂，后来也为此尝试控告神户牧师伪证罪，造成牧师无比的困扰。

牧师本来就不是故意要将信藏起来，只是在木藤上尉前来借信时没有找到，现在支仓如此穷追不舍，他终于也忍耐不住，在家中到处翻找，终于很幸运地寻获，交给法院。

但是，信上的内容并非如支仓所述！

大正九年公开审判开了第五六、七八九庭，皆只是反复调查既有的事实，唯一出现的新事实就是，警视厅照相课的技师根据小林贞的照片计算出其身高。

大正十年，公开审判只开了一庭。

很快地到了大正十一年。自初审开庭迄今，支仓已经身系狱中满五年。其间，他持续执笔陈述自己含冤受罪，也持续写诅咒信，实在是个可怜人！

但是，这时发生一件令他情绪更加恶化的事件。

诅咒

"暑热时节，不知心情如何？

称你为狗牧师，应该没有异议吧！这点你自问良心即可明白。你受庄司利喜太郎所托，只随便带来三封信就想将我支仓喜平打发过去吗？别傻了，以为你们两人联手就能遮天。在神的面前，你不觉得惭愧吗？若是真正的牧师，早就惭愧地自杀了。除非你交出庄司利喜太郎要你藏起之物，否则我不会善罢甘休。

大正十一年八月八日"

"你和庄司利喜太郎联手藏起一切文件资料让我受苦，未免太残酷了，你是魔鬼？或是蛇？把一切文件资料叫庄司交出来。

大正十一年九月二十日"

"神户先生，你受庄司利喜太郎所托只带来三封信，你以为我支仓喜平会这样就放过吗？你的良心不觉得惭愧？把庄司藏起来的东西全部交出来，否则我会让你好看。

大正十一年九月二十三日"

"秋凉时分，很愉快吧！

（与前述的暑热时节相比，不知心情如何？内容完全相同。）

大正十一年十月二十三日"

"假牧师：

如果你不要心机地说出一切实情，我将什么话也不会说地尽力保护你的名誉，但是你欺骗法官和检察官，阴谋欺瞒，我当然不可能置若罔闻。

（以下和前文内容完全相同）

大正十一年十月二十五日"

"（和前文内容完全相同）

大正十一年十月二十七日"

仅仅一个月之间，支仓寄达神户牧师家的诅咒明信片就有六封，当然，牧师只好苦笑地不予理会。

但是，开春的大正十二年一月一日元旦，支仓寄来以下内容的信：

"恭贺新年：

祈祷与庄司利喜太郎勾结、藏匿无数文件资料、伪证陷害无辜的喜平入罪的神户身体健康。

由于文件资料遭藏匿，已因无辜之罪被羁押七年。

冤枉者　支仓喜平"

读了这封明信片，就算是神户牧师，也不禁为支仓的执拗恶意吞下悲愤之泪。

但是，支仓为何会恶化至这种程度呢？

他真的是如自己声称的被冤枉入罪吗？如果真是这样，无从辩驳、身系狱中长达六年，会诅咒世间、憎恨世人，或悲叹或愤怒自是理所当然。而就算真的犯罪，在长达六年的持续咆哮、怒吼自己是冤屈之间，或许也会在不知不觉间坚信自己真的是无辜也未可知。加上他的个性既执拗又刚愎自用，历经长期牢狱生活，会逐渐变得凶暴并不足为奇。

但是，让他的态度骤然遽变的主要原因是，他的妻子静子背他而去！

各位读者非常明白支仓是如何深爱妻子吧！他的爱是那种几乎可称之为变态的强烈且偏执的爱。所有囚犯心中惦念的都是妻子的事，支仓当然不会有例外，也所以才会拼命想逃避死亡，憎恨地诅咒神乐坂警局局长。

某日上午，因为最近静子较少来面会自己而感到不安的支仓，听能势律师提及她已另有男人时，立刻愤怒如狂，凶狠地瞪睨能势律师。

能势也大惊失色。

得知静子背叛自己,支仓的形貌实在可怕,两道浓眉上翘,双眼圆睁,神情悲痛,紧抿的嘴唇不住颤抖,呻吟似的用力剧喘,恰似被激怒的阎王一般,若是胆小之人,很可能吓得闭上眼讲不出话来。这是能势律师后来向好朋友形容的情景。

静子为何背叛他呢?是谁诱惑贞淑温婉的她呢?笔者虽然不知她此后的讯息,但是,又有谁能责怪她?在父母安排下嫁给毫不知其有前科的丈夫,育有一子之后,丈夫立刻被羁押,而且是因为杀人罪获判死刑。尽管他口口声声说是遭人陷害,可是家中连一毛钱也没有,又守着多年空闺寂寞,虽说抛弃正在狱中呻吟的丈夫另寻可靠男人是寡情了些,却也是无可奈何吧!笔者会为薄命的她洒下一掬之泪,却不忍心责怪。

身系狱中,唯一的依靠丧失,前途又毫无指望,即使身为男人,支仓在夜阑人静时,面对牢窗,应该也不知痛哭过几回吧!

他是不忍妻子受到折磨才会在神乐坂警局自白。依他的说法是深信警员所说的"不必担心你妻子的日后生活",所以当他知道应该是妻子生活支柱的房子遭到扣押、眼看就要流落街头时,他的情绪首度恶化。如今遭妻子背叛,斩断一朝的恩爱羁绊,虽有能势律师、木藤上尉的同情,也等于变成天涯孤客。再加上属于被囚之身,活生生地成为诅咒之魔是他唯一的路！

他诅咒的目标是神乐坂警局的庄司局长。他不断寄出恐怖的威胁信，单只是庄司局长前后收到的就有七十五封，此外，也不知他是如何查出的，还遍及局长的亲朋妻友，毕业的小学、中学、户籍所在地的户政事务所和其他任何相关者，甚至连局长夫人毕业的女学校校长都惨遭波及。

听说局长夫人娘家因为频频收到要挟信，导致女仆吓得请假逃离！

从监狱寄出的信件通常皆受到检查，内容有问题者会被扣住，但是由于检查人员众多，人多手杂的情况下，还是难免有所疏漏。

支仓的书信并非全部获准寄出，有相当多都被扣住，由此也可想象他究竟写了多少信了。他曾向典狱长请愿，表达对信件检查的不满：

"虽然明知不该请愿，但是我寄出狱外的信件常遭扣留，说什么这里那里有问题不可寄出，或是非得修改或涂掉这边那边才能够寄出，等等，在信上画记号。这是何等歧视啊！"

大正十一年六月七日公开审判第十二庭开审。

支仓彻底怒叫地否认犯罪事实。

"因为在神乐坂警局时，庄司局长泣诉哀求说要和我结拜成兄弟，希望我看他的面子自白，我才会做出全然虚伪的自白。庄司说过，头盖骨是品川某糕饼店老板女儿的头盖骨，根本不是阿贞的头盖骨。"

这次开庭时，审判长确定下次开庭传唤辩方律师数度申请却未被获准的神乐坂警局的佐藤调查主任和石子刑警出庭为证人。

"东京监狱羁押六年，冤枉者支仓喜平"
这是大正十一年左右，支仓在其信上必然会有的署名。

他在六年的漫长羁押期间，持续申诉冤罪，始终坚持自己是在神乐坂警局受到严刑逼供而自白。他究竟会被判处无罪呢？抑或是死刑？绝对不失为明治大正间的一大疑案。

见证支仓自白的人可能相信他是真实犯罪，可是在他遭收监以后听他申诉的人，应该又会相信他的说词。木藤上尉可怜他而伸出援手，能势律师又纠举神乐坂警局的刑求不当，尤其是后者只要一有机会就在报章杂志或演讲中高呼官警蹂躏人权，加上被告支仓的个性又与众不同，搭配能势的宣传，自然而然造成舆论喧腾，聚集朝野视听，使支仓事件成为天下一大问题。

能势律师一直想要掐住神乐坂警局警员的脖子，一举解决事件，而无数次申请传唤局长以下之人出庭，却始终未获准。这次，虽然仍未获准传唤最重要的局长、如今已是警视厅官房主事的庄司，却准许传唤调查主任和自事件开始就奔走逮捕支仓的石子与渡边刑警，能势当然摩拳擦掌全力以备，打算深入追究，只要对方的答辩出现前后矛盾，立刻直捣黄龙，扭转成有利局面。

支仓仍旧持续寄出威胁信，特别是将主力放在庄司局长与石子刑警两人身上。

在此必须稍微述及，支仓在这么多年之间，如何筹措出审判和其他费用呢？别的不知，光是邮资就是一笔相当庞大的金额了。

举一例来说，神户牧师夫人就屡屡接获如下内容的明信片：

"虽是难以启齿，但是接获此明信片时，能否寄一百张三钱的邮票给我呢？等我出狱后一定奉还。"

相信一定还有其他人接获这种带有敲诈意味的信吧！

大正十一年六月七日的公开审判第十二庭，除了审判长以及各合议庭法官，庭上还有能势辩护人和其他两三位律师，以及特别辩护人救世军士官木藤。由于此次开庭传唤神乐坂警局的警员站上证人席，必须视为是决定支仓命运的重大审判，支仓当然携带自己笔记的大量文件资料坐在被告席上。

最先出庭的是石子刑警。与支仓事件有关的神乐坂警局警员中，大岛调查主任已在侦讯期间因病殉职，活跃于整个事件的干练刑警根岸去年病殁，石子刑警是除了局长以外唯一的现存主要人物，因此在审判长尖锐的讯问、能势辩护律师的穷追猛打之下，石子刑警几乎成为代替神乐坂警局接受责难的对象。

他受到能势律师针对拘捕支仓前后至支仓自白为止的过程尖锐讯问，不过仍然略带激动地侃侃回答。等到话题转至挖掘尸体当时的情形至发现骷髅时，能势的讯问内容更猛烈了。

"警方不是说有两个骷髅吗？"能势辩护律师瞪着石子刑警，问。

"没有。"石子刑警蹙眉回答。

"不！被告确实说他见到两个骷髅。"

"不可能。"

"警方是否也让被告之妻看骷髅？"

"我不知道。"

"警方不是用骷髅抵住被告，要求被告舔吗？"

对于能势律师质问警方要求被告舔骷髅之语，证人石子刑警静静回答："我虽然不知是谁告诉你这种话，但是我没做这种事。"

"嗯，这么说，证人并未碰触过该骸骨？"

"在送往鉴定之前，于刑警侦讯室碰触过两三次。"

"那么，证人见过被告在警局内当着警官面前抚摸骸骨吗？"

"没有。"

"证人是否在警局里对被告拳打脚踢侦讯？"

"绝对没这回事！"

石子刑警受到的讯问可说是前所未见地详细而且漫长，但是他极力否认严刑拷问。还有，大岛调查主任和根岸刑警俱已亡故，这点对支仓而言相当不利！

如果这两人还活着,一旦分开讯问,彼此答辩内容出现矛盾,或许还另有方法可突破心防也不一定,但是现在,石子刑警能够将不方便回答的部分推给两人,导致支仓所指证之言根本无从证实。

石子刑警之后是佐藤调查主任出庭。辩方律师针对他的讯问同样极尽详细能事。以下是其中一小部分过程:

问:被告似乎很简单就自白,是因为面对齐全的证据而不得不自白吗?

答:井里打捞起来的尸体已断定是小林贞无误,剩下的问题只是自杀或他杀。若是他杀,会是何人所为呢?关于这点,讯问被告时,被告表示曾对小林贞施暴,使其感染淋病,当对方表示要提出控告时,才托人调解和谈。可是警方后来发现调解并未谈拢,再深入调查的结果,查出有人在小林贞行踪不明的期间,目睹小林贞与人同行,而且该人的相貌和被告酷似,所以据此讯问被告,被告方才自白在行凶之前带走小林贞。

问:但是根据三月十八日的侦讯报告,被告自始就坚称自己并未杀人,而是请工人带往上海卖掉,有这回事吗?

答:是的,被告最初是说把小林贞卖至上海。

问:根据隔天也就是十九日的调查报告,被告又说是自己杀人,其间是否有某种特别的侦讯行为?

答:没有。

问:被告没有说他是虚伪地自白吗?

答：绝对没有。

问：没有将挖掘出来的骸骨按在被告嘴边要他亲吻，又以消毒的名义，在被告头上放置碳酸之类的事情吗？被告宣称是有此事。

答：没有这回事。

问：当时被告害怕圣经公司请求损害赔偿，认为只要将家产转让至妻子静子名下就能放心，而以此为交换条件，要求警方设法保护房子不被扣押，自己愿意自白杀害小林贞，因而做出虚伪的自白。是否有这样的事实？

答：绝对没有。

讯问过证人佐藤副探长，接下来是渡边刑警。

审判长依序讯问逮捕当时的状况，然后转移至问题核心的严刑拷问时，突然一声怒叫回荡在整个法庭空间。

"混账东西！"

在神圣的法庭上怒骂"混账东西"的人是谁？满庭失色，循着声音传来的方向望去，见到被告席上的支仓满脸通红、面目狰狞，双手边挥动自记的文件资料边朝证人席冲去。

支仓说话大声本来就出名。而且尽管已被羁押六年，体力却仍不受影响，不但未见衰退，气色反而更佳，感觉上像是还胖了些。只是，本来丑陋的容貌愈丑，几乎能用恐怖两字来形容。此刻他燃烧着熊熊怒火，似阿修罗王般大叫冲向证人席，连站在他背后的法警也哑然不知所措。

"你这混蛋，居然敢说没有刑求！我明明就惨遭你修理。"

支仓一面怒吼一面扑向证人席的证人渡边刑警。

幸好，法警已恢复正常，慌忙自背后抱住他。

当时的情形，公开审判记录如下：

"此时被告双手抓住背后法警，手上拿着自己写成的十几册文件资料，站起身，对证人席的证人渡边破口大骂：'你这混蛋，居然敢说没有刑求！我明明就惨遭你修理！'同时挥动文件资料，企图殴打证人的头，还好被法警制止。

列席的检察官立刻提出被告企图对证人施暴，妨碍审问进行，应该让被告退庭的请求。

审判长晓谕被告说列席检察官依妨碍审问请求让被告退庭，若是尔后再有不当行为将令其退庭。被告回答绝对不会再有此等行为。审判长经与法官们合议之后，宣告被告继续在场见证审问。"

经过此一波折，支仓也未再有怒吼的情况出现，审判顺利继续进行。但，其后不知是否已成习惯，支仓在法庭上经常会发作性地骚扰，终于在翌日即大正十二年四月九日的公开审判第十五庭，因为怒吼咆哮，导致审问无法继续进行。

据说当时他的吼叫声传出法庭外，让很多人以为发生什么事地跑过来围观。

当时的记录如下：

"被告厉声叫庄司利喜太郎拿出藏匿的信件，也斥责小冢检察官不准他通信，要求赔偿损失，更以傲慢不逊的态度面对审判长，又使用不敬言词咒骂、狂叫，命令其站立原地也不理睬。"

支仓此时已清楚知道审判对自己将会愈来愈不利。这几年间，他持续努力想逃避死刑，对神乐坂警局局长以下的警员充满怨恨，又见不到思思念念的妻子，内心承受的压力已接近极限。他写威胁信给警察局长和神户牧师，主要是抱着一丝能够出狱的希望！

但是，他首先被深爱的妻子背叛，接下来，审判的结果也堪虞，既逃不过死刑，又见不到妻子，那么，这个世间还有什么指望？至此，他将全部心力集中于"诅咒"之上。

他只希望能多一刻是一刻地为诅咒而活，活着诅咒那些陷害他的人，结果终于变成活生生的恶魔。

他是如何运用邪恶的智慧诅咒周遭的人呢？俗话常说恶魔食恶而活。支仓也是每日制造恶行，食其恶，因恶而肥后更加为恶，而且，他的恶行并非法律上的恶，而是精神上更可怕的恶，遭其恶的人总是蒙受强烈苦恼。他的恶是连宗教也无法救赎的恶！

保释请愿书

支仓将自己献给恶魔，倾其智慧，做各种努力尝试，企图多延长一刻生命也好，多给怨恨重重的周遭人们一份伤害。但，他最执拗的希望还是，能够再看一眼外面的大千世界，再呼吸一口自由清爽的空气，最好是再与那些可恨的人们共抽一支香烟。

他早已觉悟无法避免死刑，因此，想到的只是保释，一方面尽量延缓公开审判进行，另一方面拼命设法达成保释目的。他呈递出多达几十封的保释请愿书，然而，全部都是无情的两个字"不准"。

他最初呈递保释请愿书是在大正十一年十月。

"被告甚至连在梦中也没做过初审遭受误判的行为，关于这点，只要庄司利喜太郎后来全部带至审判长家中，原高轮警局的胜尾探长制作的三份调查报告、保险公司当时的文件、被告本人在大正六年二月放置于深川区古石场荒卷家二楼的建设孤儿院意向书和明信片、被告和尾岛相互往还的书信、被告化名松下一郎和浅田往返的信件、庄司与神户因同一母校而联手欺负被告所藏匿的无数信件，等等，都能够出现于法庭上，立刻可以真相大白。然而事到如今，庄司已经不可能拿出来了。

问题是，事关被告一身，所以如果能让被告出狱，被告会求见律师、胜尾探长、神户牧师、佐藤调查主任、庄司局长、八田警视总监等人，协调获得圆满结局。因为被告身系狱中虽然得以不让任何人受到伤害，却无法使事件落幕。

过般三崎首席检察官曾要被告呈递保释请愿书试试看。昨天，能势律师告诉被告说，就算是误判，已被宣判死刑者获准保释并无前例，只是，官房主事藏匿所有文件资料并作伪证陷害无辜也是从未有过之事，所以有可能获准也未可知。反正，既然三崎首席检察官都这么说了，呈递保释请愿书试试也好，若能够获准，让事件完美结局当然最好。

被告只要可以出狱，会和大家见面以便解决事件。前述的文件资料应该是秘藏于死去的大岛副探长或根岸刑警的文件资料深处，但是我和庄司和八田总监将会三人同心，以文殊之智找出，提出于庭上。

只要能够让被告保释，将与谁的名誉皆无关地让事件得到美好结局。如果被告获准保释，绝对会依法院规定找保证人、缴保证金，而且一旦庭上传唤，随时准时出庭。衷心恳求审判长阁下能够准许保释。"

首次的保释请愿书如上所述极尽殷勤之能事，同时内容暧昧难以捉摸。不过，几乎当天就遭驳回。但，支仓并不死心，继续请愿。

"关于不可寄出信件之事，希望能够让我见您一面，慢慢地向您报告一切。"

"被告急于见阁下一面做各种陈述，并详细请教阁下的意见。还有，十分惶恐，能否请阁下尽快安排时间见被告呢？"

接连收到两封请愿书，审判长也有点踌躇了。支仓想要诉说些什么，并非难以想象，对此，审判长也心里有数。问题在于，支仓在公开法庭上尽露狂态，审问也不回答，却私下表示要向审判长申诉，根本就是分不清状况。虽然审判长也是人，因为可怜支仓的心情而答应面晤他，但是他当然无法达成心愿。

似此，支仓每次公开审判都在法庭上咆哮，同时对自己深恨之人不停歇地寄出威胁信。这中间，也不知是幸或不幸，他竟然在历经前所未有的东京大地震中毫发无伤，就这样，转眼到了大正十二年秋天，他再次耐心地呈递上保释请愿书。内容力陈自己是冤枉受罪者喜平，但求再呼吸一次外界的空气。但是，很可悲的，由于他本身的不良行为，加上冰冷的法规限制，终究未能被准许。

文件资料被藏匿原本就是莫须有的事，可是他的执拗与耐

309

心实在令人惊异,仍旧继续反复陈述。

"与阁下迄今多次见面,但阁下每一次总是说:'你的记录我尚未看多少,请愿书内容也读得不多,所以你是否有罪还无法确定。另外,你所说的庄司利喜太郎对你严刑逼供、答应与你交换条件、藏匿部分文件资料捏造事实,等等,目前也未能证实。所以决定利用这个周末假日仔细调查,以便能够进行大公无私的审判……云云',可是如今假期早就过去,眼看下一庭的审判又将届,照理应该已读完被告的事件记录,也调查过被告的请愿书,对于庄司利喜太郎对被告施加各种刑求拷问、答应交换条件、藏匿并伪造被告由高轮警局带出的文件和神户以及浅田提出的各种文件,还有东洋火灾保险公司必须永久保存的重要文件等等事情,必定已经非常清楚。

若是确实了解,希望阁下能做到以下两点:

一、关于警方伪造的证词方面,被告喜平绝对不会有湮灭证据或逃走等事情,因此请召开特别会议,准许被告交付管束或保释,让被告能够设法寻找昔日妻子的行踪,了解其在此次震灾中是否有意外,并解决一切问题。被告是男人,不惜为知音牺牲性命,所以请允许尽速交付管束或保释,只要获得许可,被告一定依法院之令行事,在自己遭怀疑的问题澄清之前,栖身能势律师的事务所内供其驱策,无论法院何时传唤皆即时出庭,绝对不会损及法院威严或警察威信。只要被告能够离开监狱,相信事件可以圆满解决。

二、在此之前，纵使是误判，一审被宣判死刑者交付管束或是保释并无前例，另外亦无官房主事藏匿伪造所有资料，陷人入罪的前例，同时，也无如此次震灾这样设置投诉院的前例，因此阁下可趁机开创好的前例，充分发挥名法官的身价。"

若视他为真正的受冤屈者，他的心事实在堪怜，可是如若真的有罪，这样的请愿书岂非太可笑？

本来这样的请愿书就不可能被接受，当然是"不准"。

支仓毫不放弃，大正十二年岁末的十二月十七日又再度呈递上保释请愿书。此时，他的态度已经呈现不稳。

开头是"庄司利喜太郎将被告长期间拘留于神乐坂警局，而且长期对被告施加各种酷刑，还提出与被告结拜为兄弟的条件"，紧接着还是千篇一律的藏匿文件资料等内容，最后为申请保释。翌日，未被获准时，即日再度呈递包括内容、文字、行列等完全一模一样的请愿书，当然同样被驳回。似此，直到年终的二十八日为止，总共呈递四次，而且皆附带着以极细字写成的参考资料，资料当然也是完全相同，其耐心之强令人咋舌。

所谓的参考资料乃是支仓写给金泽市长询问庄司身世的颇具恶意信件。在此引用或许会令相关者不快也未可知，但是仍择其部分叙述，借以证明支仓对庄司是何等怀恨。

原文似乎是以细字书写于明信片上。大正十一年左右寄出,署名同样是被羁押六年的冤屈者支仓喜平,收件人是金泽市政府市长先生。前半段同样是详细写着藏匿文件资料等等,后半则为:

"等你(指支仓)在更审审判出庭之后,我(指庄司)哥哥的岳父目前在金泽的新地经营名称是南楼和橘平楼的艺妓屋和妓女户,我会带你前往,将所有艺妓都带出场、饱餐一顿后,我是想找最红的那个上床,不过如果你愿意帮忙,承认自己做出杀人行为,我会将她让给你,自己找第二漂亮的,给佐藤(副探长)第三漂亮的……这是庄司利喜太郎与我约好之事,也告诉我南楼和橘平楼的详细状况,希望市长先生能够尽速寄来该两家风月场所的户籍誊本,以上。"

这是何等可笑的信呀!支仓的目的当然不是为了户籍誊本,而只是寄威胁信给任何与庄司有关的人,尝试造成骚扰。

金泽市长当然不会理睬这种信!

事实上,无论是谁想申请户籍誊本,一定要支付手续费,否则不可能取得。但,支仓就是采取这样的手段四处寄信。问题是,想要申请保释却附上这种内容的明信片影本,真不知道他头脑里在想些什么。

大正十二年也结束,终于到了支仓所谓的冤狱未决八年。在此必须一提的是,大正十二年,由衷同情他的救世军上尉木藤病殁。对支仓来说，这是一个很大的打击！

大正十三年一月七日，去年岁末呈递的保释请愿书被驳回。到了二月，保释裁决所下决定：

"有必要对此人（指支仓喜平）继续拘留，自大正十三年更正其羁押期间。"

支仓形同彻底被推落地狱深渊。他已无望获得保释，然而，他仍未放弃推翻判决的一缕希望。

他想出什么呢？亦即，他呈递上阅览请愿书。他检附前述的寄给金泽市长的明信片影本，依他一贯的方式，在三月二十四日到二十七日的仅仅四天内连续四次呈递内容完全相同的阅览请愿书，同时发动有名的大正的佐仓宗五郎事件。

大正的佐仓宗五郎

"喂,有人寄大包裹给支仓哩!"

"啧,真是的,这家伙又想要找我们麻烦了。"

监狱管理员将包裹放在正中间,蹙眉。被羁押长达八年的支仓,仍旧持续吼叫他是遭受冤屈,对监狱管理员而言简直如同烫手山芋。

"不管如何,拆开看看吧!"

"也对。"

拆开一看,里面是一袭衣服和披肩,皆为纯白无垢。

"嗯,这东西有问题。"

"难道那家伙又要搞什么名堂?"

对方是死刑囚,寄来的又是一身纯白的衣物,两位管理员相互对望,内心有点毛毛的。

"啊,还写着什么字呢!"

"没错,确实是字。"

摊开一看,衣襟左右染上两行黑字,"东京监狱羁押八年，受冤屈者支仓喜平"。

"还是同样的话嘛！"

"真是执拗的家伙。"

两人望着衣领，不久，其中的一人翻过背面，大吃一惊，"背后也有字呢！"

"这就有问题了。"

衣服背面是大字染上的"大正的佐仓宗五郎"。

"到底是什么意思？"

"我完全不懂。而且，这些衣物要如何处理？"

两人讨论之后还是没有结果，不得已，只好呈报上级。上级命令找支仓问清楚。

"喂，有人寄给你这种东西。"一位管理员依照命令拿着衣物来见牢里的支仓，说。

"啊，寄到了吗？谢谢。"支仓瞄了一眼，立刻露出阴森的微笑。

"你打算用这东西干什么？"

"公开审判时穿它出庭。"

"什么，公开审判时？"管理员大惊，"但是，这里写着的佐仓宗五郎是怎么回事？"

"你不懂？"

"不懂。"

"不可能吧？"支仓露出不快的神情，"也就是我自己。"

"你自己?"管理员狐疑地问。

"不错!"支仓神情可怕,沉默不语。

支仓自称的所谓大正的佐仓宗五郎是代表牺牲的意思呢?或是暗指被利用妻子当筹码而自白呢?无论如何,应该是因为姓氏和自己的"支仓"类似而想到的吧!也就是,他企图借着这么做来吸引周遭人们的注意。当然,更有可能是出自他的一种宣传癖好。

管理员虽不太清楚佐仓宗五郎的含意,可是因为支仓沉默不语,立刻接着问:"这是你特别定制的吗?"

"是的,我向家乡的服装店定制的。"

"什么时候要穿?"

"下回出庭时。"

看起来支仓好像打算此后出庭都穿上这套纯白的服装。

管理员向上级报告。

"什么,公开审判时穿?"上级似乎感到可笑地说,"让他这样做将会造成困扰。你去告诉他说不行。"

管理员又回到支仓面前,"喂,这些衣物不能交给你。"

"什么!"支仓立刻提高声调,面红耳赤。

听说上面写"大正的佐仓宗五郎"大字的纯白服装不能交给他,支仓动怒了。

"有什么原因吗?"

"没什么特别的原因。"管理员已习惯支仓的大吼大叫，毫不以为意，"只是不能穿着写有如此奇妙文字的服装出庭。"

"什么奇妙？"

"奇妙就是奇妙，没什么好解释的。"

"既、既然这样，为何先前不说？"

"开玩笑！先前怎知道会有这种事？"

"住、住口！你们不是一一检查过我要寄出的信吗？难道没看到我的订购信？"

"有这回事？"

"我详细写明的向家乡的服装店定制，监狱职员应该都有读过。如果不可以穿，为何当时不说？"

"有这种事？那是我们一时疏忽。"

"等到做好之后才要拿走，根本就是摆明要我白花钱！"

"嗯，你的话也有道理。好吧，我再帮你问问看。"

性情平易近人的管理员好像对支仓的话产生共鸣，又回来见上司。

"支仓怒叫说他定制时未曾阻止，做好之后才要拿走，太不合情理。怎么办？"

"怎么办？反正绝对不可能让他穿着出庭。没错，未能事先发现是我们的疏忽，但是就算发现了，又能够阻止吗？无论如何，不准就是不准。"

"是的，我会告诉他。"

就这样，支仓欣然想穿上法庭的服装终于还是无法如愿。

这虽然只是支仓将神圣的法庭视若无物的有趣插曲之一，但是，也代表他全心全力想要逃避死刑的无奈挣扎。

如前所述，支仓对保释请愿全力以赴，努力想要获准保释却终于未能得逞。因此他紧接着思及在下次公开审判时该怎么推翻犯罪事实，发现如果可能，最好是像之前一样咆哮怒叫地延缓审判，所以，他提出了阅览请愿书。

"即将来临的四月二日公开审判出庭之际，希望能够准许在当场（审判准备室）

阅读大正六年扣押的第二八八项之四

小林远吉写给小林定次郎的三封信"

这封请愿书乍看很寻常，他却检附前述的寄给金泽市长、以细字书写、长达数百字的明信片影本，而且从三月二十四日至二十七日之间前后四次呈递，由此亦可窥知其执拗程度。

就这样，大正十三年四月二日公开审判更新第一庭（可能是因为震灾，初审停止继续开庭而重新审判吧）开庭。支仓在做最后努力的同时，除了呈递前述的阅览请愿书外，还要求交还遭扣押的几封文件资料，并且对神户牧师发动强烈攻击。

"(前略)我并非破坏主义者，尽管揭穿庄司的触法行为要求将其免职，但是对于你们，我还是会看如何反应才做决定，否则早就将焦点集中在仍未被免职的庄司身上。

你在大正六年三月十九日于神乐坂警局局长室以保证人和协调者身份，对我答应过什么事，难道已经忘记？如果你真的是牧师，实现你的承诺岂非理所当然？"

最后的公开审判

与大地万物一样,受到大地震破坏而获得再生良机的更新第一庭,对支仓来说乃是千载难逢的机会,若是良机一失,再也无法复得,支仓当然尝试做最后的努力。他持续呼叫自己被冤狱监禁数年,更和近几年一样在庭上咆哮怒吼,极力妨碍审判进行,其状况之激烈、凄惨,让当时所有目击者心惊胆战。

神户牧师嗟叹:"身为被告,他每回出庭皆表现强烈的凶暴态度,而且以其雄辩和刚愎姿态慑服全法庭。"

有人怀疑,支仓当时已经精神错乱了吧?从他推翻落泪自白事情之后,深信自己并未犯下重罪、因受周遭强烈压迫而悲愤不已看来,或许是基于某种精神上的强迫观念也不一定。但是看他的书信或请愿书之类,却无法认为他已经疯狂,而且感觉上相当具有计划性,虽然有时候会不尽合情理,却都是条理井然,骂庄司是奸诈(官房)主事即为其一,也因此官警并未视他为发狂。

大正十三年四月二日的公开审判仅止于预备性质的调查,

不过此时能势律师提出"希望讯问当时检举被告的责任者、而且对被告与神户牧师之间的书信往返和神户牧师提出的书信文件去向完全知悉的前神乐坂警局局长庄司利喜太郎,以便了解有关书信资料与被告终至自白的过程"之申请。

传唤庄司上法庭充分质问是支仓多年来的心愿,而能势律师也认为在策略上有其必要,所以只要遇有机会就申请传唤庄司,但是可能因为庄司卸任局长后进入警视厅担任官房主事,之后又位居警务部长要职,非常忙碌的理由吧?更或者是庭上认为无此实际必要?所以每次皆被驳回。不过,现在庄司为了某种理由下台,能势律师自然不会放过,再度提出传唤庄司的申请。

四月七日,合议庭签发如下的决定书:

▲决定书

支仓喜平

针对盗窃纵火强奸伤害杀人事件,在大正十三年四月二日公开审判预备庭上,被告和其辩护人申请的证据调查,经询问检察官意见后,同意传唤庄司利喜太郎和户冢新藏以证人身份出庭应讯。

大正十三年四月七日

审判长和合议庭法官签名盖章

支仓接获此一决定书时非常雀跃。他是认为,对于自己最痛恨的庄司局长，截至目前只能以七十五封诅咒信间接攻击，现在立刻就可以面对面充分享受攻击乐趣，是何等痛快之事！

他几乎是迫不及待地等着庄司出庭之日到来，却做梦也没想到，这只会加速缩短自己的余命。

五月十四日进行公开审判第一庭，此时庄司和神户牧师皆以证人身份出庭，但是支仓不知道在想些什么，完全闷不吭声。

根据审判记录，支仓没有回答审判长的讯问。

"审判长询问被告的姓名、年龄、职业、住址、本籍和出生地，支仓默然以对，重复询问也未回答。"

这时能势律师担心影响到审判长的心证，高呼一声："审判长，请准许辩护人向被告说句话。"

能势律师认为支仓沉默不答会造成严重事态，得到审判长许可后，试着对支仓提出忠告。

"能势律师获得审判长同意，忠告被告若能答辩审判长的讯问，就必须回答，而若无法答辩，就必须提出申请暂时中止应讯，于本日公开审判期间内熟读资料，等唤回记忆后再进行答辩。"

经过这一番波折，审判长终于能够进行讯问。

问：姓名是？
答：支仓喜平。

问：年龄呢？

答：四十三岁。

问：职业是？

答：圣经贩售业者。

问：出生地在哪里？

答：山形县置赐郡。

笔者为何累述如此容易明白之事呢？诸位读者看了他的年龄之项有何感触？他被神乐坂警局逮捕遭起诉被断定有罪，站上公开审判第一庭时，回答的年龄是三十六岁，对吗？现在却回答四十三岁，亦即，他人生中从三十六岁至四十三岁的最宝贵岁月，完全埋葬在羁押狱中，岂能不让人为他洒下同情之泪？

当然，这包括拘留长达八年、超过七年的牢狱生活乃是他故意延搁的。第一审就被判处死刑，如果依照正常审理，他的生命早在数年前就已经结束了，所以也许有人会说他是自愿延长这种痛苦。但是，若想到在这漫长岁月里，他一心一意企图逃避死刑，静坐希望离开一次却无法达成心愿的黑暗牢房里，征服一切痛苦，为诅咒世间、诅咒世人而活的生存欲望与痛苦折磨，绝对会令人为其可怕的执念战栗，为其身为一介人类的苦恼而同情。

审判长的讯问由盗窃圣经至纵火事实，然后转入小林贞的事件。

支仓对审判长的讯问坚决地表示并未对小林贞施暴，而是彼此情投意合地通奸，同时也未在她前往医院途中带走她。

审判长更深入追究时，支仓咆哮回答："在高轮警局的调查报告被藏匿起来，写给神户牧师的信件又被藏起，被告不知道。"

"这么说，"审判长也怒形于色，"因为没有那些资料，你就无法申辩了吗？"

审判长的话好像造成支仓相当大的打击，他忽然大叫："不是的，被告并非不能申辩。既然这样，那被告就详细申辩。"

公开审判开始时因为未详读资料而不愿答辩的支仓，此际像是溃堤的洪水一般滔滔雄辩数千言，而且细致入微，令满庭哑然。

"关于整个事件，必须从最初开始说明，希望审判长耐心听。"

他详尽叙述当时的情景，尤其是他与小林兄弟和神户牧师之间的关系。

"神户牧师拿出原稿要被告一定要写道歉函，但是被告拒绝了，表示何不和定次郎三人一同去找阿贞，当场问明白是强奸或者通奸。可是神户不答应，让被告为此非常困扰。定次郎甚至曾经趁被告不在家时，借着酒醉来被告家门外大声吆喝，宣称这家的主人'强奸我家的女孩导致感染上淋病，却连医药费都不付'。被告不是没有付医药费，只是和定次郎见面时，收据却不巧丢掉了,关于这点,只要去医院一问即知。"

支仓一开口,立刻口若悬河地滔滔不绝叙述当时的状况约莫数十分钟,最后说:"依上述事实,足以证明被告并未强奸小林贞,更没杀害她。"

审判长还想讯问证人时,被告和辩护律师提出申请,表示希望今天到此为止,改天再继续进行。由于检察官也同意,审判长经与其他法官合议后,宣告第二审在六月十三日上午九时进行。结果,各证人当天皆白跑一趟。

六月十三日的公开审判!

支仓后来才知道,对他而言,这才真正是最后的审判!

公开审判第二庭,庄司局长等人皆以证人身份出庭接受讯问。这次讯问是支仓所剩的唯一机会,冤枉八年的空虚呐喊会真正变成空虚吗?可谓凭此一击即可确定,他可能在狱中忧喜参半地拟定秘策吧!

五月二十八日和六月十一日,他连续寄出两封威胁信给当天会和庄司局长一同出庭的神户牧师。

"即将来临的十三日我将根据刑事诉讼法第三百五十三条好好地向你质问。

除非真理已经大白,否则我绝对不会接受审判宣告。如此一来,你又会遭受传唤出庭的困扰,所以,请不要再说谎了。

你手上一定握有我所写的有关阿贞的事之信件,木藤告诉我说你将重要的信件全交给了庄司。请你看在木藤已经长眠的分上,不要再接受庄司所托地作伪证了。"

六月十一日的信除了用钢笔密密麻麻写在半纸上的威胁信之外,还有一张用毛笔写成之物。

"梅雨即将来临。
大家都过得很健康,实在令人欣慰。你还是身体康健,我却是愈来愈差,像这样继续下去,也许最近就会病死也不一定。"

可能是所谓的死期将届心情也会在不知觉间愈来愈坏吧!支仓的话中也有了淡淡哀愁,连威胁文句都有几分凄泫。

公开审判的日子来临。大正十三年六月十三日,天空是梅雨季惯见的阴霾。

被告支仓喜平身上并无任何脚镣手铐,但是所坐的被告席四周环绕着一位探长和四位巡佐。这是因为他不仅在法庭上怒吼咆哮,有时还会企图殴打证人,所以不得不如此严密戒备。

审判长轻咳一声后,宣告开始更新审理。依惯例先询问被告姓名年龄等等之后,转为调查证据。

当时的记录如下:

"审判长宣告开始调查证据,再宣读本院第一次公开审判调查报告的记载和各类证据文件资料，展示扣押物件和验证调查报告图和记录，过程中皆寻求证人与被告双方意见，被告的答辩完全与本院第一次公开审判调查报告的记载相同。

审判长宣告开始讯问证人，首先出庭的是庄司利喜太郎。"

六尺昂藏之躯、号称连鬼都怕的庄司威风凛凛地进入法庭。他一向抱持邪不胜正的信念，连凶恶的支仓都似是被其气概所震慑。

他被命令坐在距离支仓咫尺的席位。

"我还无所谓。"庄司后来对人述及，"坐在五位警察环绕的凶暴家伙近旁，的确是有些不太自在，说不定有人会因此无法充分畅所欲言。"

支仓一见到庄司，立刻用异样眼神瞪视他，但是很快地转过头去。

庄司毫无惧色地坦然回答审判长的讯问。从检肃支仓的历程、尸体和其他不可撼动的证据之验证、支仓的自白等等，特别是对于自白场面的严肃，还有他与神户牧师以及支仓之妻的交谈内容，更是详尽说明。

庄司回答审判长的讯问时，支仓慢慢地移向他，到了几乎身体接触的程度。巡佐们可能认为支仓并无施暴的样子，并未制止，只是小心保持警戒。庄司边听着支仓急促的呼吸气息，边回答审判长的问话。

"庄司先生,请你说出事情真相。"

突然,支仓低声诉说着,完全不像是会写出威胁信的傲岸凶恶态度!可能是终于明白自己无法和庄司正面对敌吧!或者真的是邪不胜正呢?

审判长始终以严正态度质问庄司关于答应帮忙卖掉不动产之事,藏匿四十多封文件之事,以及为了让被告自白而强迫被告亲吻骸骨之事。庄司断然地否定一切,答称文件之事全属虚构,至于有关纵火事件支仓赠贿高轮警局的刑警之调查报告则是偶然遗失,才会让支仓有借口扭曲事实,说是藏匿对其有利的文件,其实该文件并不像被告所说的那般重要。

庄司答辩之间,支仓不时以哀求的态度低声说:"庄司先生,请你说出事情真相。"

审判长的讯问告一段落后,辩方律师能势在审判长许可下,开始瞪睨证人地进行质问。

"被告喜平最初的涉嫌是盗窃欺诈,但是,所谓欺诈的事实是?"

"在进行对于盗窃的调查之中,浮现欺诈的事实。"

"是有谁控告被告吗?"

"没有,完全是查访得知。"

"二月十九日至三月十八日长达一个月,这段期间是以何种理由拘留被告?"

"应该是流浪罪或是虚伪陈述吧!我想是根据违警罚法。"

"应该不是以处罚为目的,而是为了让被告承认杀人才处以拘留吧?"

"对于这点我并无确实记忆,但,假定真如你所言,我也没有答辩的必要。"

以上只是庄司对能势律师答辩内容的最初一节,但是一看就知充满腾腾杀气。对于能势辛辣的质问,庄司简单明答报之。

两人的应答经过长时间之后终告结束。接下来审判长命令证人神户牧师出庭,继续进行公开审判。最后确定下一庭的时间是六月三十日后,宣告休庭。

绝望

在离开法庭、被戒护回东京监狱的途中，车上，支仓脸色苍白，或痛恨或愤怒，情绪颇为亢奋。

他寄以最后一缕希望的庄司局长，丝毫不在乎他的胁迫、哀求，堂堂正面反击，指责他的狂妄，厉斥他的谎言，几乎令他体无完肤。支仓信为金科玉律、倚为铜墙铁壁、反复申诉所在的藏匿文件资料之点，也被驳斥为非事实；遭受严刑拷问或提供利益条件强迫自白之点，被断然地加以否认，成为没有争论余地的枝微末节。庄司基于明确信念的一言一语，句句重击支仓内心，尤其对于支仓自白场景的详尽描述，更让他完全没有否定的余地。

回到牢房，支仓仍旧默然无语。他逐渐沉沦于绝望深渊！

但是，支仓还是鼓尽残余气力采取行动了。

是审判长太糟糕！审判长用那样温和的讯问方式根本毫无作用，必须更具强制力，就像警察侦讯嫌犯一样，只要发现前后矛盾之处，立刻声嘶力竭挥拳斥责。为何让庄司如鱼得水地从容陈述对其有利的内容呢？审判长太可恨了。

支仓将怨恨集中于审判长，在此，他提笔将最后的怒火送给审判长。他并不是认为这么做会有效，只是他已经失去常识的判断，半狂热地任凭感情驰骋，将八年持续呐喊冤枉的最后精力用罄。

支仓在公开审判后提笔，整整花了三天时间，在六月十七日提出审判长避讳的申请。

"被告希望审判长能够避讳。

避讳的理由——

一、被告的事件中，因藤审判长对庄司利喜太郎的讯问过于简单明了。

二、被告希望讯问庄司利喜太郎的事项已在先前呈递的请愿书中详述，也写信告知被告的辩护律师，而且因担心赶不及审判开始之日，寄送至律师家中，却因为遭因藤审判长扣住，无法送达能势律师手上，导致能势律师不知被告想要从庄司身上了解些什么。（中略）其证据品被告皆于大正十一年中向法院提出，审判长却不愿提示被告要求的重要证物。（证物略）

因藤审判长应该将神乐坂警局送来的有关被告事件的证据目录中的书信向庄司一一出示，质问书信的前后部分在什么地方，有关转让家产的文件何在？从而了解被告是基于约定条件之下将印鉴和其他物件交予庄司后，才做出虚伪自白。"

331

支仓继续陈述要求因藤审判长避讳的理由。

"证人（庄司）大正六年三月九日在神乐坂警局局长室与威廉森传教士和当时前来会合的神户牧师见证保证，尽力帮忙被告卖掉房子，将所得金额交予被告的妻子，对此，小林律师知道得一清二楚。证人表示，只要被告自白犯罪事实，而且在检察庭和预审法庭皆陈述同样事实，就会帮忙一切，否则将连被告之妻的衣服也剥光，全部送交圣经公司。

证人（庄司）为了监视被告是否依言行动，特别派了三位亲信的刑警陪同上大正六年三月二十日的检察庭和预审法庭，甚至强迫小冢检察官与预审法官古我制作所谓的支仓喜平调查报告。

被告如果不依言陈述，陪同的三位刑警之中一定有人立刻打电话通知神乐坂警局，那么，证人将带人至被告家，非但取走交付被告妻子的财物和证据，甚至要剥光被告妻子的衣物。

证人也向被告表明，头盖骨是品川某糕饼店老板女儿的头盖骨，而且将头盖骨暂时放置被告家中。理由何在？是因证人企图以之要挟因藤审判长，让审判长听从其所有答辩，不使事件真相大白。

因藤审判长传唤庄司，却任凭庄司陈述伪证，掩盖事件真相。似此，被告就算绝食致死，也断然不会接受审判的判决。

基于上述理由，要求因藤审判长避讳。（中略）

被告坚决要求让庄司利喜太郎答辩事件真相，否则被告就算绝食致死,也断然不会接受审判的判决。"

支仓在六月十三日的公开审判中发现证人庄司的答辩与预期相反,对自己毫无利益,回狱中闷闷不乐的结果,提出要求审判长避讳的请愿,但是他也明白这种请愿根本毫无胜算,所以只能算是一种自暴自弃的手段,亦即,执拗地在最后日子来临之前,试图做垂死挣扎。

啊,在狱中七年多日夜持续诅咒,用尽一切方法逃避死刑,忍受痛苦努力想要再见尘世一眼,世间还有别人像他这样吗?

因藤审判长接获支仓的避讳申请,立刻召开合议庭,获得结论后签发如下的决定书:

▲决定书

被告　支仓喜平

关于被告盗窃纵火欺诈强奸伤害杀人事件,被告虽申诉审判长因藤法官有偏颇审判之虞应该避讳,但是很清楚该申诉的目的只是企图延缓诉讼,故依刑事诉讼法第二十九条第一款做出以下决定。

主文

驳回本件避讳申请。

大正十三年六月二十日

审判长和各陪审法官签名盖章

大结局

支仓尝试的最后手段"申请避讳"遭驳回,决定书即日送达他手中,他的态度又如何呢?

事情太令人意外了!

送件人携回如下的笺文:

"受送件者支仓喜平已经证实死于市之谷监狱,经田边典狱长通报,无法送达,据此送还。"

紧接着,市之谷监狱寄给控诉院检察长的公文也送达。

通报刑事被告自杀

盗窃、纵火、欺诈、强奸、伤害、杀人

支仓喜平

明治十五年三月生

大正六年三月二十日拘留

大正七年七月九日东京地方法院第一审判决

前述被告在控诉羁押期间，于本日上午八时至八时十分之间，趁巡逻管理员未注意之隙，在囚室南侧后窗的玻璃窗架上（高度约为距离地面一丈）悬挂约一尺长麻绳（事先搜集施工用纸袋材料搓成麻绳藏在囚室内）成圈状，再以自己的手帕和狱方供应的手帕系成绳状，以通风口为垫脚台，将手帕缠绕颈部，借本身体重自缢，窒息死亡，特检附验尸报告通报。

支仓是六月十九日，亦即驳回避讳申请送达的前一天在牢房自缢死亡。他为何不等待申请结果出来后再自杀呢？这是个永远的疑问。但是，或许在六月十三日公开审判后，他就已经有了死亡的决心吧？审判长避讳与否根本没放在他眼里，最主要是庄司的证言令他痛感绝望！听说他留下类似遗书之物，内容写满将会诅咒庄司的子子孙孙。

身为司法警察，循正当职务，以正当手段揭发被害者遇害四年、肉体已归回尘土的杀人事件，贡献良多的庄司利喜太郎，是支仓始终一贯的诅咒目标，尤其在支仓死后，所有诅咒之声完全由他一人承受。

支仓未接受第二审判决就自杀之事留给后世许多疑问。对于这点，笔者引用与本事件关系最深的神户牧师的话予以说明：

"见到六月十九日的晚报，我大为吃惊。报纸上报导支仓喜平终于自缢死亡，而且是用二号铅字的大标题，可见他的死

亡是何等吸引社会好奇心的事件。（中略）

　　让他变成如此凶暴、而且直到最后为止持续否认事实、反抗敌人的原因何在呢？甚至，他虽是与生俱来的狞恶之人，可是事件内容、杀人真相又如何呢？对此，了解其半面真相、又身为证人之一的我，应该有权利和义务述及吧！亦即，官警说他是狂徒，待之有如猛兽并不正确，但是扭曲庇护、辩称他完全无罪也是错误。"

　　笔者在支仓死亡的同时搁笔之际，既要称颂面对如此艰难无比的疑狱事件，始终一贯、不屈不挠对抗犯罪的庄司局长；如快刀斩乱麻下判决的宫木审判长；走在正道、无惧无畏的神户牧师；以及为被告不惜奉献一切努力的能势律师；同时也对于支仓苦斗八年，却未待第二审结束就留下千古疑云自缢而死，更犹言死后不会放过庄司局长等人的执拗感到可悲与恐怖。